عز الدين شكري فشير

كل هذا الهراء

رواية

الكرمة

الكرمة

لمزيد من المعلومات عن الكرمة: facebook.com/alkarmabooks

شكر خاص لموقع «مدى مصر» وسارة كار؛ لموافقتهما الكريمة على إعادة نشر جزء من مقالها «الاعتداء الجنسي والدولة: تاريخ من العنف».

فشير، عز الدين شكري.

كل هذا الهراء: رواية / عز الدين شكري فشير – القاهرة: الكرمة للنشر، ٢٠١٧.

٣٢٨ ص؛ ٢٠ سم.

تدمك: 9789776467644

١ – القصص العربية.

أ – العنوان.

رقم الإيداع بدار الكتب المصرية: ٢٣٦٥٣ / ٢٠١٦

٤٦٨١٠٩٧٥٣

تصميم الغلاف: كريم آدم

«الأيام الخرا، فايدتها النوم».

حكمة شائعة في الجيش

شكر خاص

أدين بالشكر لعدد من الأصدقاء قرأوا مسودات لهذه الرواية أو أجزاء منها، وساهمت تعليقاتهم وانتقاداتهم ومقترحاتهم في بلورة رؤيتي لكيفية كتابتها في صورتها النهائية. وبالطبع، أتحمل وحدي مسؤولية الرواية كما هي الآن، لكني مدين لهم بالشكر على وقتهم وإسهامهم الذي حسَّن النص وتفادى عيوبًا أخرى كانت ستشوبه من دون مساعدتهم، وهم:

لبنى درويش، حارسة الصناديق.

أسماء نصار، التي تجري في الشوارع.

أسماء عبد الله، الناقدة المتخفية.

أحمد عبد الغفار، متحدي الإعاقة.

هند محمد، التي تعوم بهمة ونشاط في حوض السمك.

إبراهيم جمال الدين، الباحث عن الحقيقة.

سيد محمود، صائد المواهب.

رباب المهدي، أستاذة السياسة.

أحمد رجب، النجم.

مصطفى المرصفاوي، المنتظر في هدوء.

أحمد نجيب، صانع الألعاب.

هالة جلال، السائرة بخطوات ثابتة على حافة الهاوية.

عماد عاطف وصفي، الناجي من المأساة.

رانيا عبد الله، التي تقول للأعور: «أنت أعور».

محمود سالم، المدون الشهير.

كريم، الطالب الأستاذ.

وسلمى، التي تحول قواعد جهات عملها دون ذكر اسمها.

مع عميق محبتي وامتناني

عز الدين فشير

إهداء

إلى عائلة وأصدقاء يوسف حمادة، الذي كسر قفل الباب كي يفتح لزملائه طريقًا للفرار من موت محدق، ومات تحت أجسادهم العابرة.

وإلى عائلة وأصدقاء واحد وسبعين زميلًا له، قُتلوا بلا ذنب.

وإلى مئات جُرحت أرواحهم إلى الأبد في تلك الليلة.

وإلى عائلات وأصدقاء آلاف غيرهم، قُتلوا في شوارع وميادين وزنازين مصر عبر السنوات الخمس الماضية، رميًا بالرصاص، ودهسًا بالسيارات والمدرعات، وتحت وطأة التعذيب، والقسوة، والإهمال.

وإلى عشرات الآلاف من القابعين في السجون حتى اليوم، ينتظرون.

وإلى ملايين غيرهم، تائهين في السجن الأكبر، ينتظرون يوم الخروج.

هذا اليوم آتٍ، لا ريب فيه.

تمهيد وتهديد

هذه الرواية عبارة عن حكايات سلمها لي عمر فخر الدين. اتصل بي ذات يوم في صيف ٢٠١٦، وأنا عادة لا أرد على الأرقام التي لا أعرفها، غير أني كنت ضجرًا ذاك اليوم وليس لديَّ ما أفعله، فرددت. عرفني بنفسه، فلم أتذكره حتى قال إنه ابن فخر الدين، وهو صديق أعرفه منذ أيام دراستي بالجامعة. طلب لقائي بشكل عاجل فالتقيته في اليوم التالي، وأعطاني ملفًّا صوتيًّا يضم حكايات قال إنه رواها لصديقة له تُدعى «أمل مفيد»، مع ردود منها وتعليقات وتعديلات، وطلب مني الاستماع إلى هذه الحكايات والنظر في نشرها كرواية. لم أتحمس للفكرة، فعدد الذين يعتقدون بأن قصصهم تستحق النشر أكبر بكثير من عدد القراء الذين يشاطرونهم الرأي. لكني مثلما ذكرت كنت ضجرًا، وليس لديَّ ما أفعله، كما أني أخجل من طلبات الناس، خصوصًا الأصغر سنًّا، وأخشى من تهمة التعالي ونسيان النفس و«افتكر لمَّا ما كنتش لاقي حد يكلمك يا دكتور»، فوافقت على الاستماع.

أعطاني الـ«يو إس بي» وذهب مسرعًا، كأنه يتخلص من تهمة. بدأت أستمع إلى الملف الصوتي على تلفوني في طريق العودة من الجامعة، وهو ما أفعله كثيرًا لتمضية أوقات المرور الطويلة بين الجامعة والبيت. أسرتني الحكايات، ولم أنم ليلتها حتى أنهيتها. اتصلت به في الصباح وطلبت لقاءه. ألقيت محاضرتي الأخيرة لذاك الموسم الدراسي ثم التقيته، في مقهى في «بين السرايات» بجوار الجامعة. اقترحت عليه نشر حكاياته مع أمل كما هي، من دون تعديل أو حذف أو تدخل مني، لكن هناك فترات صمت وانقطاعات في الحكاية، تحتاج إلى معرفة بعض التفاصيل كي تصبح مفهومة للقارئ.

بدا مندهشًا، وقال إنه كان شبه متأكد من رفضي، وإن أمل هي التي ألحت عليه. أعدت التأكيد على إعجابي بالحكايات، فهز كتفه وسأل بتحدٍّ لِمَ أعتقد أن الناس ستهتم بهذه الحكايات أو تحب قراءتها. قلت له إن هذا إحساسي، وإننا ـ كما قالت له صديقته أمل مفيد ـ لو اهتممنا برأي الناس ما نشرنا شيئًا ذا قيمة، وإن أسوأ ما يمكن حدوثه هو ألا يقرأها أحد وتُعتبر رواية فاشلة وينتهي الأمر.

وافق مترددًا، وكأني أنا الذي أتيته بالحكايات لا العكس. تغاضيت عن تردده، واتفقنا على اللقاء عدة مرات خلال إعدادي للنص كي أستوضح الأشياء الضرورية لجمع هذه الحكايات في رواية: كيف رأى أمل، بمَ شعر، فيمَ كان يفكر، كيف أمضيا الأوقات التي كانا فيها صامتَين، وهكذا. وفعلنا ذلك خلال عدد من الجلسات في صيف ٢٠١٦. وحيث إن الحوار بينه وبين أمل قد دار بالإنجليزية، فقد ترجمت ما قالاه إلى لغة عربية فصحى بسيطة

قريبة إلى روح الحوار الذي دار بينهما، وراجعت هذه الترجمة مع عمر ووافق عليها.

بقيت مشكلة واحدة، وهي قضية الخدوش. عندما التقيت عمر، لم يكن قد مر الكثير على الزج بالروائي الشاب أحمد ناجي في السجن، وذلك بسبب شعور البعض بأن روايته خدشت الحياء العام. قلت لعمر إن حكاياته مع أمل حادة، ويمكن أن تخدش أصحاب المشاعر الرقيقة. نظر إليَّ بعدم اهتمام ولم يرد. سألته عن مدى استعداده لدخول السجن إن خدشت روايته حياء «البعض»، أو مشاعرهم الوطنية، أو معتقداتهم الدينية، أو أيًّا من تلك المشاعر المعرضة للخدش. أجاب بأنه كان يظن أني أنا الذي سأدخل السجن في هذه الحالات، فالرواية ستحمل اسمي. قلت إنها حكاياته هو، وما أنا سوى ناقلها. اختلفنا، وناقشنا الأمر مع محامين أصدقاء، فكان رأيهم أننا جميعًا سندخل السجن إن أراد «البعض» ذلك، ولن يمسسنا سوء إن أراد «البعض» ذلك أيضًا، وبالتالي فلا داعي لتكسير أدمغتنا في التفاصيل القانونية.

لم يكن هذا الكلام مطَمئنًا، إلا بقدر ما يطمئنك قول الطبيب إنه لا يعرف إن كنت مريضًا بالسرطان أم لا، لكن لا داعي للسؤال لأنك إن كنت مصابًا به فستموت، سواء عرفت أم لم تعرف. استفسرنا أكثر عن الطرق القانونية الممكنة لتفادي هذا المصير المظلم: هل يمكننا مثلًا تسليم نص الرواية إلى النائب العام قبل النشر وطلب تصريح بخلوها من الأشياء الخادشة؟ فقالوا إن هذا ليس من اختصاصه. سألنا: هل ننشر الرواية خارج مصر؟ فقالوا إن رواية أحمد ناجي

منشورة في الأصل خارج مصر. سألنا عن كل الاحتمالات ولم نجد حلًّا شافيًا.

ترك عمر الأمر لي، وبعد تفكير طويل قررت التوكل على الله ونشر حكايات أمل وعمر كما هي، مع توجيه نداء حار إلى أصحاب القلوب الضعيفة والأحاسيس الخلقية والدينية والوطنية المرهفة، أن يحلوا عن سمائي ولا يقرأوا هذه الرواية. فمن حق عمر أن يحكي لأمل ما يشاء. ومن حقنا نحن الثلاثة نشر هذه الحكايات، نوجهها إلى من يشاء ويقدر، لا نفرض قراءتها على أحد. قراءة هذه الرواية ليست عملًا إجباريًّا لا فكاك منه، بل اختيار من القارئ. يدفع من ماله كي يحصل على نسخة من الرواية (أو يبحث على الإنترنت حتى ينزل نسخة مسروقة منها)، يفتح صفحاتها بأصابعه، ويقرأ كلماتها باختياره. ومن ثَمَّ، يتحمل القارئ مسؤولية الخدوشات التي تصيبه. أما إذا أصر «البعض» على القراءة، وأصابه الخدش، ولجأ إلى القضاء الشامخ، فأنزل علينا سيف القانون، وأسكننا فسيح سجونه، أنا أو عمر أو كلينا، فسأنشر رواية أخرى بطلها هذا «البعض»، تنكل به مثلما لم يرَ في حياته تنكيلًا، وتخلد انحطاطه بكل أبعاده، وتفضح تفاصيل هذا الانحطاط في أرجاء المعمورة، من دون محاذير ولا اعتبار للخدوش، حتى يندم على اليوم الذي حبس فيه روائيًّا.

وهذا تهديد مني بذلك.

عز الدين فشير

١

أمل وعمر يستيقظان في الفراش

الجمعة، التاسعة صباحًا.

ـ صاحية؟

لم ترد. ظل يحدق في ظهرها، شعرها الأسود الغزير متناثر عليه في غير ترتيب. شعرات ناعمة ومتماسكة، يكاد يشعر بثقلها. سأل نفسه إن كان هذا شعرها الطبيعي أم عالجته بالكيراتين، ثم لام نفسه على سخافة السؤال. مد يده ليلمسه وكأنه سيعرف الفرق. خط ظهرها المنحدر عند خصرها ثم ارتفاعه ثانية عند ردفها الأيسر. استدارة ردفها المنتهية عند ساقها. تبدو أكثر امتلاءً مما بدت في أثناء الليل. تتبعَ خط ساقها المنسابة حتى قدمها.

فاجأته، بإنجليزيتها ذات اللكنة الأمريكية الصارخة:

ـ هل تصورني؟

شعر بخجل قليل أغضبه، فنظر إليها غير مبالٍ، يكاد يكون في تحدٍّ:

ـ كنت أفكر في إحضار الكاميرا، لكني كسلت.

ـ الحمد لله.

ـ منذ متى وأنتِ متيقظة؟

ـ منذ بدأت تحدق فيَّ.

استدارت لتنظر إليه، في حين واصل نظرته شبه المتحدية. اقتربت بوجهها من وجهه، وكل منهما محتفظ بنظرته، حتى لامست أنفَه بأنفها، ثم اقتربت بشفتيها من فمه المطبق في صرامة، وقبَّلته قبلة صغيرة جدًّا، لا تكاد تحس. ارتبك، فابتسم، وقبَّلها قبلة صغيرة، أكبر قليلًا من قبلتها. قبَّلته قبلة أكبر، من دون ابتسام. وهكذا، أكبر فأكبر، وهي مستلقية لا زالت على جانبها الأيمن وملتفتة برأسها إلى الخلف كي تقابل وجهه، ثم اقترب حتى التصق بها، وغادر شفتيها لخدها لأذنيها لرقبتها لأعلى ظهرها. دفعته برفق كي يكف عن تقبيل جسمها، ثم جذبته فوق بطنها وهي تباعد ساقيها حتى توسطها. وضعت عينيها في عينيه، وتحسست الجزء الذي يَحبس القضاة مَن يذكر اسمه لتتأكد من صلابته، ثم جذبته داخلها، وتبادلا الفعل الذي يَحبس القضاة مَن يذكر اسمه، للمرَّة الثانية منذ دخلا هذه الغرفة في الفجر.

* * *

الثانية عشرة ظهرًا.

ـ صاحي؟

لم يرد. نظرت إلى ظهره الأسمر، شعره الأسود القصير، نصف

استدارة ذراعه عند كتفه وعضلة ذراعه القوية. مدت يدها نحو هذه الذراع ثم توقفت كما تُوقف نفسها عن أكل الحلويات خشية السمنة. «صغير هذا الشاب، يا للهول». هزت رأسها مستنكرة فعلتها، وقامت من الفراش بهدوء، وذهبت إلى المطبخ. جائعة. أفرطت في الشراب بالأمس، وليس ذلك من عاداتها. الكأس الثانية تدير رأسها، وعلى ما تذكر فإنها قامت على الأقل بخمس كؤوس، ربما أكثر. بدأت بكأس نبيذ بريئة، ثم أتبعتها بأخرى، مع العشاء، ثم كوكتيل أعدته صديقتها التي نظمت الحفلة، أنهته مع عدد من الأنخاب التي قيلت في صحة سلامتها، ثم كؤوس أخرى من أشياء متنوعة، حتى ذهب وعيها تمامًا، أو كاد. لم تشرب هكذا منذ حفلة التخرج في المدرسة الثانوية، تقريبًا بالنتيجة نفسها. غير أنها، هذه المرَّة، تعرف الشاب النائم في فراشها، أو تكاد.

وضعت خبزًا في الفرن، وماء في الغلاية، وأخرجت علبة جبن أبيض وحبة طماطم من الثلاجة. تأملت الثلاجة العامرة وهي تخرج الطعام: صديقتها هي التي ملأتها. لم ترَ هذا الكم من الطعام منذ عام. خلال الشهور الاثني عشر الماضية لم تكن ترى أكثر من طعامها هي، نصيبها هي، محدد الكمية، بسيط، وسيِّئ الطعم والمنظر. لم ترَ كرتونة بيض كاملة، أو علبة حليب، أو جبنًا غير الجبن الأبيض في الثلاجة. لم ترَ سلمون مدخنًا، أو زبدة فول سوداني، أو هذا الخس الملون الزاهي، أو حتى الطماطم، أو خيارًا عضويًا، ولا أفوكادو طبعًا، كادت تنسى وجود الأفوكادو في الحياة، مدت يدها تتلمسه وكأنها تعيده إلى ذاكرتها. لمحت الفاكهة التي تلوح من الدرج، وقوالب شوكولاتة.

تشتهي هذه الأطعمة بعينيها، لكن معدتها لا تستطيع تناول أي منها. حين حاولت، منذ خمسة أيام، تقيأت كل ما ابتلعته. ستواصل أكل الخبز والجبن الأبيض مع قطع طماطم الآن. ربما بعد أسابيع تعود معدتها لقبول هذه الأطعمة من جديد. غسلت حبة الطماطم وبدأت تقطعها ثم وضعت الماء المغلي في إناء القهوة الزجاجي وأخرجت الخبز، ووضعت كل ذلك على صينية خشب كبيرة وخرجت بها عائدة إلى غرفة النوم.

بدا عمر نائمًا بعمق، لكنه استيقظ بهدوء تام بمجرد دخولها الغرفة. فتح عينيه وقال من دون أن يتحرك، كأنه لم يكن نائمًا:

ـ هل هذا الإفطار لنا أم لكِ؟

نظرت إلى عينيه البنيتين فواجهتها نظرته المتحدية بلا سبب. نظرت إليه بصرامة كي تكسر هذه النظرة التي لا مبرر لها:

ـ لقد مضى وقت الإفطار من زمن. لكن نعم، هذا الطعام لنا.

ـ أشكركِ.

ومد يده ناحية الصينية، لكن أمل ظلت واقفة بعيدة عنه. قالت في هدوء:

ـ لا أحب الأكل في الفراش!

ـ وهو كذلك. هل يوجد لديك منضدة في مكان ما؟

ـ يوجد لديَّ منضدتان، واحدة في المطبخ والأخرى في الصالة.

ـ سيان عندي.

ـ يا للمرونة! سر خلفي.

سارت نحو الصالة وهي تفكر في طريقته في الكلام. هكذا تذكره

في المرَّات المعدودة التي التقيا فيها. أسلوبه يسليها، في الماضي كان يضحكها، ربما يجذبها قليلًا. ليست متأكدة. ليست من النوع المحب للحدة، لكن حدته لا تضايقها، ربما تشعر أنها حدة غير حقيقية، كأنه يستكمل بها أسلوبه الانعزالي المستغني، كأنها خشونة غير مؤذية، خشونة في حد ذاتها، ليست موجهة إليها، ليست محاولة لإخضاعها، مجرد خشونة ملمس، ربما من قلة الاستخدام، ففي نهاية الأمر، الشاب في الواحدة والعشرين، تقريبًا.

ـ كم عمرك؟

ـ لماذا؟

ـ لقد أوصلتني في تاكسي، أليس كذلك؟ ومن ثَمَّ لا بد أنك أكبر من ٢١ سنة، وإلا لما حصلت على رخصة قيادة تاكسي.

ـ ومن قال لك إن معي رخصة؟

ـ ممتاز. كم عمرك إذن؟

ـ لِمَ؟ هل تخافي أن يتهموك باستغلال قاصر؟ لا تقلقي، لا يمكنهم إعادتك إلى السجن الآن!

ـ آه، أنت تعرف إذن.

ـ لقد كنتُ في الحفلة. ألا تتذكرين؟ ثم إن مصر كلها تعرف، العالم كله يعرف. أنت نجمة.

ـ ممتاز. هل يعرف الناس شكلي أيضًا؟

ـ لا، ربما المهتمين بالقضية فقط، لكن عامة الناس تعرف الاسم وتطورات القضية.

ـ لكنك تعرف الاسم والصورة.

- طبعًا، لقد التقينا ثلاث مرَّات من قبل.
- أظن ذلك. ألم نتحدث في هذا بالأمس بالحفلة قبل الـ... الانهيار الكبير؟
- إذن أنتِ تذكرين!
- بعض الأشياء. أذكر نهاية الحفلة، أو نهايتي أنا بالحفلة، ثم ضباب، ثم لقطة في التاكسي، ومحاولاتي الخروج منه، ثم لا شيء، ثم أشياء أخرى مختلفة كلية. كم عمرك إذن؟
- ٢٢.
- يا إلهي! أنت تصغرني بسبع سنوات!
- ...
- لِمَ كنت تقود هذا التاكسي؟ أنت لست سائق تاكسي!
- لقد شرحت لكِ بالأمس.
- لا بد أن هذا كان في فترة الانهيار. أعتقد أني فقدت الوعي قبل أن يبدو عليَّ ذلك.
- تعنين قبل التقيؤ؟
- آسفة! هل أفسدتُ مقعد السيارة بالكامل؟
- ليس بالكامل، لكن ذكراكِ ستظل في السيارة لفترة.
- ههhe. هل يحدث لكَ هذا عادة؟
- أي فقرة؟ التقيؤ أم الفقرة التالية؟
- كلاهما.
- ليس كثيرًا.
- أي فقرة؟

ـ كلاهما.

ـ ممتاز، سأنضم إلى القائمة القصيرة إذن. هذا أفضل. فقط لا تسميني «طنط أمل»!

ـ متى تسافرين؟

ـ غدًا مساء، في طائرة بعد منتصف الليل. هذه هي المنضدة على فكرة، إن كنت لم تلحظ. هل ستضع عليها الصينية أم تقتضي طقوسك الأكل واقفًا بجوار المنضدة؟

ـ كُفي عن السخرية!

وضع الصينية على المنضدة وجلسا. أخرجت طبقها من الصينية، وبدأت في الأكل. تردد هو قليلًا ثم فعل الشيء نفسه. نظرت إلى حبة الطماطم القابعة في طبق ثالث في الصينية وأشارت إليه بعينيها أن يتعامل معها.

ـ هل يمكن أن نتحدث بالعربية؟

ـ لا أعرف العربية.

ـ ولا كلمة؟

ـ ليس ما يكفي للحديث. ثم إن إنجليزيتك لا بأس بها. اقطع حبة الطماطم نصفين.

ـ لقد انتهيت. شكرًا. كليها أنتِ. هل لديكِ سجائر؟

هزت رأسها نافية. نظر حوله في قلق. سألته:

ـ ما مقدار رغبتك في التدخين، من ١ إلى ١٠؟

ـ ١٠.

هزت رأسها مفكرة، ثم قامت وبحثت عن حقيبتها وعادت وهي

تتحدث في التلفون. سألته عن نوعه المفضل وطلبته، ثم جلست، هادئة، من دون تعبير على وجهها ـ لا ابتسام ولا تجهم.

ـ أنا لا أسمح بالتدخين في بيتي، لكنني سأمنحك استثناء.

ـ عاجز عن الشكر.

ـ سبع سنوات! يا للهول!

أنهت طعامها بسرعة وحملت الصينية إلى المطبخ، وظل هو في الصالة لا يدري ماذا يفعل بنفسه. جلس في مقعد يرقب النافذة وينتظر. رآها تدخل الحمام في آخر الممر ثم سمع صوت الباب وهو يوصد، تكة، ثم تكتين. لِمَ توصد الباب بالمفتاح؟ سمع صوت المياه يتدفق في الحوض، ولا شيء آخر. دق جرس الباب فجاءت من ناحية الحمام مرتدية روبًا أزرق وذهبت إلى باب الشقة وفتحته. تبادلت بضع كلمات مع شخص بالخارج ثم أغلقت الباب وعادت تلوح بعلبة السجائر. أشارت إلى النافذة المفتوحة وعادت إلى الحمام. جلس على حافة النافذة، وأشعل سيجارة وأخذ ينفث دخانها بتلذذ نادر. يدخن كثيرًا، لكنه لا يشعر بطعم السجائر أو أثرها إلا مرَّة أو مرَّتين في اليوم، الباقي ملء فراغ: يجلس في انتظار أمر أو شخص ما، ويطول انتظاره فيشعل سيجارة. يدخل مقهى أو مكانًا ويشعر بالعيون تتطلع إليه فيضطرب ويشغل نفسه بإشعال سيجارة وتدخينها. يموت الحوار مع من يجالسه ويشعر بالحرج فيملأ الفراغ بإشعال سيجارة، وهكذا. لكن هذه السيجارة حقيقية، وتدخينها يصل مباشرة إلى ما لا بد أنه مركز ما في الدماغ يؤثر على حالته العامة. يأخذ نفسًا عميقًا يملأ

تأملها وهي تسير باتجاهه. ترتدي الآن فانلة رياضية بيضاء وواسعة بعض الشيء، تصل حتى أعلى ساقيها. لمعة بشرتها وتفاصيل جسمها أكثر وضوحًا تحت هذا البياض. يتأملها وهي تسير والفانلة تنحسر أحيانًا عن جسمها ولا يبدو أنها تلاحظ أو تهتم. يسأل نفسه كيف تتعامل بهذه الراحة مع جسدها ومع نظرته المصوبة إلى تفاصيلها من دون مواربة. ذهبت السكرة التي أرجعت إليها تلقائيتها معه في الفراش بالأمس، امتثال جسمها للمساته، سعيها إليه، يديها اللتين أحاطتا به وتحسستاه وجذبتاه ودفعتاه، فمها الذي أحاط به ولعق تفاصيله كلها وأطلق ذكورته من عقالها، جسمها الذي لم يترك جزءٌ منه جزءًا منه من دون أن يلتحف به، عينيها المفتوحتين في عينيه تشربانه. لم يرَ شيئًا كهذا من قبل. لم يكن له تجارب كثيرة، لكنه قد مر ببضع نساء، في عمره، أكبر منه، وأكبر منها، خبيرات، ومنهن واحدة محترفة. لكنه لم يرَ أنثى في سلام مع أنوثتها وذكورته وتلاحمهما مثل هذه، كأنها تشرب ماء، من دون خجل ومن دون تردد ومن دون تمنع ومن دون دراما.
وقفت بجواره ثم سألته، ببطء وتمعن:

ـ ماذا تريد أن تفعل الآن؟

آه. هذا هو السؤال الذي كان يتفادى حسمه. شعر بالحرج. هل كان يجب عليه الرحيل بعد السيجارة مباشرة؟ أو بعد الإفطار؟ أو ربما قبل هذا وذاك: أن يتسلل في الصباح ويختفي فلا يلتقيان وهما مفيقان هكذا؟ من قال بوجوب ذلك؟ «بلي كريستال» في «عندما التقى هاري بسالي». «سالي» اعترضت وقالت إن هذه

غلطة ذكورية لا تغتفر. لكن «سالي» كانت تحب «هاري» ولم تكن تدرك ذلك بعد، ومن ثَمَّ فربما كان «هاري» على حق: الرحيل السريع وسط الليل هو التصرف السليم ما دام لم يكن في الأمر حب. هو لا يحبها، لم يرها سوى عدة مرَّات متفرقة. لكنه لا يريد الرحيل. بساطتها ولطفها وتصالحها مع نفسها تجذبه: لم يعرف أحدًا مثلها من قبل، وفتحت هذه التلقائية بابًا في نفسه. كأنه يريد أن يكون هكذا، مثلها.

ـ ألو؟

ـ عفوًا. لقد سرحت قليلًا... لا أدري بعد. بعض المشاوير. سأقابل بعض الأصدقاء، وسأنجز بعض المهام لعمتي ليلى. هي ليست عمتي بالضبط، هي ابنة عم أبي، لكني أدعوها «عمتي».

ـ لا بأس. هون عليك.

ـ حسنًا. سأذهب الآن. هل تريدين مساعدة في شيء؟ أساعدك في غسل الأطباق أو شيء؟

ـ لا، الأمر لا يستحق. كلها ثلاثة أطباق وكوبان.

ـ حسنًا. ستسافرين غدًا، أليس كذلك؟

ـ نعم، غدًا بعد منتصف الليل.

ـ لا بد أن عندكِ مليون شيء لتفعليه. اعذريني إن كنت قد عطلتك!

نظرت إليه في نصف ابتسامة ساخرة، كمن ينظر إلى طفل لا يعي عبط ما يقوله:

ـ عطلتني؟!

تركت فنجان القهوة واقتربت منه من دون أن تلمسه. ارتبك قليلًا.

ـ لِمَ؟ هل تبحث عن زبون للتاكسي؟

ابتسم وهز كتفيه ولم يرد. نظرت إليه مطولًا، ثم وضعت كوب القهوة، وقالت في هدوء:

ـ اسمع: لِمَ لا تظل معي هنا حتى مساء الغد، ثم توصلني إلى المطار؟

ـ ... ممكن. وممكن أن أترككِ وأعود غدًا لأوصلك.

ـ وممكن أن تذهب ولا تعود، أو تبقى ولا توصلني، أو تقطع شريانك بالموس، الممكنات كثيرة. أنا لا أسألك عن الممكنات أيها الشاب، بل أسألك أن تبقى معي حتى الغد. هل تفهم السؤال؟

ـ نعم.

ـ لِمَ لا تجيب عن السؤال إذن؟

هز رأسه لحظات، ثم قال:

ـ ماشي.

ـ يا لكرم أخلاقك! ماذا؟ هل تشعر بالشفقة عليَّ؟ خارجة من السجن وكذا؟!

ـ لا أبدًا.

ـ هل تريد البقاء معي أم لا؟ هل تريد قضاء آخر يوم لي في مصر معي أم لا؟ أجب بوضوح.

ـ يسعدني البقاء معكِ. لا داعي للهسترة.

ـ تمام. انطق بكلام واضح.

ـ يسعدني البقاء. سأكون مسرورًا بالبقاء معك. لكن لِمَ تريدين أنت تقضية يومك الأخير بالقاهرة معي أنا؟

صمتت أمل مطولًا، ثم قالت، ببطء:

ـ لأني لا أريد البقاء وحدي. تعبت من الحديث إلى نفسي والاستماع إليها. سنة كاملة لا أفعل غير هذا!

ـ ولِمَ لا تقضينه مع أصدقائك؟ حفل الأمس جاءه أكثر من مائة شخص.

ـ لأني لا أستطيع تحمل مزيد من الضوضاء، ولا كثرة العدد. ليس في حالتي الآن. الاستماع إلى أكثر من شخص أو التعامل مع أكثر من شخص يوترني، يتعبني. مثل معدتي والطعام. ربما تعودت على صمت السجن وقلة الناس. لا أدري. ربما الأيام الماضية أرهقتني بزحامها. هناك أوقات شعرت فيها بما يشبه الحنين إلى جدول السجن ورتابته وقلة الناس فيه.

ـ ألا تريدين...

أكملت من دون أن تسمعه:

ـ ولا أريد البقاء مع أحد يعرفني وأعرفه. أو أحد بينه وبيني ماضٍ. لا أريد تعقيدات. ليس لديَّ القدرة على التعامل مع تعقيدات من أي نوع. لا تعقيدات محبة ولا تعقيدات غيرة ولا ضيق ولا إعجاب ولا شفقة ولا أي تعقيدات من أي نوع. ليس اليوم. أنت مناسب. شخص أعرفه بالكاد. أعرف عنك ما يكفي لأطمئن إليك، وأنت لا تعرفني تقريبًا، لا تعرف غير ما ذكرته وسائل الإعلام. هكذا أفضل. كأننا نلتقي في قطار. معرفة ليلة واحدة، مثلما فعلنا بالأمس، لكننا سنمدها للغد. صحبة هادئة حتى تمر هذه الساعات. هذا كل ما في الأمر، موافق؟

ـ حسنًا.

ـ ثم إننا بدأنا بداية لا بأس بها.

وابتسمت، لأول مرَّة هذا الصباح، ثم توارت ابتسامتها بسرعة داخل شرودها.

ـ لا بأس بها إطلاقًا.

ـ لكن، هناك شروط.

ـ آه. بدأنا. تفضلي.

ـ أريدك أن تحكي لي ما حدث خلال السنة التي قضيتُها في السجن.

ـ ألم تكوني تتابعين الأحداث؟

ـ لا أريد الأحداث. أريد حكايات ناس. حكايات حقيقية.

ـ وهل ستحكين أنتِ أيضًا؟

ـ لا. أنت الذي تحكي ما أطلبه، وأنا أستمع، حتى أكتفي.

ـ ولِمَ أقبل بدور شهرزاد هذا؟ ماذا يعود عليَّ؟

ـ قضاء هذين اليومين معي. لا تمثِّل! كم مرَّة في حياتك أتيحت لك فرصة قضاء يومين مع امرأة مثلي؟

ـ ...

ـ سأعتبر هذه موافقة منك. وشرط آخر: سنكون صرحاء مع بعض ١٠٠٪، من دون مراعاة لأي اعتبار.

ـ ولِمَ نفعل هذا؟

ـ لأني أريد هذا. لأني مسافرة ولن أعود قبل فترة طويلة. لأني خارجة من السجن وأحتاج إلى الحديث بصراحة، كأني أحدث

نفسي بصوت عالٍ. لأني أريد الاستماع إلى آراء صريحة ومباشرة.

ـ اتفقنا.

ـ بسرعة هكذا؟

ـ ولِمَ لا، كم مرَّة تُتاح لي فرصة قضاء يومين مع امرأة مثلك؟

ـ حلو هذا المزاج الغامق.

ـ ...

ـ حسنًا، وفي إطار الصراحة التي اتفقنا عليها، لِمَ لا نعود الآن إلى الفراش ونخلع هذه الملابس ونستأنف ما كنا بصدده هذا الصباح؟

* * *

الثانية بعد الظهر.

ـ صاحية؟

ـ نعم.

ـ هل يمكن أن نتحدث بالعربية؟

ـ يا سيدي قلت لك لا أتحدث العربية، والله لا أتحدث العربية، لا فصحى ولا عامية. كنت أود، لكني لا أتحدثها. تمام؟ واضح؟

ـ واضح.

ـ ثم إن إنجليزيتك ممتازة. أين تعلمتها بالمناسبة؟

ـ على الإنترنت.

ـ أفندم!

ـ الشبكة الدولية للمعلومات.

ـ كيف؟

ـ سأحكي لكِ، لكني أريدكِ أن تحكي لي قصتكِ أولًا.

ـ ألم تقل إن حكايتي معروفة؟

ـ أقصد الجزء الذي سبق دخولكِ السجن. ولدتِ بأمريكا أليس كذلك؟ وماذا جاء بك، وهكذا؟

ـ ألم نتفق أن تحكي أنتَ؟

ـ اعتبريها عربونًا، مقدمة لتشجيع شهرزاد.

ـ مساومات مستمرة. حسنًا، وهو كذلك. لم أولد في أمريكا، ولدت هنا، في شبرا. أبي، أحمد مفيد، كان ضابطًا بالجيش، وسافر في بعثات متعددة إلى الولايات المتحدة ثم تقاعد وهو عميد، وانتقل بنا إلى واشنطن، وأقام شركة للتجارة في المواد العسكرية. كان عمري ستة أعوام وقتها.

ـ ما شاء الله، أبوكِ تاجر سلاح؟

ـ لا. كان يسهل صفقات في مجالات الأقمار الصناعية وتكنولوجيا أخرى لا أفهم كنهها بالضبط، تدخل أحيانًا في تصنيع الأسلحة واستخدامها، وأحيانًا في تصنيع السيارات وأشياء أخرى كثيرة. عمله ناجح لكننا لسنا أثرياء. لدينا منزل جيد في فيرجينيا، وحظينا بتعليم جيد أنا وأختي ـ هي التي ولدت هناك. ثم مات أبي وأنا في الجامعة، وبقينا هناك.

ـ وأمكِ؟

ـ قاتلة محترفة. لا، هذه مزحة. أمي كانت تساعده في عمله،

وحلت محله لفترة عقب وفاته، ثم باعت الشركة ووضعت أموالنا في صناديق استثمارية مضمونة، وفتحت محل زهور.

ـ من السلاح إلى الزهور؟!

ـ قلت لك ليس سلاحًا، نظم تشغيل!

ـ أكملي.

ـ حين تخرجت من الجامعة شعرت بالضياع. أبي ميت، وأمي وأختي كلٌّ مشغولة بعالمها. التاريخ الذي درسته لا يؤهلني لأي عمل. ولا أعرف حتى من أنا. معظم الناس تعاملني على أني عربية في حين أني لا أشعر بذلك. يعني أعرف أني مصرية الأصل، أبي وأمي من مصر، لكني كنت أمريكية. لا أتحدث العربية، وليس لديَّ أي من القصص التي تجدها بين بعض أبناء المهاجرين: لا ذهبت إلى مدارس الأحد لتعلُّم العربية، ولا قضيت أمسياتي مع أهلي نشاهد أفلامًا عربية قديمة وتعيسة، وليس لديَّ ذكريات من مصر سوى إجازات قصيرة بترحابها ومشاكلها. في ذهني كنت أمريكية مثل بقية زملائي بالمدرسة. لكن اسمي، والهستيريا التي سادت أمريكا بعد ١١ سبتمبر، باختصار، الآخرون هم الذين فرضوا سؤال الهوية عليَّ. فهمت أني «أمريكية مختلفة»، وأن اختلافي هذا مشكلة للبعض. ما فاجأني هو اكتشافي أن هذا الاختلاف مشكلة أيضًا لبعض قريناتي، ممن تعلمن العربية وأخذن دروس الدين ورباهنَّ أهلهنَّ على أن أخلاقهنَّ مختلفة وأفضل من أخلاق بقية الأمريكيين. قريناتي هؤلاء لا يسهرن ولا يشربن ولا يمارسن الجنس. وهن

يشعرنني أني لست مختلفة عن الأمريكيين العاديين بما يكفي، أو أني منحلة أو شيء كهذا.

ـ وأنتِ، أين وقفت بين الجانبين؟

ـ اتفشخت! في أوقات وجدت الحماية والأمان النفسي في تبني هذا الجانب، فحاولت تعلم العربية والصلاة وكففت عن الشرب إلى آخر هذه السلسلة. ثم في فترة لاحقة عبرت للجانب الآخر تمامًا حتى قاطعتني صديقاتي «العربيات» لأني كنت في نظرهن ـ أو نظر أمهاتهن على الأقل ـ شرموطة. قررت العودة إلى الجامعة لتفادي كل هذا الضياع: تركت فرجينيا بكل معارفنا وأصدقاء المدرسة والجامعة، وذهبت إلى كاليفورنيا لدراسة القانون، ثم اجتزت امتحان جمعية المحامين وأنا في الرابعة والعشرين.

ـ لا بأس.

ـ لا بأس إطلاقًا. كنت تائهة لكني لم أكن غبية. فور تخرجي تلقيت عروضًا من شركات محاماة كبيرة، لكني أردت عملًا له معنى، وليس مجرد وظيفة براتب كبير. لسنا أثرياء كما قلت لك، لكن لدينا ما يكفينا من المال، ولا أحتاج أن أضيع عمري بحثًا عن مزيد منه، خصوصًا بعدما رأيت بعيني وفاة أبي المفاجئة. وفاته أفهمتني، بشكل أبلغ من أي كلام، ألَّا شيء يدوم. وأيًّا كان الوقت الباقي لي في الدنيا، فلا أريد قضاءه في فعل أشياء لا أحبها. التحقت بالعمل بمنظمة غير حكومية تعمل في مجال التنمية. راتب قليل، لكن العمل سحرني: سفر إلى بلاد أفريقية

وآسيوية وأمريكية جنوبية، ومشاركة في عشرات المشروعات التي تغير حياة الناس.

ـ تغير حياة الناس؟ مرَّة واحدة؟

ـ ليس كل الناس، لكنْ عدد كافٍ منهم. شاهدت بعيني أطفالًا يذهبون إلى مدارس لم يكونوا ليدخلوها لو لم نبنها، ونساء يجدن مصدر رزق لم يكن متاحًا، ومقاتلين يتعلمون أشياء جديدة يفعلونها في حياتهم بعد نهاية الحرب بدلًا من القتل والبلطجة، ومياهًا نظيفة تدخل قرى لم تكن تعرفها، وشبابًا يبدأون مشروعات صغيرة ساحرة بدولارات قليلة، ويبنون لأنفسهم حياة ويحققون أحلامًا. لم يكن العمل مثاليًّا، ولا المنظمة التي أعمل بها مثالية، لكن مقابل كل القرف والعك اللذين قابلتهما في العمل، كان هناك هذا الوجه المشرق، وهو شيء جميل أعطى لعملي معنى يكفيني للقيام في الصباح والذهاب إليه.

ـ ولِمَ تركتِه؟

ـ عشان «ماسر».

ـ ما انت بتتكلمي عربي أهه؟!

ـ في الشتائم والسخرية فقط.

ـ نعود إلى موضوعنا. لِمَ تركت هذا العمل الساحر، المفيد للناس؟

ـ لا تسخر من عملي. خط أحمر. الذي حدث أن قصة الهوية أطلت برأسها من جديد بعد فترة، ولكن داخلي أنا. بدأت أسأل نفسي عن جدوى عملي، ليس في المطلق بل جدواه بالنسبة

إليَّ أنا. أو بالأدق عن جدوى اختياري له. لِمَ لا أعود إلى مصر وأقوم بهذه الأعمال فيها؟ فكرت أنها قد تكون فرصتي لحل سؤال الهوية بشكل حقيقي وواضح وإلى الأبد. ومن ناحية أخرى فكرت أن عملي في مصر، التي تربطني بها روابط عائلية، قد يكون أسهل وأكثر نجاحًا. في سذاجتي آنذاك ظننت أن هذه الروابط ستجعل الناس تتقبلني أكثر وتتعامل معي باعتباري واحدة منهم، لكن قادرة على المساعدة. لم أستمع إلى كلام زملائي ومديرتي المتشككين. قالوا لي إن العكس قد يحدث، وإن الناس في هذه البلدان يفضلون الأجنبي المختلف تمامًا عنهم على الأجنبي الذي يشبههم. قلت لهم إن مصر مختلفة، وسكبت على رؤوسهم القصص التي سمعتها من أهل صديقاتي عن الترحاب المصري، وخفة الدم المصري، وذكاء الطفل المصري، وكل هذا الهراء. نظرت إليَّ مديرتي بشفقة، ونظرت إليها بالنظرة نفسها، ولما كانت المنظمة لا تعمل في العالم العربي فقد استقلت، وذهبت للعمل في أخرى لها نشاط في المنطقة العربية.

- المنظمة المسؤولة عن المؤامرة؟

- أي مؤامرة؟

- تقسيم مصر وإسقاط الدولة؟

- نعم، هي بعينها. ماذا كان اسمها؟ «منظمة الدبدوب الدولي»؟ كانوا بالأمارة عاملين إعلان: «مطلوب مسقطي دول، لا يشترط الخبرة».

ـ لا صحيح، كيف وجدت هذه الوظيفة؟ لا أفهم كيف يجد الناس هذه الوظائف!

ـ هناك العشرات من المنظمات الأمريكية العاملة في مجالات التنمية المختلفة في العالم. ولو كنت أمريكيًّا ومتخرجًا من جامعة معقولة فستجد بسهولة عملًا فيها. مع الخبرة التي اكتسبتها، وجدت عددًا من الفرص وقارنت بين ظروفها، وكدت أقبل بوظيفة في إحداها ـ تعمل في مجالات مطابقة لعملي السابق ـ لولا حديثي مع أمي.

ـ أمك؟ هذا ظهور مفاجئ للشخصية يا أستاذة.

ـ هي فعلًا ظهرت فجأة. أمي ليست من النوع المتدخل. وحتى إن سألتها عن رأيها في شيء يخصك ردت بسؤالك عن رأيك أنت. مذهبها هكذا في التربية، ولا أشتكي منه، بالعكس، لا أتصور نفسي مع أم تتدخل في شؤوني وقراراتي. أمي سألت فجأة عن جدوى عملي ـ وأنا محامية ـ في مجال التنمية. سألتني إن كان إسهامي في مشروعات المياه النظيفة استثمارًا جيدًا لمهاراتي. ثم سألت عن أهمية هذه المشروعات في بلد كمصر. «كم مدرسة ستبنون في خمسة أعوام؟ وكم بئر مياه نظيفة ستحفرون؟ وما أهمية كل ذلك مقارنة بما تنفقه الحكومة المصرية على هذه القطاعات؟». أجبتها الإجابات المعتادة، وحدثتها عن أهمية قيام الفرد بما يستطيعه، لا الاكتفاء بمطالبة الحكومة بالقيام بواجبها. لم تعترض أمي، لكنها قالت إني لو نجحت في تحسين أداء الحكومة أو قللت فسادها بنسبة ١ في

الألف فسيكون عائد ذلك على التنمية أكبر مئات المرَّات من المدارس والآبار التي سننشئها في خمسة أعوام.

ـ يعني أمك هي المحرضة؟ أمك هي المؤامرة؟

ـ تقريبًا. لا تنسَ أن أمي هي المصرية الحقيقية في القصة، بنت شبرا. حين تعلق الأمر بكوستاريكا أو ليسوتو فقد تركت البنت تلعب. لكن حين مس الموضوع بلدها طلع لها رأي. قالت لي: «أي آبار تلك التي ستحفرونها؟ هي مصر ناقصة حفر؟ روحوا اردموا الحفر التي تبتلع فلوس البلد!». وبسؤال الأم كيف سأسد أنا حفر الفساد، أجابت بأن أهل البلد هم القادرون على سدها، فهم يعرفونها خيرًا من غيرهم، لكن ليس لديهم القدرة ولا الأمل الضروريان لحثهم على سدها، وبالتالي كل ما يمكن للأجانب مثلي فعله هو منحهم الأمل والقدرة. لخصت أمي، بائعة الزهور، مذهب التعاون الدولي مع المجتمع المدني في سطرين. كلامها كان ناصع الوضوح والإقناع. رأيت على الفور النقطة التي تحاول توصيلها، واقتنعت. وبعد أسبوع وجدت عملًا في إحدى المؤسسات التي تعمل في مجال تقوية منظمات المجتمع المدني، وبعدها بشهرين وصلت مطار القاهرة.

ـ في يناير ٢٠١٠؟

ـ برافو! أنت مذاكر القضية فعلًا!

ـ أبدًا، لكن الإعلام ركز على هذه النقطة في التدليل على دورك في المؤامرة الدولية لتقسيم مصر وإسقاط الدولة. أمريكية

الجنسية، أقمتِ من قبل في تركيا، وسافرتِ إلى الدوحة مرَّتين، وإلى طهران مرَّة، يعني مررتِ على مراكز المؤامرة كلها ـ فاتتك فقط تل أبيب!

ـ طبعًا طبعًا، أحد المعلقين قال: «اسأل نفسك لِمَ جاءت في يناير؟ لِمَ يناير بالذات؟ وهل بالصدفة تجيء هي في يناير ثم تشتعل المظاهرات بعدها بسنة بالضبط؟»، لكن المصيبة ليست في تعليقات ناس على فيسبوك، المصيبة أنهم سألوني فعلًا في التحقيقات نفس هذا السؤال، ما يقرب من عشر مرَّات، وسألوني عن «المهام» التي كُلِّفت بها، وهل تضمنت التواصل مع المتظاهرين، وتوزيع الطعام والمال عليهم، وسألوني عما أحضرت في حقائبي، وما إذا كان بها وسائل اتصال متقدمة.

ـ وأنتِ اعترفتِ!

ـ طبعًا. قلت لهم إن مهامي هي تقوية المجتمع المدني ومنظماته، ورفع قدرته على كشف الفساد، وبلورة مطالب الناس وصياغتها في شكل سياسات، والضغط على الحكومة لإقناعها بتبني هذه السياسات. هذا هو المكتوب في خطاب تعييني وفي وصف الوظيفة! وطبعًا تواصلت مع المتظاهرين، بما أني كنت في الميدان من يوم ٢٨ إلى آخر يوم. وطبعًا وزعت طعامًا على المتظاهرين الجائعين، وأعطيت مالًا لآخرين لشراء مياه وساندويتشات، بعضها كان من «كنتاكي» على فكرة. وفرحوا جدًّا بهذه الأقوال واعتبروها اعترافات. سألتهم أين خرق القانون في أيٍّ من هذا: هل التظاهر ممنوع على المواطنين المصريين؟

هل شراء الطعام والمياه وتوزيعها على المعتصمين جريمة؟ فابتسموا وأغلقوا المحضر.

ـ يعني متآمرة ومعترفة.

ـ #متآمرة_وأفتخر. لقد أمضيت خمس سنوات في هذه المؤامرة، تعاملت خلالها مع مئات المنظمات وربما آلاف الأشخاص، ممن تلقوا تدريبًا أو حضروا ورش عمل أو شاركوا في فعالية ما للمركز، من بينهم كثير من موظفي الدولة، فأين كانت السلطات في أثناء هذا كله؟ أين كانوا من المؤامرة حين شاركوا في هذه الأنشطة؟ وحين جاء مديرو المنظمة وقابلوا المسؤولين هنا، لماذا لم يشتكِ أحد ساعتها؟ وحين طلبنا عشرات المرَّات تقنين وضعنا ومنحنا التراخيص اللازمة، لِمَ قالوا لنا: «اشتغلوا مؤقتًا إلى حين تعديل القانون وإصدار التراخيص»؟ ما علينا، لن أعيد المرافعة هنا. تعالَ نشرب شيئًا.

ـ أريد أن أعترف لكِ بشيء قبل ذلك.

ـ خير؟

ـ ورش العمل التي حضرتها عندكم...

ـ ما لها؟

ـ لم يكن لمشاركتي فيها معنى.

ـ بمعنى؟

ـ بمعنى أني حضرت لا لشيء إلا لأن البنت التي كنت أصاحبها دفعتني لذلك. قالت إني سأستفيد، لكني لم أكن في موقع أو وظيفة تستدعي هذا التدريب.

ـ كم ورشة حضرت؟

ـ ثلاثًا.

ـ نعم، تذكرت. هذه هي المرَّات الثلاث التي التقينا فيها. وكيف سمحنا لك بالحضور إذن؟

ـ ادعيت أن الشركة التي أعمل فيها تقوم بنشاط في مجال الورش. الحقيقة أني استفدت لكن بشكل شخصي. لم يستفد أحد من استفادتي هذه. معذرة!

ـ أبدًا. الحقيقة أن نصف الجمهور الذي يشارك لا يستخدم ما تعلمه بشكل مباشر. حين ننظم فكرة هذه الورش نفترض أن نصف المشاركين على الأقل لن يستخدم ما يتعلمه الآن، ولكنهم سيستخدمونه إن قرروا في يوم من الأيام القيام من على مؤخراتهم والمشاركة فيما يدور حولهم.

ـ عظيم، يعني لن يستخدموه أبدًا.

ـ لا، سيستخدمونه. ربما لا ترى ذلك الآن لكن سيأتي اليوم الذي ستستخدم فيه ما تعلمته.

ـ يا سلام! اسمكِ متوافق مع تفاؤلك.

ـ هل تعلم كم واحدًا قبلك قال لي هذه «النكتة»؟

ـ أعرف، قلشت مني. لكن المهم أنه ليس هناك أمل. ربما كان هناك أمل خلال السنوات الماضية، لكن النافذة أُغلِقت: «كان عندك أمل وراح»، أما الآن فكل ما بقي لنا هو صباع الكفتة.

ـ يا للهول!

ـ نحن في الهول بالفعل. فشلنا في كل شيء، كلنا. فشلنا في

السياسة وفي العمل وفي الحب وفي الدراسة وفي الصداقة. نحن في القاع الآن!

- وأين ذهب إحساس القوة والقدرة الذي كان في ٢٠١١ و٢٠١٢؟

- غار في داهية! هذا الإحساس أعطانا أملًا زائفًا في قدرتنا على تغيير أحوالنا، ثم تحطم الأمل وانهار كل شيء. نافذة الفرصة أُغلِقت، وكل عام وأنتِ بخير!

- أنت مخطئ. كل هذا مؤقت، والنافذة لم تُغلَق، كل هذا غمامة كبيرة وستنقشع.

- سأكون ساعتها في السبعين من عمري، ونسيت ليس فقط ما تعلمته في الورش ولكن نسيت من أنا.

- أنت لا تنسى من تكون في السبعين، بل بعدها بكثير. لا تقلق، لديك وقت.

- جائز، إن بقيت حيًّا ولم أختفِ قسريًّا أو أنتحر. أما أنتِ فمسافرة غدًا تاركة لنا هذه البلاد المعطاءة وفرصها العظيمة. الآن، هل يمكنكِ القيام وإعداد قهوة أو أي شيء مفيد يا بنت العميد مفيد؟

- قم يا خفيف الظل. سأريك كيف تُعد قهوتك بنفسك.

* * *

جلس على حافة النافذة من جديد. كوب القهوة بجواره على الحافة، وأمامه أمل، تحتسي قهوتها وتجلس مصوبة عينيها ناحيته، والفانلة تنحسر عن خصرها في كل مرَّة ترفع فنجان القهوة نحو شفتيها فتكشف عن ردفيها. لِمَ لا يوجد اسم لطيف لمؤخرة المرأة؟ المعجم يسميها: «إِسْت»، «دُبُر»، «رِدْف»، «سَافِلَة»، «عَجُز»، «مَقْعَدَة»، «وَراء»،

«مؤخرة»، والعامة يسمونها باسم يعاقب القضاة مَن يذكره علنًا. لكن كل هذه أسماء قبيحة لشيء جميل. فما العمل؟ كيف يقول لها إنه يحب مؤخرتها من دون أن تكون كلمته مبتذلة أو فجة أو أقل جمالًا من شعوره؟ لا يجد كلمة، هل يشير إليها ويقول: «... حلوة»؟

وماذا يسمي الجزء الآخر الذي يعاقب القضاة مَن يذكره؟ «فَرْجٌ»؟ «مِهْبَلٌ»؟ المعجم يقول إن «المهبل» هو الجزء الداخلي من الجهاز التناسلي للمرأة وإن «الفرج» هو الجزء الخارجي منه. المعجم يقول إن «العامة يسمون عضو المرأة «كس»» (وليحبس القضاة المعجم إن شاءوا)، وإن هذا اللفظ «ليس من كلامِ العرب، ويُعتقد أن أصله من اللغة التركية، حيث يقال للبنت أو الفتاة باللغة التركية «كز» ويبدو أنها انتشرت هكذا». ويقال أيضًا إنها فارسية وتستخدم بالمعنى نفسه - لكنها ليست نابية - في الفارسي. الأمر بالإنجليزية - التي يتحدثان بها - سهل. لكنه ساعة الالتحام لا يتحدث بالإنجليزية، فماذا يقول ساعتها؟ هل يقول لها مثلًا: «أحب التزاوج معك»؟ «أحب نكاحك»؟ «أحب مطارحتك الغرام»؟ و«فعل الحب»؟ «أحب جهازك التناسلي»؟

كيف يمكن للغة يتحدثها ثلاثمائة مليون نسمة أن تخلو من مفردات مقبولة تصف أجزاء من أجسامهم يلمسونها كل يوم أكثر من مرَّة، وأفعالًا يأتونها - على الأقل هذا ما نأمله - بشكل مستمر؟ كأن سلطة ما أحلت على العرب صمتًا مطبقًا، فصاروا يأتون هذه الأفعال ويتحسسون هذه الأجزاء ويرونها من دون حديث، من دون كلمة. أي قمع أكبر من هذا؟

أفاق من أفكاره على صوت أمل تسأله إن كان يريد مزيدًا من القهوة. أومأ نافيًا، في حين مدت يدها إلى جزئها الذي يعاقب القضاة مَن يذكره وهرشت الشعيرات السوداء القصيرة المحيطة به، ومدت يدها نحو علبة السجائر وسحبت واحدة.

ـ ألم تقولي إنك لا تدخنين؟!

ـ هذه سجائري أنا، تذكر؟

ـ أنتِ حرة، مجرد سؤال!

ـ هيا، احكِ قصتك.

ـ لا، دوركِ لم ينته. أكملي قصتكِ.

ـ الباقي ممل.

ـ لا بأس. احكي باختصار إن شئتِ.

ـ لِمَ؟ هل بدأتَ تمل؟

ـ احكي يا ست.

ـ الإعلام ذكر القصة كلها. استيقظوا ذات يوم منذ عامين وهاجموا مقرات عدد من منظمات المجتمع المدني، منها مكتبنا، وشمعوا كل شيء وأخذوا الكمبيوترات والأوراق ومَن وجدوه بالمقر، وعملوا لنا جميعًا قضية التمويل الأجنبي إياها، وحدث ما حدث، وسافر من سافر، لكني أنا بقيت. لم أرغب في السفر.

ـ لِمَ؟ وطنية أم عِند؟

ـ لا هذا ولا ذاك، شعور بالذنب غالبًا. وربما قصة الهوية إياها. لم أحب أن ألعب دور من تدعو الناس إلى أشياء ثم تفر وتتركهم

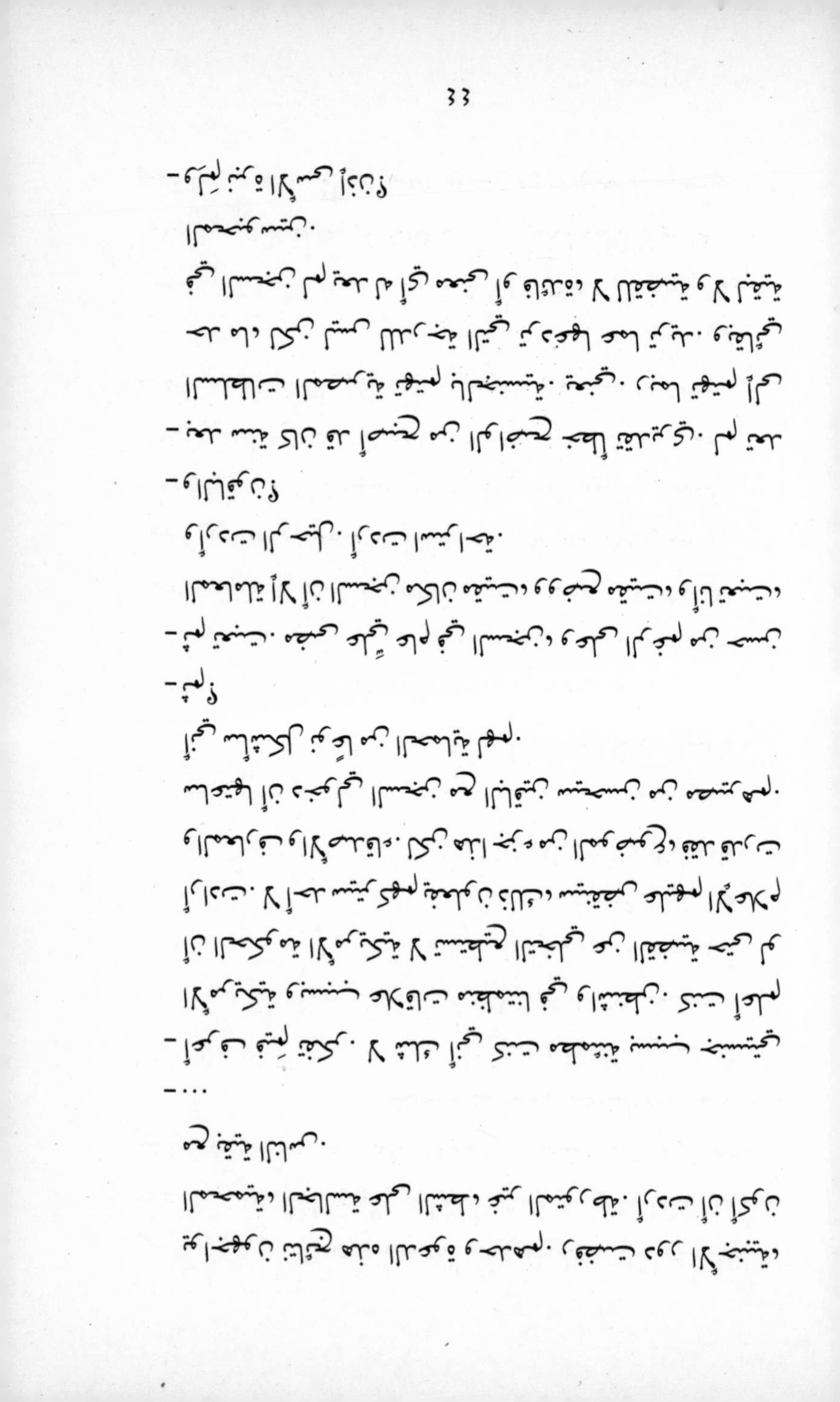

ـ لأني اضطررت للتخلي عن الجنسية المصرية.

ـ فعلًا؟ هذا ما يضايقك في الموضوع؟

ـ فعلًا.

ـ يا بنتي، تخلصك من الجنسية المصرية أفضل ما في الموضوع. لو كنت مكانكِ لأحرقت جواز السفر المصري في المطار. هذه لعنة وليست جنسية. الجنسية ترتب لك حقوقًا، أما هذه فترتب لك المصائب.

ـ يا للهول!

ـ فكري في الأمر: هذه الجنسية أقرب ما يكون لصك العبودية. مجرد حملك لها يرتب عليك واجبات لانهائية، ولا يعطيك حقًّا واحدًا. لو كنتِ كولومبية أمريكية، فهل كنت ستتلقين اللعنات التي تلقيتها خلال المحاكمة؟ هل كان أحد سيتهمك بالخيانة؟ هل كان أحد سيتهمك أنك شرموطة؟ أبدًا، ولا كانوا اهتموا بك. لكن مجرد حملك الجنسية المصرية يجعل من حق ٩٠ مليون مواطن لا يعرفون عنك شيئًا أن يحاكموك وفقًا لقواعد لا تنطبق إلا على المصريين، ويدينوك بناء عليها. حتى دخول مصر والإقامة فيها أسهل للأجانب: في المطار لا يوقفك أحد أو يحتجزك للاشتباه. تأجير الشقق أسهل: لن يشك السمسار والمالك فيك وفي أخلاقك ويعاملانك كأنك هاربة من أهلك وخارجة عن المجتمع أو تخططين للاستيلاء على الشقة. العثور على شغالة تنظف البيت أسهل، وستلتزم معك أكثر بقواعد العمل. سائقو التاكسي يقفون لك ويأخذونك حيثما تريدين من

دون مناقشة. رجال الشرطة لا يعترضون طريقك بمناسبة ومن دون مناسبة، وإن وقعت في أيديهم لأي سبب سيعفونك من الضرب والإهانة. الجميع يتركك تفعلين ما تريدين: تسهرين، ترقصين، تسكرين، تعانقين من تحبين في الأماكن العامة، تلبسين ملابس مهلهلة أو فاخرة، تأكلين على الرصيف أو في أغلى الأماكن. الكل يرحب بك ويعاملك باحترام، حتى «نادي الجزيرة» سيفتح لك بابه الموصد. قولي لي لِمَ يحتفظ أحد بالجنسية المصرية إن كان لديه غيرها؟

ـ لأنها جزء ممن أكون، أيًّا كانت تبعاتها، ولن أسمح لأحد بانتزاعها مني. وعلى فكرة، سأبدأ في إجراءات استرجاعها بمجرد تسوية قضيتي في واشنطن. وإن رفضت القنصلية إصدار جواز سفر لي سألاحقهم في المحاكم، لآخر درجة تقاضٍ ممكنة.

ـ واضح إنك فاضية!

ـ لا تقل كلامًا تافهًا!

ـ لا تغضبي، جاوبي عن السؤال: هل تعطيكِ هذه الجنسية شيئًا غير القيود، داخل مصر أو خارجها؟

ـ اسمع، لا تلعب معي لعبة المصري الأصيل والخواجاية. لقد سئمت من دور الخواجاية هذا. أنا لست أجنبية، لا هنا ولا في أمريكا، ولا أنت ولا غيرك لديكم حقوق أكثر مني أو فهم أعمق للبلد لمجرد أنكم جهلة لا تعرفون غير ما تعيشون فيه. أنا عشت ثقافات متعددة، وهذا يجعلني قادرة أكثر على رؤية كل ثقافة

بحجمها الحقيقي، أو على الأقل لا يجعلني هذا «غير فاهمة» أو «محتاجة لشرح من الترجمان». اتفقنا؟

ـ هدي نفسك يا أستاذة.

ـ لقد جئت إلى هنا في ٢٠١٠، وقضيت واحدة من أسوأ سنوات عمري. صُدمت في كل شيء، وفي كل شخص تعاملت معه، ولولا اضطراري لمواصلة العمل لدفع بقية ديوني الدراسية، وخوفي من الفشل أمام أمي، لجمعت حاجياتي ورحلت بعد شهرين من وصولي على الأكثر. كل ما تقول إنه لا يحدث للأجانب حدث لي، وأكثر. معك حق أن الناس يعطون الأجنبي هذه الامتيازات، ولكن بمجرد معرفتهم أن اسمي «أمل» يسحبونها كلها ويعاملونني المعاملة المخصصة للمصريين وأسوأ، باعتباري ناقصة المصرية أيضًا. وبعد سماع اسمي، عادة ما يسألني الناس إن كنت مسلمة، كأنهم يبحثون عن رخصة أخرى للتدخل في حياتي. وحين أجيب بالإيجاب تنفتح عليَّ بقية أبواب الجحيم: كيف يتركك أهلك هكذا؟ أين زوجك أو أبوك؟ كيف ترتدين هذه الملابس؟ كيف تذهبين إلى هذه الأماكن؟ كيف تسهرين مع هؤلاء الشباب؟ كيف تضحكين هكذا؟ كيف تعودين في هذه الساعة؟ كيف تشربين الخمر؟ لِمَ لا تصلين؟ لِمَ لا تتعلمين العربية؟ لِمَ ترقصين هكذا؟ هل تمارسين الجنس؟ ألا تخشين الله؟ وهكذا، سيل من التدخلات والقيود وإشعار بالذنب طيلة الوقت. طيلة عمري أشعر أني إنسانة طيبة، محبة، ودودة، والكل يعاملني

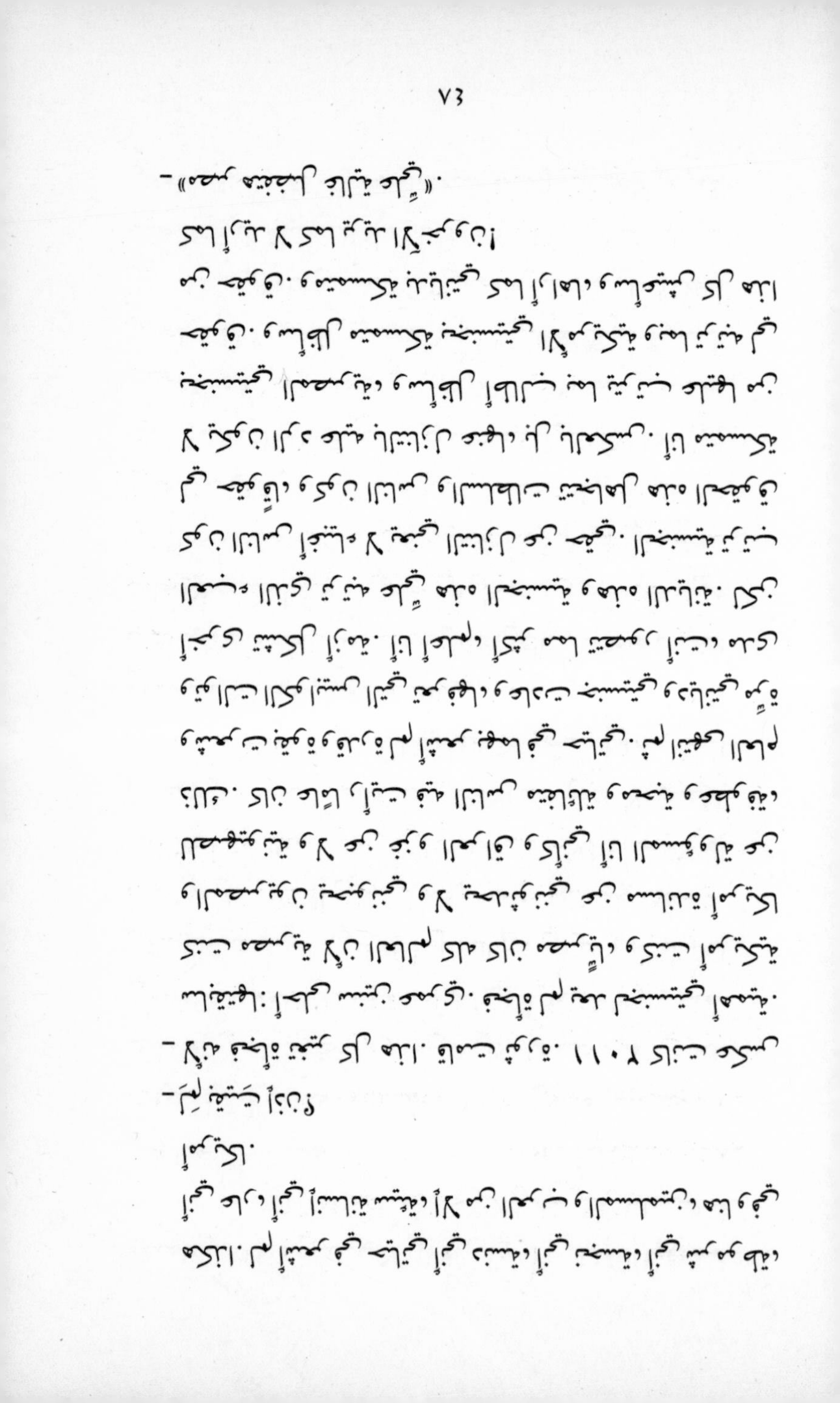

[illegible]

ـ قوم اعمل قهوة.
ـ حاضر. لكن أكملي القصة.
ـ خلاص، القصة خلصت. تنازلتُ عن الجنسية وأفرجوا عني وكأنهم سيرحلونني إلى بلدي لاستكمال مدة العقوبة هناك. خرجت من خمسة أيام، وأنهيت كل الإجراءات واستعدادات السفر، وعزمتني صديقتي على هذه الحفلة لوداع الأصدقاء، وتقريبًا عزمَت طوب الأرض، حتى أنت الذي لم أكن أذكر اسمك، والباقي تعرفه أنت.
ـ بقية القصة.
ـ أي بقية؟
ـ الجانب الذي لا أعرفه! ماذا فعلتِ في خمس سنوات في مصر ـ غير التساؤل عن هويتك والتآمر؟ هل أحببت أحدًا؟ هل فكرت في أشياء أو مررت في تجارب غيرت نظرتك؟ هكذا...
ـ القهوة أولًا.
ـ حاضر. القهوة.
قام وخرج من الغرفة.
ـ أغلق باب الغرفة وأنت خارج.
ـ لِمَ؟
ـ افعل ما أقول لك.
ـ حاضر.

* * *

عاد بالقهوة إلى الفراش وناولها الكوب. وضعت الكوب على

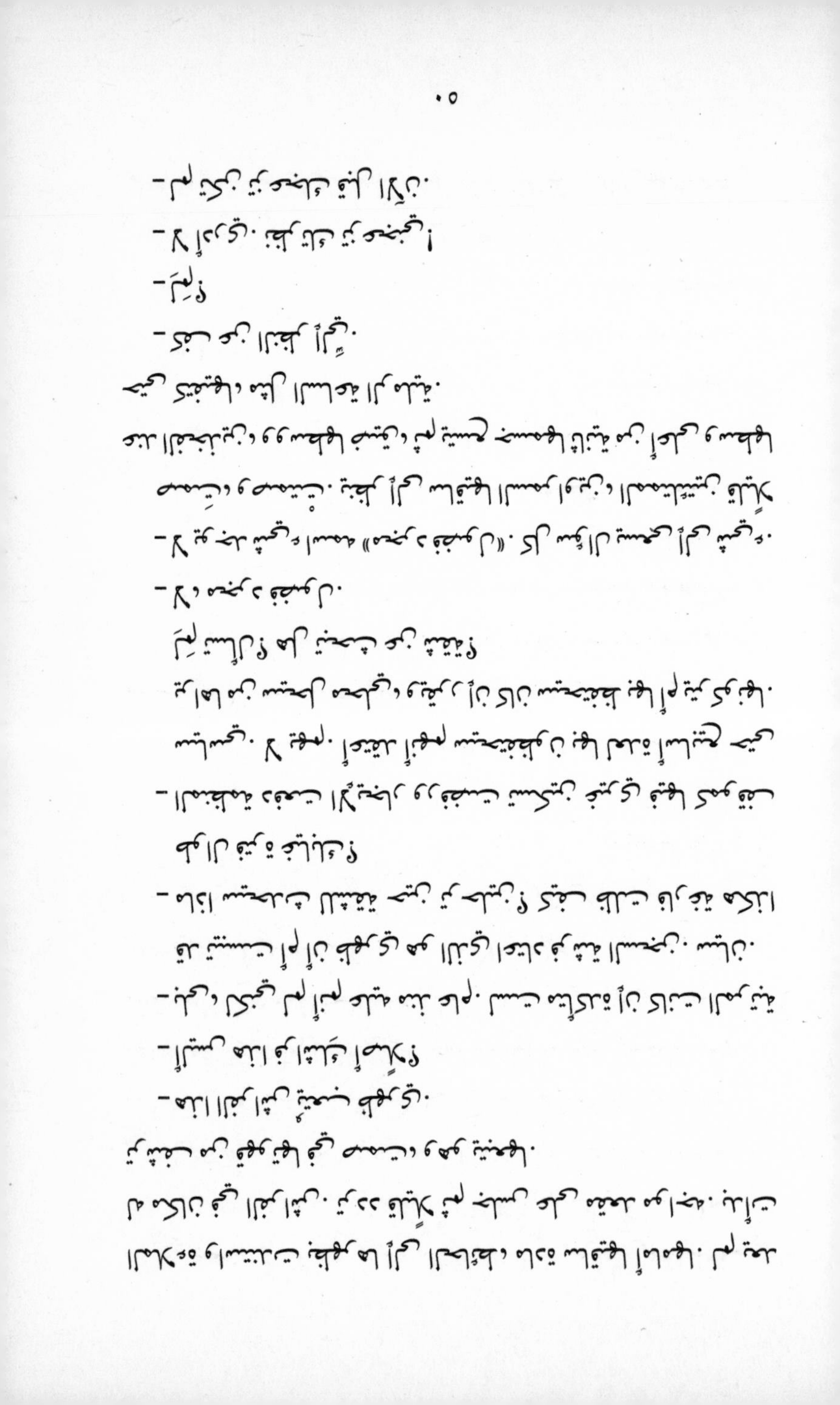

[illegible]

ـ معك حق. أنا آسفة. الحقيقة أن جسمي هو الذي يزعجني!

ـ لِمَ؟

ـ لأنه ليس جسمي الذي أعرفه. تغيَّر.

ـ ليس عن آخر مرَّة رأيتك.

ـ أكيد لم تنظر جيدًا وقتها. ترهل أكثر من اللازم خلال العام. حاولت قدر استطاعتي السيطرة عليه، بالطعام وبالرياضة. لكن هامش الحرية في السجن محدود جدًّا، وفشلت. هذه أولى مهامي بعد السفر.

ـ لا أرى ترهلًا.

صمتتْ، وصمتَ. باب الشرفة نصف مغلق، وضوء الشمس المتسلل يكسب الغرفة كلها حمرة. مرَّة أخرى يشعر بأنه في فيلم، ويخنقه هذا. سألها إن كانت تمانع في فتح باب الشرفة، فترددت ثم هزت رأسها موافقة. قام وفتحه فدخل مزيد من الضوء. وضعت الوسادة على عينيها لتحميهما من صدمة الضوء القادم من الخارج. نظر إلى المباني المحيطة والأسطح وبعض الطيور التي تلملم قوتها. على الرغم من هدوء الزمالك، إلا أن هناك ضوضاء مقيمة في الخارج، طنينًا. تردد لحظة ثم ترك باب الشرفة مواربًا وعاد إلى مقعده. نظر إليها ووجدها ساكنة. أزاحت الوسادة شيئًا فشيئًا، في صمت. تبدو غير راغبة في الحديث الآن. صمت هو الآخر وأخذ يرشف من قهوته. بعد لحظات بدأت هي:

ـ اسمه «كريس»، قابلته هنا في ٢٠١٠، يعمل مراسلًا مستقلًّا لعدد من الجرائد الأمريكية والبريطانية ومواقع الأخبار وأي

وسيلة إعلامية ناطقة بالإنجليزية. لطيف، مهذب، ذكي، مرح، فاهم، باختصار نسمة من الهواء النقي بعد أشهر من التحرش والقرف. نسمة من العقل والإنسانية التي تعودت عليها وتربيت وسطها. نسمة من الفهم لكلامي وحركاتي ومزاحي وإشاراتي وكل شيء. وحدث المتوقع، تصاحبنا، ثم تزوجنا. كل هذا في ثلاثة أشهر.

ـ ومتى تركتما بعضكما؟

ـ لم نترك.

ـ فعلًا؟ أنتِ متزوجة؟

ـ نعم.

ـ وأين هو؟

ـ في أمريكا. أراد المجيء مع أمي وأختي لاستقبالي عند خروجي من السجن، لكني أقنعتهم بالبقاء هناك. لم يكن الأمر يستدعي. لم يكن موعد الإفراج معروفًا وأجلوه أكثر من مرَّة، ثم أفرجوا عني فجأة. لم أعرف إلا قبلها بساعات قليلة، ولم يكن هناك وقت كافٍ ليحضروا. لم يكن الأمر يستحق في كل الأحوال.

ـ أليس هذا محزنًا؟

ـ ماذا؟ أنه لم يأتِ؟

ـ أنكِ قصصتِ قصة زواجك كلها في أقل من دقيقتين. كم استغرقت القصة؟ سنتين؟

ـ ونصفًا.

ـ سنتين ونصفًا في دقيقتين؟
ـ يمكنني قصها في سنة إن شئتَ.
ـ لا أظن. ثم إنكِ اخترت قصها في دقيقتين. هذا محزن، بل وتعيس.
ـ وأنت سخيف.
ـ ألم نتفق على حرية التعبير؟
ـ تفضل. عبر كما تشاء.
ـ كما أشاء؟
ـ تفضل.
ـ ألا يعني كونكِ معي هنا وأنتِ متزوجة أنكِ شرموطة فعلًا؟
ـ هذا يكفي!
ـ ماذا حدث؟ ألم نقل «حرية تعبير»؟
ـ هل منعتك من التعبير بحرية؟ خذ عندك إذن: أسأل نفسي الآن إن لم أكن أخطأت خطأً فادحًا حين أحضرتك معي، إن لم تكن مجرد مراهق ضائع، محروم لم يرَ نساء في حياته، ومقموعًا جنسيًّا وفكريًّا وسيُخرج عقده عليَّ.
ـ أسئلة وجيهة.
ـ بعد إذنك: أريد النوم قليلًا.
ـ هل تريدين أن أرحل؟
ـ لم أقل هذا. قلت أريد النوم، وحدي. لو أردت منك الرحيل لقلت. يمكنك الجلوس في الخارج. لكن أغلق باب الغرفة عليَّ. هناك موسيقى وكتب في الصالة وطعام وشراب في

المطبخ، وهناك كمبيوتر يمكنك استخدامه. لا توجد كلمة سر. فقط لا تكتب تويتات عني، على الأقل ليس الآن.

ـ أنا لا أكتب تويتات، لا أكتب أي شيء.

ـ حسنًا، ألقاك حين أصحو.

ـ ألقاكِ حين ألقاكِ.

* * *

جلس عمر في الصالة لا يدري ماذا يفعل بالضبط. بعد قليل شغل الكمبيوتر وبدأ يتفقد أحوال الدنيا. لا يكتب شيئًا مطلقًا، كل ما يفعله هو القراءة. يتصفح ما ينشره أصدقاؤه، ثم ينتقل إلى مواقع الأخبار، خمس أو ست مرَّات على الأقل في اليوم. يتابع كثيرين، في صمت. حتى حسابه خاص، ولا يقبل صداقة أحد. ماذا يفعل بكل هذه الأخبار والتعليقات والمناقشات؟ أين تذهب كل هذه الكلمات؟ كيف لا تواتيه الرغبة إطلاقًا في الرد أو التعليق أو المشاركة بأي شكل؟ حتى هذا السؤال لا يساوره، هو فقط يرقب ويتابع.

فيسبوك أولًا، ثم تويتر، ثم مواقع الأخبار، واحدًا تلو الآخر. اطمأن على العالم: كل شيء يسير في طريقه المعتاد. كل الناس تقول الكلام الذي تقوله كل يوم. ممتاز. حاول الدخول على صفحة أمل فلم يتمكن: هناك أكثر من «أمل مفيد»، ولا توجد صور. لعلها أزالت صورها بسبب القضية. بالأمس نبهوا على الجميع ألَّا ينشروا صورًا لها من الحفلة. أغلق الجهاز وجلس في الظلام قليلًا.

ماذا يفعل هنا؟ من هذه المرأة فعلًا؟ ولِمَ يريد معرفة قصصها؟ ولِمَ يعنفها هكذا؟ لقد مسه ما حدث بينهما ولا شك: نفذت بجسمها

داخل مسامه، أو شيء مثل هذا. بطريقتها وبراحتها وبتفاؤلها الساذج وبكل ما فيها. تطمئنه وتربكه في الوقت نفسه. ربما كان عليه الرحيل عند الظهيرة، بعد السيجارة الأولى عند تلك النافذة. نظر في ساعته: الثالثة والنصف، يكفي هذا. لملم أغراضه بهدوء واتجه نحو باب الشقة ليفتحه، وفي هذه اللحظة دق الجرس.

بُوغت عمر وثبت في مكانه. ظل جامدًا لا يأتي حركة، بل لا يتنفس، كي لا يسمعه الشخص الواقف خلف الباب. صمت. ثم دق الجرس مرَّة ثانية ولمدة أطول. ظل واقفًا. دق الباب مرَّة ثالثة بإلحاح، وعند ذلك ظهرت أمل بالتيشيرت الأبيض خارجة من غرفة النوم. نظرت إليه مستفهمة فهز رأسه علامة عدم المعرفة. توجهت إلى الباب وسألت بالعربية:

ـ نعم؟

ـ غاز.

أشاحت بوجهها في امتعاض:

ـ لحظة.

ذهبت إلى غرفتها، ثم عادت مرتدية روبًا طويلًا كأنه ملاية لف. فتحت الباب وصرخت في الرجل بدرس مختصر في الأخلاق والإحساس، وضرورة مراعاة الوقت وعدم الإلحاح. حاول الرجل شرح موقفه فانتقلت للإنجليزية وأمطرته بمحاضرة أكبر، حتى أخرجت غضبها كله وهو واقف منكس الرأس ـ وعمر متوارٍ داخل الصالة. ثم سألها الرجل إن كانت ستدفع الفاتورة فرفضت. سألها إن كان يمكنه قراءة العداد فرفضت. ظل واقفًا لبرهة فهزت

[illegible]
[illegible]
[illegible]
[illegible]
[illegible]
[illegible]

[illegible]
[illegible]
[illegible]
[illegible]
[illegible]
[illegible]
[illegible]
[illegible]
[illegible]

[illegible] -
[illegible] -
[illegible] -
[illegible] -
[illegible] -
[illegible]
[illegible]

التي باتت تعرفها، فابتسمت هازئة وأشارت له بالجلوس في المقعد المجاور لمنضدة المطبخ. انثنت لتجمع الخضراوات من الثلاجة. ينظر إلى تغير خطوط جسمها وهي تنثني: ينضغط خصرها أكثر ويتمدد، وينعكس ضوء الثلاجة على ركبتيها بضوء مشوب بالحمرة، وتشتد عضلات ساقيها فتمشقهما أكثر. تُناوله الخضراوات فتلمس أنامله أناملها ويتوقفان لحظة، ثم تسحب أناملها في هدوء. يرشق نظرته في عينيها، يفتر ثغرها وتبدو أسنانها البيضاء من خلف شفتين ترتعشان قليلًا. يبلع ريقه وهو يضع الخضراوات على المنضدة. تمسك بطبق كبير وتناوله إياه، يمسك به ويظل الطبق بينهما لحظة زائدة. تتحرك في المطبخ جيئة وذهابًا، والتوتر يزداد صراحة ويملأ الهواء. يقوم ليغسل الخضراوات ويقف بجوارها أمام الحوض، لا يتلامسان. تنظر إليه. ينظر إليها. ثم يبتعد بطبقه وخضراواته عائدًا إلى المنضدة.

ـ احكِ لي قصتكَ.

ـ لا أريد، ليس الآن.

ـ ماذا تريد إذن؟ إعداد الطعام في صمت؟

ـ لا.

كانت واقفة أمامه وقد ربطت رداء المطبخ على وسطها. مد يده ببطء إلى رداء المطبخ فلم توقفه. جذبها منه فأتت. مرر يده على الرداء ثم فك ربطته. تهدل الرداء ووقع على الأرض بينهما، وهي واقفة بلا حراك، تنتظر. جذبها ببطء وهو جالس حتى لامس وجهه بطنها. احتضنته، فلف ذراعيه حول خصرها وضغطها ناحيته. هذا

ما كان يرغب به بالضبط. يضم خصرها إلى صدره أكثر ويدفن وجهه في بطنها. تنحني برأسها عليه فيدس رأسه بين نهديها. يشعر بمرونتهما وتماسكهما وبالفراغ بينهما على جبهته، فيدفن رأسه فيها أكثر وهي تشده. يهصران بعضهما بعضًا. يرفع وجهه من بين نهديها فيجد شفتيها في عينيه. تنهمر شفاههما متداخلة حتى تكاد لا تستطيع التنفس. تسحب وجهها برهة وتستنشق الهواء. يبتسم، لأول مرَّة، ويُجلسها على حجره ويتعانقان من جديد. يمرر يده على شعرها، إلى كتفيها، إلى صدرها، إلى خصرها، إلى ساقيها، إلى قدميها، ويرفع قدمها وينحني ويقبلها، ثم قدمها الثانية. يهبط على الأرض وتأخذ هي مكانه على الكرسي. يقبِّل قدميها، فساقيها، فركبتيها، ففخذيها، فالجزء الذي يسجن القضاة مَن يذكر اسمه، فبطنها، فنهديها. توقفه وتضم رأسه إلى بطنها، وتمرر يدها في شعره وأعلى ظهره. تهبط إلى الأرض بجواره ويتعانقان من جديد، في هدوء. يظلان ملتصقين هكذا طويلًا. ثم يغفو.

* * *

حين يستيقظ عمر يجد نفسه مستلقيًا على وسادة على أرضية المطبخ، وأمل جالسة في الطرف الآخر للمطبخ بجوار النافذة تنظر إليه وبجوارها كأس من النبيذ الأبيض.

ـ نوم العوافي.

ـ كم الساعة الآن؟

ـ لا أدري، غالبًا الخامسة.

ـ ياه!

ـ أرأيت؟ نجحتَ في القيام بدور الرجل التقليدي. نمت وتركتني أحضر الطعام.

ـ أظن أن دور الرجل التقليدي تنقصه لقطة قبل النوم.

ـ أبدًا، هذا أيضًا جزء من دوره. ماذا؟ أتظن أن الرجل التقليدي يـ... (الفعل الذي يسجن القضاة مَن يذكر اسمه) امرأته كل يوم؟!

ـ ...

ـ ماذا؟ هل جرحت صراحتي مشاعرك؟

ـ ما رأيكِ في هدنة؟

صمتت أمل هنيهة، ثم قامت وتوجهت إليه. جلست بجواره على أرض المطبخ وانحنت عليه وقبّلته:

ـ أنا آسفة، معك حق، لا داعي لهذه الرذالة.

ـ أنا أيضًا لم أقصد مضايقتك.

أمسك عمر نفسه، يكاد يعتذر. هذه هي أول مرَّة. أدرك وهو يتفادى كلمة «آسف» أنه يستخدم نغمة صوت لم يستخدمها من قبل إلا من باب السخرية. ما الذي يحدث؟ وماذا كان هذا الاشتياق وهذه الرغبة وهذا العناق الطويل؟ لم يكن ذلك مجرد اشتهاء: كان يتوق إلى قربها منه. نظر إليها ووجدها ساهمة باسمة متأملة. سألته:

ـ هل يمكن أن تحكي قصتكَ الآن؟

ـ ممكن.

ـ بالتفاصيل.

قالت ذلك، واقتربت بجسمها منه حتى التصقا تمامًا. رأسها مستند إلى الوسادة بجواره وخدها ملتصق بكتفه اليمنى:

ـ احكِ لي.

ـ قصتي غريبة قليلًا. ولدت في باريس.

ـ ماذا؟ أنت؟

ـ ماذا؟ لست على قد المقام؟

ـ لا أقصد. لكن لِمَ؟ هل أمك فرنسية؟

ـ لا، مصرية، لكنها كانت تعيش مع زوجها في باريس.

ـ تقصد أباك؟

ـ لا، كانت متزوجة من شخص ما، ثم تعرفت على أبي وحملت منه.

ـ هههههه! لا فعلًا أنا شرموطة! الأستاذ ابن حرام؟!

ـ بالضبط. لكنها ماتت وهي تلدني، هو كان يدرس في باريس، لكنه اكتأب مع موتها وسافر. لم يكن يستطيع العودة إلى مصر لأنه كان مطلوبًا للأمن، فساعده بعض العرب المقيمين في باريس على العثور على وظيفة في السودان.

ـ وأنت؟

ـ أخذني معه، طبعًا. عشنا في السودان، لكن اتضح أن شركة الاستثمار التي يعمل بها هي في الحقيقة جزء من تنظيم القاعدة. وبعد حواديت معقدة طُردوا من السودان جميعًا، وانتهى به الأمر في أفغانستان. لكنه تركني في السودان مع بقية أطفال الجماعة في رعاية الزوجات اللواتي بقينَ.

- ماذا؟! لا، انتظر. أعد هذه الفقرة.

- أي فقرة؟

- كل هذا. ماذا تقول؟ فعلًا؟ تنظيم القاعدة شخصيًّا؟ وأنت كبرت في السودان؟

- نعم، مع بقية أبناء الجماعة.

- إلى متى؟

- حتى غادر أبي أفغانستان قبيل ١١ سبتمبر.

- وماذا كان يفعل في أفغانستان؟

- يقاتل مع المقاتلين العرب.

- أبوك إرهابي؟!

- يعني.

- وتسخر من أن أبي تاجر سلاح؟

- لم أسخر، سألت.

- رائع. عظيم. ومتى عدت إلى مصر؟ وما الذي أعادك؟

- عدت في ٢٠٠٩. أبي عاد وأخذني.

- وكيف عاد هو إلى مصر؟

- سَوى مشاكله مع الأمن بطريقة ما. كنت ما زلت في السودان وقتها ولا أعرف أين هو بالضبط. ثم حدثت مشاكل بيني وبين الجماعة وكادوا يقتلونني، فأتى فجأة وأخذني في ٢٠٠٩.

- يقتلونك؟ يا للهول! بجد؟ آسفة، لم أكن أعلم أن المسألة درامية هكذا.

- المظاهر خادعة يا أستاذة.

ـ لِمَ أرادوا قتلك؟ ماذا فعلت؟
ـ اشتركت مع صبي آخر في محاولة لتفجير مقر الجماعة.
ـ ماذا؟!
ـ كما قلت. اشتركت مع صبي آخر ـ كنا في الخامسة عشرة وقتها ـ في محاولة لتفجير المقر.
ـ كيف؟ لِمَ؟ ومن أين أتيتما بمتفجرات؟ هل تمزح؟
ـ أبدًا. كنا نكرههم، أنا وهو. وتعرفنا على ضابط مصري بالخرطوم كان يبحث عمن يساعده. وهكذا. أعطانا حقيبة تحوي متفجرات وحملناها إلى مكان اجتماع قيادات الجماعة، وكادت العملية تنجح ونقتلهم جميعًا. لكن الأمن السوداني كان يتابعنا وأبلغ قيادة الجماعة. وهكذا أمسكونا أنا والصبي الآخر و«حاكمونا» أمام «المحكمة الشرعية» وحكموا علينا بالإعدام.
ـ أمتأكد أنك لم تخترع هذه القصة؟
ـ القصة موجودة ومعروفة وموثقة، ابحثي على جوجل. اكتبي: «محاولة تفجير مقر قيادة جماعة الجهاد في السودان».
ـ لحظة.

كتبت على تلفونها بسرعة، وأخذت تقرأ وتتمتم:
ـ يا للهول! فعلًا؟ هل هذا هو أنت؟ مصعب أم أحمد؟
ـ لا تهتمي بالتفاصيل. ليست دقيقة.
ـ يا للهول! لكنهم يقولون إن الصبي أُعدم بالفعل.
ـ الصبي الثاني أُعدم بالفعل. كان أبوه في «مهمة جهادية» خارج السودان، ولم يعلم بإعدام ابنه إلا عند عودته. لكن شخصًا أبلغ

أبي قبل التنفيذ بيومين على ما أذكر، فجاء وانتزعني بالقوة من براثن الجماعة. لم أكن أريد العودة. كنت أفضل الموت. بدا الموت وقتها نهاية مناسبة لكل هذا. ما أسفت له فعلًا هو فشل العملية. كنت مستعدًّا أن أموت وتنجح. أردت قتلهم جميعًا.

ـ يا للهول فعلًا! ثم؟

ـ ثم عدنا.

ـ والأمن؟

ـ استلمنا، طبعًا. كان هذا في ٢٠٠٩، أي من سبع سنوات.

ـ مكتوب على النت أن هذا حدث عام ١٩٩٥.

ـ هل تريدين سماع القصة مني أم من النت؟

ـ طيب أكمل.

ـ لا. أكملي أنتِ قصتكِ.

ـ قصتي؟ مقارنة بما قلتَه لتوِّك أشعر أن حياتي تافهة. تعالَ نقوم من على الأرض. ظهري وجعني.

ـ هل لديكِ فاكهة أو شيء حلو؟

ـ فاكهة؟ هل معك سلاح؟

ـ هههه، لا، ليس لي في الأسلحة.

ـ نعم، حضرتك تخصص متفجرات.

ـ لا تقلقي.

ـ لا أقلق؟ يا راجل! لقد بدأت أفكر جديًّا في العودة إلى السجن.

* * *

جلس عمر في الفراش مستندًا بظهره إلى الحائط. ينظر إلى النافذة

والستارة الخفيفة المسدلة عليها. الغرفة صغيرة، سقفها عالٍ، مثل كل البيوت القديمة. من النافذة يرى السماء وجدارًا كبيرًا لبناية ضخمة مجاورة، ولا نوافذ. يسمع ضوضاء آتية من البيوت المجاورة: خليطًا من نداءات وأصوات تصليح وتكسير. بجواره طبق كبير مزركش بنقوش زرقاء وبيضاء وخضراء، وحافته مكسورة كسرًا صغيرًا أطاح بالنقوش. يبدو أنه من فلسطين، أو من تونس. كل من دخل بيتهم من سكان الزمالك لديهم هذه الأطباق الآتية من مكان ما، وكلها مكسورة الحواف. هل يوزعها عليهم الشخص نفسه؟ لا يحب هذه الشقق. لا يحب هذا الأثاث. يُشعره بغربة. حتى لو كان لديه المال فلا يريد أن يعيش هنا، ولا في شقة مثل هذه. أمل تمضغ ببطء التفاحة الخضراء التي التقطتها من طبقه. تقضمها وتمضغ ما تقضمه وهي تنظر إليه ولا تتكلم. انتهت من قضم معظمها، وبدأت تقضم الأجزاء الصغيرة المحيطة بالبذرة:

- لا بد أن هناك طريقة لأكل هذا الجزء من دون أن ينتهي الأمر بالبذور في فمك.
- نعم، هناك طريقة، اسمها: «دعي التفاحة اللعينة فقد أكلتِها كلها»!
- لا، هناك هذه الأجزاء الصغيرة.
- وهل يجب عليك امتصاص كل نقطة فيها؟!
- نعم، وإلا كان ذلك تبذيرًا، ثم إن هذه الأجزاء تُشعرني بالحزن، دائمًا ما يتخلى الناس عنها!
- ...
- قل لي: من أين أتت هذه العضلات؟

- أي عضلات؟

التفت إليه وربتت على ذراعه:

- هذه، وبطنك. شكلك لاعب رياضي لا شابًّا تائهًا ينام معظم الوقت.

- هذه إحدى مزايا التنشئة في «مزرعة شمال الخرطوم».

- جيد، احتفظ بها.

- ...

- ...

- فيمَ تفكرين؟

- أفكر أن خروجي من السجن يضعني أمام محصلة سنوات من تأجيل الأشياء، باسم العمل، باسم التغيير، الثورة، إلخ. أفكر أن زواجي مات منذ سنوات، وأني كنت أعلم ذلك وأخفيه بعيدًا عن عينيَّ كي لا أراه. أفكر أن «كريس» أيضًا يعرف ذلك، ويتعامى أو يتعامل مع الأمر. أفكر أني مع كل الحرية التي لديَّ لست حرة، لم أكن حرة، ولا أتعامل كشخص حر. أفكر أن قيودنا بداخلنا. أسأل نفسي عن جدوى عملي، وجدوى السعي إلى الحرية، وجدوى الصدام مع السلطات إن كانت قيودنا داخلنا إلى هذا الحد. أفكر أني ربما قد أضعت سنوات من عمري هباء، أو شبه هباء، في بلد تعيس وضائع، منها سنة غيبة وبلا أي داعٍ في سجنها الأتعس والأضيع. وأفكر أنك صغير جدًّا، وأني كنت ثملة بالأمس لكني لست ثملة الآن ولا عذر لي في استبقائك هنا. هذا ما أفكر فيه.

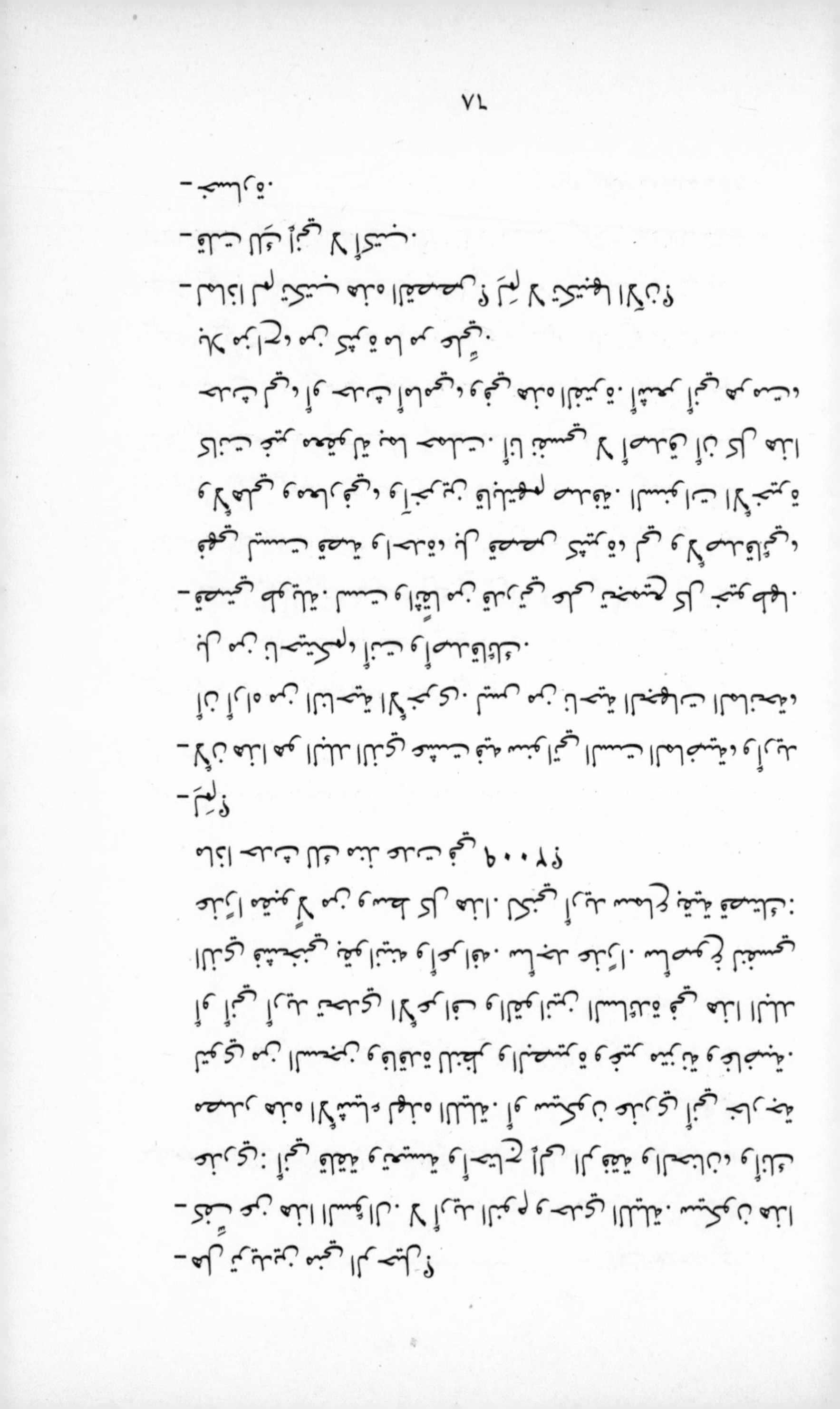

ـ وإن كنت أعرف كاتبًا يمكنه أن يفعل هذا.

ـ مَن؟

ـ روائي اسمه «فشير». كاتب محدود الموهبة، لكنه صديق لأبي.

ـ إرهابي أيضًا؟

ـ لا أظن.

ـ ولِمَ لا تذهب بقصصك إليه؟

ـ لأنه مشغول هذه الأيام.

ـ بمَ يا ترى؟

ـ بحماية المسار الديمقراطي.

ـ ماذا؟

ـ لا عليكِ، قصصي لا تستحق النشر.

ـ كيف تعرف هذا؟

ـ أعرف.

ـ ولِمَ لا تسأل فشير هذا؟ استشره، أليس صديقًا لأبيك؟

ـ نعم، لكنه فعل أشياء وقال أشياء أسقطته من نظري، ولا أريد الحديث إليه.

ـ «باي باي» فشير. ولا تريد كتابة هذه القصص على صفحتك مثلًا؟

ـ لا، قلت لكِ لا أكتب. ثم إني لا أحب هذه القصص أصلًا. لو أستطيع لمسحتها من ذاكرتي. المشكلة أنها لا تحل عني، ولا أعرف ماذا أفعل بها. أبي يقول لي دومًا إن عليَّ إنزالها من على قلبي، إنزالها على الأرض.

- لِمَ لا تحكيها لي إذن؟ قلت لك إني أريد معرفة ما حدث خلال سجني. احكِ.

- هذه القصص أطول، وبدأت قبل سجنك بكثير، وربما تعرفين بعض أحداثها، وربما حتى أصحابها.

- يا سيدي احكِ وخلصنا، وأنا سآخذ منها ما أريد معرفته وأعيد لك الباقي. اسمع، لِمَ لا نسجلها، وتضعها على النت؟

- ومَن سيهتم بسماعها؟

- وما عليك إن سمعها أحد أو لا؟ إن كنت تريد التخلص منها فها هي الوسيلة.

- لاحظي أنها قصص غير مكتملة.

- سأكملها لك إن شئت.

- بمعنى؟

- يعني احكِ ما لديك وسأكمل لك القصة إن كانت تحتاج. هات التلفون ودعنا نجرب. اضغط على هذا الزر. لا، الذي بجواره. الأحمر يا عبقري. نعم. هيا بنا. لنبدأ بك أنت وأبيك: قل لي ما حدث منذ عدت في ٢٠٠٩، ثم نرى إن كانت اللعبة تعجبك!

٢

فخر الدين يصحب العقيد أيمن إلى الصحراء

الجمعة، السادسة مساء.

ـ وصلنا مصر في مايو ٢٠٠٩. بمجرد وصولنا مشارف الوادي ـ عند سوهاج ـ بعنا الدواب واشترينا ملابس عادية وأكلنا واستحممنا، وقصصنا شعرنا وهذبنا شكلنا وعدنا مواطنين.

ـ لحظة، لا أفهم. أي وادٍ؟

ـ وادي النيل. آه، نسيت. نحن لم نأتِ من المطار. طبعًا. لا فخر الدين ولا أنا كان معنا جوازات سفر. ولو كنا حاولنا السفر من مطار الخرطوم لقبضت علينا المخابرات السودانية. الموضوع لم يكن سهلًا. فخر الدين أخذني من طريق يعرفه عبر صحراء الجلف الكبير، كان يسلكه كثيرًا أيام ما كان مع الجماعة في السودان.

ـ أنعم وأكرم.

ـ المهم. أخذنا القطار إلى القاهرة. وبعد وصولنا بين السرايات

بساعتين لا أكثر، ظهر المُخبر يستدعينا إلى مباحث أمن الدولة. طلب منا الذهاب في الصباح، وكان هذا كرمًا بالغًا، وأيضًا ثقة في أننا لن نتمكن من الهرب إن حاولنا. هذا ما قاله فخر الدين. قضينا ليلة عظيمة مع أقاربنا، الذين لم أرهم من قبل: مريم زوجة خال أبي، التي يناديها الجميع بـ«الخالة مريم»، ليلى ابنة عمه، وابنها تامر، في مثل عمري تقريبًا. كنت صامتًا طول الوقت، ليس فقط لأني لا أعرفهم، بل لأني لا أعرف أقارب أصلًا. أول مرَّة في حياتي أجلس وسط عائلة. كنا، في «مزرعة شمال الخرطوم»، نعيش كأطفال للجماعة ككل، خصوصًا نحن الذين رحل آباؤنا للجهاد. المهم، في الصباح ذهبت مع أبي إلى مقر أمن الدولة. الكل كان يحييه ويسلم عليه بلطف، وكأنه يعمل هناك وعائد من الإجازة مثلًا. وبعد حوالي ساعة أدخلونا للمقدم أيمن. كان ينظر في أوراق بإمعان ولم يعرنا انتباهه لعدة دقائق، ثم نظر إلينا بتفحص وتجهم شديد. فهمت فيما بعد أنه غاضب لأن فخر الدين غادر بين السرايات من دون إذنه، وقد كان هذا شرطه الأساسي حين سمح له بالعودة وساعده على الاستقرار بالحي عام ٢٠٠١.

ـ انتظر. أبوك عاد إلى مصر في ٢٠٠١؟

ـ نعم، قلت لك عاد بعد ١١ سبتمبر، أي في ٢٠٠١. ركزي.

ـ لكنك أنت عدت في ٢٠٠٩؟

ـ أي نعم.

ـ لِمَ؟

ـ لِمَ ماذا؟

ـ لِمَ تركك في السودان وحدك ثماني سنوات؟

ـ سؤال وجيه. لأنه كان ينتقم، كما قلت لك.

ـ ممن؟

ـ ممن آذوه قبل ذلك. ممكن أكمل القصة؟

ـ آسفة!

ـ فخر الدين عمل سائق تاكسي خلال هذه السنوات الثماني.

ـ آه، هذا هو السبب في التاكسي الواقف تحت؟ هذا تاكسي أبيك؟

ـ بالضبط. عمل سائق تاكسي مع أنه خريج حقوق ومحام في الأصل. لكن الأمن كان قد شطبه من جدول النقابة من زمن، وسمحوا له بالعمل كسائق على أن يظل تحت عين المقدم أيمن والمخبرين. حين عدنا كان الجو مكهربًا وهناك حالة طوارئ، بسبب اغتيال وزير الداخلية على يد قناص مجهول، أرداه قتيلًا داخل حديقة منزله ووسط حراسه. هذا الوزير أصلًا من أمن الدولة، وبالتالي كان الجهاز في حالة طوارئ طبعًا ويبحث عن أي خيط.

أيمن لا يعرف شيئًا عن ماضي فخر الدين الجهادي، ولا عن إقامته بالسودان أو أفغانستان. كل ما يعرفه أنه اختفى من بين السرايات قرابة العشرين عامًا، وظهر فيها عام ٢٠٠١ بجواز سفر منقضٍ، وادعى أنه كان في ليبيا ودخل منها إلى مصر عبر الحدود. وقتها لم يتعرض له وتركه، مقابل بقائه تحت عين المُخبرين. لكن حسه الأمني يدفعه للشك في كل الناس،

والبحث عن أدلة ومفاتيح أينما حطت عيناه، خصوصًا حين يلحظ شيئًا غير معتاد أو في غير مكانه. واختفاءات فخر الدين تكررت بحجج مختلفة خلال الشهور السابقة، ثم هذا الاختفاء الأخير والظهور بابن في الخامسة عشرة. فقرر أيمن إعادة فحص ملف فخر الدين القديم.

ـ ألم تقل إن محاولة التفجير في الخرطوم كانت بالتعاون مع ضابط مصري؟

ـ نعم، ضابط مخابرات لا أمن دولة. وكانت عملية لا يعرف تفاصيلها إلا القائمون عليها. أيمن لا علاقة له بهذا الموضوع.

ـ فعلًا؟

ـ فعلًا. لكنه أمسك بالخيط. من هذا الصبي؟ أين كان؟ ليبيا أيضًا؟ ولِمَ كان هناك؟ وكيف جاء؟ الأسئلة البديهية. ومع تسويف فخر الدين غضب أيمن وأقسم ألا يتركنا حتى يعرف الحقيقة كلها، وفخر الدين ينكر وجود ما يستدعي الكشف. أيمن لا يصدق فخر الدين طبعًا، ويسألني ولا يخرج بشيء مفيد. يصرفنا ثم يستدعينا كلًّا على حدة بعدها بساعة. ثم يصرفنا ثم يستدعينا، وهكذا. وبعد الأسئلة عني انتقل إلى الماضي: ماذا فعل بين ١٩٩٢ و٢٠٠١ وهو خارج مصر، وأين كان بالضبط، وماذا فعل في سنوات إقامته بمصر، وفي أثناء اختفاءاته المتكررة. قال إن هذا هو الموضوع، وأقسم ألا يدعنا نرى الشارع، لا هو ولا أنا، قبل أن يعرف الإجابة عن كل هذه الأسئلة.

استغرق التحقيق أيامًا طويلة، لم نرَ فيها النور. معظم التحقيق

تركز على فخر الدين، لكن من وقت إلى آخر كان المقدم أيمن يستدعيني ويسألني أيضًا. أنا لا أرد إلا الردود التي لقنني إياها أبي في طريق عودتنا، ومع أني كنت صغيرًا، إلا أني مدرب على هذه الأجواء ولا أخاف. ثم بدأ أيمن يسأل عن أمي، ثم عن تفاصيل إقامة أبي بباريس قبل ذهابه إلى «ليبيا»، وسبب تركه باريس، ثم عن تفاصيل في ليبيا، ثم عن تفاصيل تنشئتي أنا. كنا نبيت في الحبس منفصلَين. لا أحد يسيء معاملتنا، لكننا لا نرى أحدًا ولا يُسمح لنا بالاتصال بأحد. فحص أيمن ملف فخر الدين جيدًا، وراجع أقواله وأقوالي بإمعان، ولم يجد ما يشفي غليله. المقدم أيمن ليس شريرًا، ولا يكره فخر الدين بالضرورة، لكنه ضابط ملتزم، يهمه الضبط والربط أكثر من أي شيء آخر، ومقتنع أن فخر الدين يستغفله، ومصمم على عدم السماح له بهذا.

استمر التحقيق أسابيع، حتى وصل المقدم أيمن إلى النقطة الحاسمة. بدأ في مساومة فخر الدين: سيحصل على المعلومات التي يريدها إن عاجلًا أو آجلًا، وفخر الدين هو الذي سيدفع ثمن هذا التسويف. هكذا قال لفخر الدين: «ستظلان أنت وابنك في الحبس حتى أحصل على المعلومات التي أحتاجها، وعندها سأحيلكما إلى المحكمة وأدخلكما السجن لفترة طويلة جدًّا، تنهي حياتك وتدمر حياة ابنك. هذا هو الخيار الأول». في المقابل، إن تعاون معه فخر الدين فسيخرجني أنا من القضية ويخفف قائمة الاتهام ضده بحيث لا تتجاوز عقوبته عدة سنوات. في البداية ادعى فخر الدين أنه متعاون إلى أقصى

درجة ولا يعرف ماذا يريد منه المقدم أيمن. سأله أيمن عن بعض الأشخاص الذين كانوا بالفعل معه في باريس ثم في أفغانستان، وفخر الدين ينكر، لكنه بدأ يشعر بالحلقة تضيق من حولنا. واصلا اللف والدوران لأسابيع أخرى ثم استسلم فخر الدين. فهو يدرك فعلًا أن اختياراته محدودة. اعترف أنه رحل من باريس إلى الخرطوم لا إلى ليبيا كما قال، لكنه أنكر أي علاقة بالجهاديين في السودان من قريب أو بعيد. هو كان يعمل بشركة استثمارية، وأيمن يخلط بينه وبين شخص آخر لا ريب. أيمن يتظاهر بالموافقة، ويطلب منه قصة سفره إلى السودان وإقامته بها. يذكر فخر الدين أن رحيله إلى السودان بهذه الطريقة في حد ذاته يضعه تحت طائلة القانون، فقد دخله بجواز سفر مزور، وقدم للأمن جواز سفره الحقيقي وعليه أختام دخول ليبيا وخروجها، وادعى كذبًا أنه قضى هذه السنوات في ليبيا. ومجموعة الجرائم هذه ـ بالإضافة إلى تسلله الأخير للسودان ـ كفيلة بإرساله إلى السجن لسنوات.

في قرارة نفسه، يعرف أيمن أن الجالس أمامه يخفي أكثر مما يقول، لكن لا دليل لديه يسمح بإدانته في المحكمة بأكثر من ذلك. والتعذيب لن يفيد، فلو اعترف تحت ضغطه فسيعود في المحكمة وينكر هذه الاعترافات. ولأن المقدم أيمن مشغول ولديه قضايا أكثر إلحاحًا من فك طلاسم أبو عمر، فقد اعتبر هذه الاعترافات هي نوع التعاون الذي كان يريده، وعرض على فخر الدين الاعتراف بتهم التزوير في أوراق رسمية، ودخول

البلاد والخروج منها من غير المنافذ الشرعية، وتسهيل عمل جماعة تهدف إلى تعطيل مؤسسات الدولة ومنعها من ممارسة عملها. في مقابل عدم توجيه اتهام مماثل لي أنا. قبِل فخر الدين الاعتراف بهذه الجرائم، وأحيل إلى المحكمة التي حكمت عليه ـ في جلسة الخميس ٢٠ يناير ٢٠١١ ـ بالسجن لمدة عشر سنوات.

ـ عشر سنوات؟ فعلًا؟

ـ هذا ما حدث.

ـ وأنت؟

ـ لم توجه لي تهم. هذا هو الاتفاق.

ـ يعني فخر الدين كان بالسجن حين قامت الثورة؟

ـ نعم.

ـ ولم يخرج مع مَن خرجوا؟

ـ لا. شاء حظه العاثر أن سجنه لم يُقتحم. لم يأته أشاوس حماس أو حزب الله أو «الطرف الثالث» ويفتحوا له الأبواب. فظل بالسجن طيلة الوقت.

ـ ولم يُفرج عنه إطلاقًا خلال كل ما جرى؟

ـ لا. حلم بمثل هذه الثورة طيلة حياته، وحين اندلعت كان في السجن، وظل في السجن طوال أحداثها.

ـ وأنت؟

ـ وجدت نفسي في وسط أهل لا أعرفهم. الخالة مريم غريبة الأطوار، لكنها ثاقبة النظر وحكيمة. العمة ليلى طيبة وحنونة

ولا تتكلم كثيرًا. تامر لطيف وبشوش، ومنطلق من دون قيود، وغارق في عالم الكمبيوتر. قابلت أيضًا الدكتورة شيماء، التي فهمتُ من تامر أن علاقة ما تربطها بأبي. هناك استلطاف متبادل بينهما، وربما أكثر من ذلك، الموضوع ليس واضحًا تمامًا. كانت تشرف على علاج الخالة مريم، ثم أصبحت صديقة للعائلة، ثم أنشأت مع ليلى مركزًا طبيًّا في بين السرايات لمساعدة كبار السن، وتامر يساعدهما بالإدارة والموقع الإلكتروني. تامر كان يريد تأسيس شركة في البرمجيات بناء على عمله السابق في بناء المواقع الإلكترونية، ولديه مشروع كبير لم أفهمه وقتها. لم يكن لي أي معرفة بالكمبيوتر، لكنه علمني وقال إني سريع التعلم. ثم أنشأ فعلًا شركة للبرمجيات وعملت معه.

ـ ونجحت؟

ـ نجاحًا باهرًا. أساسًا لأن تامر كان يعرف تقريبًا كل من لديه كمبيوتر في مصر. نجحت الشركة وحصلت على عقود مبهرة، وكسبت مبالغ خيالية لم يكن تامر ولا أنا ولا أهلنا نحلم بها. هكذا تزوج تامر، واستقر وضع الأسرة ماليًّا لأوّل مرَّة منذ زمن طويل. وفخر الدين كان فخورًا جدًّا بـ«عياله» كما كان يقول.

ـ وكيف تأقلمتَ على الحياة في القاهرة بعد «مزرعة شمال الخرطوم»؟ كيف تعاملت مع البنات؟ هل دخلت الجامعة أم ماذا؟ وأين تعلمت هذه الإنجليزية؟ معذرة إن كانت أسئلتي مباشرة لكني بصراحة لم أقابل أحدًا مثلك من قبل. لم أقابل

شابًّا تربى في مثل هذا الوسط. قابلت مقاتلين سابقين، لكن ليسوا شبابًا تربوا في أسر مقاتلة.

ـ دخلت الجامعة. في البداية سجلت في مدرسة خاصة للثانوية العامة. نجحت ودخلت كلية التجارة. أبي اقترح الحقوق، لكني لم أرد. بمَ نفعته دراسة القانون، هو أو غيره؟ دخلت التجارة لأنها سهلة، ونمت فيها أربع سنوات وتخرجت. الإنجليزية تعلمتها على النت، لأني أحبها، ولأني أحب الموسيقى وأردت فهم كلمات الأغاني التي أسمعها. ولأن الحياة بدون معرفة الإنجليزية صعبة. حتى في «مزرعة شمال الخرطوم» كان هناك معلم لغة إنجليزية يعلمنا مبادئ اللغة.

ـ والبنات؟ والحياة؟

ـ ماشي الحال، لا قصص مهمة. أنا لست شخصًا اجتماعيًّا لكن لي أصدقاء ومعارف، ومشيت الدنيا.

ـ وأبوك؟ كيف كانت أحواله في السجن؟

ـ في هذه الفترة كانوا يسمحون لنا بزيارته، فكنت أذهب إليه بانتظام، كل أسبوع. كنت مصدر المعلومات الرئيسي له، حلقة الاتصال بينه وبين العالم الخارجي. أحكي له ما يحدث في مصر، حكاياتي أنا وأصحابي والثورة، كل شيء، وهو يستمع صامتًا لكن باهتمام، ومن وقت إلى آخر يعلق على ما يحدث وعلى ما يفعله أصدقائي. أنا شخصيًّا لم يكن لي أي دور في الثورة ولا شاركت حتى في المظاهرات.

ـ غريبة! لِمَ؟

ـ لأني لا أحب الكلام الكبير، وسمعت منه ما يكفيني، ورأيت بعيني كيف لا يؤدي إلى شيء. كل الأشاوس أصدقاء أبي في الجماعة في السودان، وفي أفغانستان، كل هؤلاء، والجهاد، وكل هذا الكلام، يكفي. أنا تربيت وحدي، بلا أهل، ولم أكن أريد مزيدًا من هذا. لكن أصحابي كلهم كانوا في الثورة، من أول يوم وبأشكال مختلفة. وكانوا يطلبون مني نقل ما يقولونه وما يريدون فعله لأبي لاستشارته، لكن كل مرَّة يقول شيئًا مختلفًا عما يريدونه. كانوا يستبعدون كلامه ويقولون إنه أحد أعضاء الجيل الذي فشل في كل شيء، فتوقفتُ عن هذا. وصرت أحكي له ما يحدث في بين السرايات، وحياة بقية العائلة والجيران، والشركة، وطبعًا الدكتورة شيماء.

ـ وشيماء لم تكن تزوره؟

ـ لا، ليس لها صفة تسمح.

ـ والمركز الطبي؟

ـ غريبة أن تسألي. المركز توسع جدًّا بعد الثورة، وحصلت شيماء وليلى على منحة ساعدتهما في توسيع خدماته، وتطوع فيه عدد من زميلاتها الطبيبات، كلهن نساء. واستمر في التوسع حتى تم إغلاقه في ٢٠١٤ فيما عرف باسم «قضية بين السرايات»، وحوِّل جميع العاملين فيه إلى النيابة، بمن في ذلك ليلى وشيماء. تامر غضب غضبًا شديدًا وقتها، وشارك في تظاهرات بلا توقف ضد الداخلية، وفي إحدى المرَّات تم القبض عليه، بتهمة التظاهر بدون تصريح، وتحويله إلى النيابة، هو وعشرين من زملائه،

وحكم عليه بالسجن خمس سنوات. الدكتورة شيماء وليلى وزميلاتهما لم يحبسن، لكن قضيتهن ما زالت تؤجل من جلسة إلى أخرى، كل ستة أشهر تقريبًا، ويمكن للقاضي أن يحبسهن على ذمة القضية في أي جلسة.

ـ يا للهول!

ـ يا للهول جدًّا. وتزامن مع ذلك تدهور العمل بالشركة حتى توقفت تمامًا، ليس بسبب حبس تامر فقط، لكن لأن الوضع الاقتصادي نفسه تدهور والسوق نام. وبعد عدة شهور نفدت مدخراتنا، واضطررت إلى البحث عن مصدر جديد للدخل بعد توقف الشركة تمامًا، فعدت للتاكسي القديم.

ـ وهكذا التقينا.

ـ نعم.

ـ هل ترغب في مزيد من القهوة؟ أو بيرة أو سيجارة؟

ـ فاكهة، هل لديك فاكهة؟

* * *

مد عمر يده إلى الطبق المزركش وأخذ منه تفاحة. قضم منها مرَّتين ثم أعادها إلى الطبق. نظرت أمل إلى التفاحة وانتظرت أن يعود إليها عمر. لكنه لم يفعل.

ـ ألن تكملها؟

ـ لا.

ـ طيب أكمل القصة.

ـ ظل فخر الدين في السجن حتى أول هذا الصيف. ذات يوم

مثل كل أيامه في السجن، فُتح باب الزنزانة وأخذوه إلى مكتب المأمور، حيث وجد عنده المقدم أيمن وقد صار عقيدًا، وضابطًا من المخابرات بملابس مدنية.

لم تكن تلك أول مرَّة يزوره فيها أيمن، سبق وجاءه في ٢٠١٢، وقال له إنه عرف بقصته كاملة، وبطبيعة علاقته بالجهاديين في السودان وأفغانستان، وبالجرائم التي ارتكبها في مصر منذ عودته، لكن الدنيا ثورة، وهو ترك الجهاز، والظروف لا تسمح بإعادة فتح قضيته. لكنه لن يتركه يغادر السجن حيًّا، ومن الأفضل له وقف جميع محاولاته للخروج حتى لا يضطرهم لاتخاذ إجراء عنيف.

هذه المرَّة كان أيمن قد صار عقيدًا، وعاد إلى الخدمة رسميًّا. بادر فخر الدين بابتسامة ثم أسئلة عن أحواله، وما إذا كان مرتاحًا، وما إذا كان يريد الخروج. توجس فخر الدين طبعًا وسأل أيمن عن المطلوب منه صراحة. ابتسم أيمن: هو أيضًا لا يحب اللف والدوران، المطلوب مساعدته للعثور على زميل قديم لفخر الدين، الشيخ حمزة، الذي يقود العمليات المسلحة ضد الدولة من الصحراء الغربية ويتحرك، فيما تشير المعلومات، بين ليبيا والسودان والصحراء المصرية. فخر الدين رد بهدوء، رافضًا التعاون مع الشرطة. قال إنه ليس مخبرًا ولن يكون. ناشد العقيد أيمن حسه الوطني، مذكرًا إياه بخطر الإرهاب الذي يهدد حياته وحياة أهله. فابتسم فخر الدين وقال له إن أهله جميعًا في السجن. تطور الحديث بينهما إلى مواجهة حادة، قال فيها كل

منهما وجهة نظره في الآخر بصراحة، وانتهت المقابلة بإعادة فخر الدين إلى زنزانته.

لكن العقيد أيمن عاد بعد عدة أسابيع، مع اشتداد وطأة عمليات الجهاديين في سيناء والصحراء الغربية. ألح عليه: «من أجل مصر»، «من أجل مستقبل أولادك»، أي كلام يمكنه التأثير به على فخر الدين. فالطرق التقليدية لم تفلح في الإمساك بأي من القيادات الجهادية، لا في الصحراء الغربية ولا في سيناء. كل ما تُحققه هو القبض على أفراد، أو ربما منع عملية من الوقوع، أو قتل عدد من الجهاديين في أثناء مطاردتهم. الأمر يحتاج شخصًا يعرف هذه القيادات، ويعرف أسلوب تحركها، كي يمكنه البحث عنها في بحر الصحراء هذا. دخل أيمن معه في مناقشة أخرى مطولة، وفخر الدين لا يلين. قال لأيمن بوضوح إن الدولةَ التي يمثلها وحشٌ لا ينكسر ولا ينصلح حاله، وإن الشيخ حمزة وحشٌ مماثل، كلما قطعت رأس الوحش نبتت له رؤوس جديدة. وإنه ـ فخر الدين ـ لا يريد التدخل في صراع الوحوش هذا. فعل هذا في الماضي وخسر حياته وآذى من يحب، واعترف بهزيمته وانسحب.

وهنا ألقى أيمن بآخر كارت في يده، ضابط المخابرات الذي دبر محاولة تفجير مقر الجماعة في السودان عن طريقي. دخل به على فخر الدين وأخبره بهويته من دون تمهيد. اضطرب فخر الدين، بشدة. الضابط طلب من أيمن تركهما وحدهما، وعندما انفرد بفخر الدين قال له إنه كان يحلم بهذا اللقاء منذ زمن،

ولم يتصور حدوثه بالفعل، ولم يكن ليحدث لولا الصدفة التي جمعته بالعقيد أيمن عن طريق صديق مشترك. سأله فخر الدين بجفاف عن سبب رغبته في لقائه، فقال الضابط إنه يريد إصلاح الأذى الذي تسبب فيه لي، والحيلولة دون حدوث مزيد من الأذى. فهم فخر الدين أن العقيد أيمن يساومه بحريتي أنا أيضًا. الآن أصبح لديه صورة كاملة عن ماضي فخر الدين وعن ماضيَّ، وبما أن فخر الدين في السجن فلم يبقَ سواي كورقة ضغط. ضابط المخابرات هو من صاغ الاتفاق بين العقيد أيمن وفخر الدين: سيذهبان معًا للبحث عن الشيخ حمزة والقبض عليه، مقابل إبقائي خارج الصورة، والإفراج الفوري عن تامر ابن ليلى وبقية الشباب المقبوض عليهم في قضية التظاهر نفسها، ثم العفو عن فخر الدين عند عودته. سمحوا لي بزيارته، وسألني، ورجوته أن يقبل. قلت له إن إنقاذ أهله وأصدقائه ونفسه من السجن أهم من كل الكلام الكبير. وقال إنه سيقبل من أجلي. وهكذا، رحل مع العقيد أيمن لاقتفاء أثر الشيخ حمزة في جنوب الصحراء الغربية.

ـ متى كان ذلك؟

ـ منذ ثلاثة أسابيع.

ـ وهل تم الإفراج عن تامر وأصدقائه فعلًا؟

ـ تم.

ـ وهل سمعت من أبيك منذ رحيله مع العقيد أيمن؟

ـ لا.

[illegible]

[illegible]

[illegible]

[illegible]

[illegible]

[illegible]

[illegible]

[illegible]

[illegible]

[illegible]

[illegible]

[illegible]

[illegible]

[illegible]

[illegible]

[illegible]

[illegible]

[illegible]

[illegible]

[illegible]

[illegible]

[illegible]

[illegible]

[illegible]

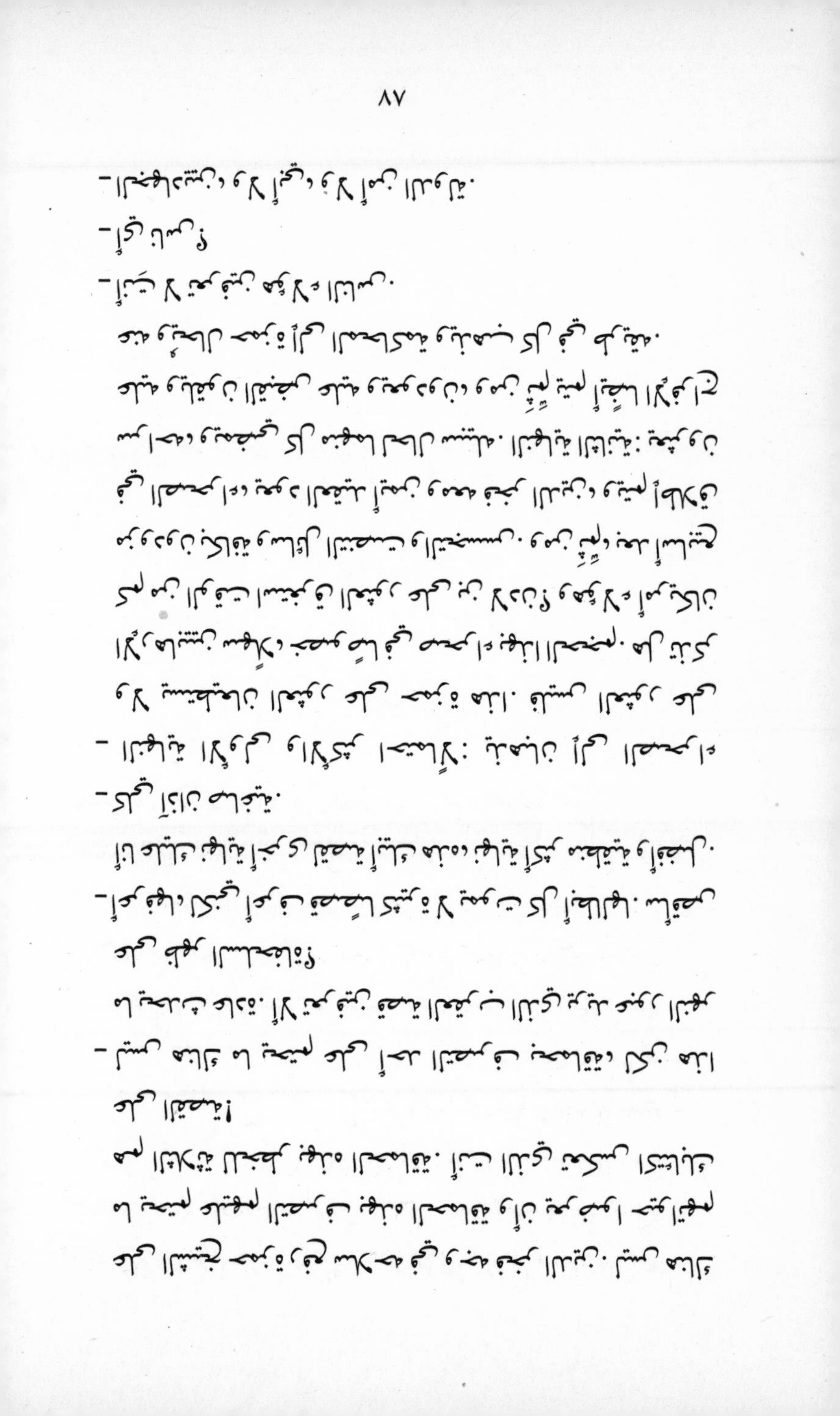

[illegible]

ـ حتى لو تقابلوا واشتبكوا وأصيب الرجل مثلما تقول، فلا يمكن لأيمن أن يضحي بفخر الدين لأن في ذلك نهايته هو أيضًا.

ـ قلت لكِ إنكِ لا تعرفين هؤلاء الناس.

ـ قلت لكَ إنكَ كئيب وسوداوي!

ـ لم أصبح هكذا من فراغ.

ـ حسنًا، قص عليَّ قصة أخرى، قصة عن أصدقائك، لا أريد سماع المزيد عن جيل فخر الدين وحمزة وأيمن. زهقت من كل هذا الجيل. احكِ لي حكاية أحد من أصدقائك الشباب.

ـ أصدقائي الشباب؟ بسيطة، سأحكي لك حكاية وائل ومحب وتامر. لكن ممكن نأكل؟ لقد هبط الليل، وأنا جائع. كم الساعة الآن؟

ـ التاسعة. معك حق. لنأكل شيئًا.

٣

وائل ومحب وتامر يواجهون الطرف الثالث

الجمعة، منتصف الليل.

مسحت ظهره الأسمر بعينيها. شعره الأسود الخشن متناثر في غير ترتيب. شعرات قوية وطويلة ملتفة حول بعضها في دوائر صغيرة. ظهره ليس بسمار وجهه، عليه شعيرات قليلة في أعلاه، ثم ينساب في نعومة حتى خصره. فكرت أن هذا الظهر يمكن أن يكون لأنثى. سألت بصوت خافت:

ـ صاحي؟

ـ نعم.

ـ هل تحكي لي الآن؟

هز رأسه موافقًا. طلبت الانتظار لحظة ثم ضغطت على زر التسجيل في تلفونها. وضعت التلفون على الأرض بجوار الفراش وقالت إنها مستعدة.

الظلام يخيم على الغرفة وهو مستلق وظهره لها. فكرت أن تطلب منه الالتفات ناحيتها، ثم قررت تركه كما هو كي ينصب تركيزها على صوته وهو يحكي. صوته حلو. فكر هو أن يلتفت إليها ثم تراجع. هكذا سيكون أكثر حرية في حكايته: سيحكي كما لو كان يحدث نفسه، من دون التفكير في رد فعلها. مد يده في الهواء أمامه وكأنه يرسم:

ـ فكري في ثلاثة مربعات: المربع الأول يملأ الشاشة، وفي زاويته اليمنى صورة شاب يرتدي طاقية البيسبول ويبتسم، ثم تسمعين صوت آلة كاتبة وتملأ بياناته المربع تباعًا:

الاسم: محب

المهنة: مهندس برمجيات

المؤهلات الدراسية: ماجستير علم الكمبيوتر من جامعة «ستانفورد» بالولايات المتحدة

العمر: ٢٦ عامًا

محل الإقامة: مدينة نصر

الديانة: مسيحي، كاثوليكي

الهوايات: كرة القدم ـ عضو مجموعة مشجعي النادي الأهلي، الألتراس

ـ كنت أظنها قصة مبهجة!

ـ تظهر بالمربع الثاني صورة شاب أصغر سنًّا، لا مبتسم ولا متجهم، أسمر الوجه، نحيف وحاد الملامح، شعره خشن:

الاسم: وائل

المهنة: طالب بالسنة الثانية بكلية التجارة، جامعة القاهرة

المؤهلات الدراسية: ثانوية عامة

العمر: ٢١ عامًا

محل الإقامة: إمبابة

الديانة: مسلم

الهوايات: كرة القدم ـ عضو مجموعة مشجعي النادي الأهلي، الألتراس

ثم تظهر بالمربع الثالث صورة شاب مبتسم في براءة، أنفه وشفتاه غليظة قليلًا، وعيناه ضيقتان لكنْ بهما مرح طبيعي. وجهه ممتلئ:

الاسم: تامر

المهنة: محامٍ، صاحب شركة برمجيات

المؤهلات الدراسية: ليسانس حقوق، جامعة القاهرة

العمر: ٢٥ عامًا

محل الإقامة: بين السرايات

الديانة: مسلم

الهوايات: كرة القدم ـ عضو مجموعة مشجعي النادي الأهلي، الألتراس

ـ أهذا تامر ابن عمتك ليلى؟

ـ نعم. تعرف الثلاثة بعضهم على بعض في مدرج الاستاد. وقتها، كانت مجموعة الألتراس في بدايتها، ولم يكن أيٌّ منهم عضوًا فيها، لكن محب كان خبيرًا بمجموعات الألتراس في العالم

كله، وتابع نشاطاتها في أثناء دراسته الجامعية في أوروبا ثم في أمريكا. محب عاشق لكرة القدم، ولم يكن له من شاغل خلال سنوات دراسته الأربع في أوروبا غير متابعة فرق كرة القدم ولاعبيها ومشجعيها. أُخذ محب بحماس مجموعات الألتراس الأوروبية وإخلاصها وروح الفريق التي تربط بين أعضائها، وتنظيمهم واعتمادهم على أنفسهم، وبُهر بأفكارهم الخلاقة في تنظيم تشجيعهم لفرقهم، والتي ترقى في نظره إلى الأعمال الفنية الكبرى. وحين رحل إلى أمريكا لدراسة الماجستير تابع مجموعات الألتراس في أمريكا الجنوبية، فذهب في رحلات إلى البرازيل والأرجنتين وتشيلي لحضور مباريات كرة القدم، ورأى بعينيه النسخة اللاتينية من مجموعات الألتراس: شباب يشبه المصريين، بموارد محدودة للغاية، لكن بعزيمة لا تلين وإخلاص لا يهتز وعبقرية وإبداع لا ينضبان، يصنعون المعجزات داخل الملاعب وخارجها. صمم على تكرار التجربة في مصر حين يعود. وأعد للأمر عدته، فاتصل بعدد من شباب الألتراس في الأرجنتين والبرازيل في أثناء حضوره للمباريات، وساعده أصدقاؤه المتحمسون من هذه الروابط في الاتصال بمثيلاتها في أوروبا. عاد محب إلى القاهرة ومعه ماجستير البرمجيات الذي يحلم به والداه، ومعه أيضًا نواة حلمه هو.

حين عاد وجد آخرين قد سبقوه إلى الفكرة، وبدأت مجموعات الألتراس في الظهور. ظل يحوم في النادي

الأهلي ومدرجات الاستاد حتى التقط أول الخيط وانضم لألتراس أهلاوي، وبسرعة فائقة أصبح من أعمدة الرابطة، وانعكست خبراته التي اكتسبها في الخارج على مساهماته، ووضعته في قلب زملائه وأنشطتهم. كان محب يعيش في القاهرة، في مدينة نصر، لكن عينيه مفتوحتان على العالم كله. لا تقوم مجموعة ألتراس في أي مكان في العالم بأمر إلا ويلتقطه هو في غضون أيام، ويستفيد منه هو وزملاؤه.
يقف وسط زملائه في المدرجات، يغني ويهتف معهم، مع مئات من أقرانه الشباب، ويشعر أنه وهُم شيءٌ واحدٌ، ضخم، مسموع الصوت، قوي الإرادة، قادر، حر، كأنه وهُم جسد واحد بقلب واحد، لديه مئات العقول والعيون والأذرع والحناجر، وإرادة صلبة تفوت في الحديد. لا شيء مثل هذا الإحساس، لا شيء يعادل لديه هذه الساعات في المدرجات مع «الجروب»، مع عزوته، مع رفاقه ورجاله.
خلال هذه الساعات السحرية تذوب الفوارق، ويتغاضى الجميع عن الخلافات التي سبقت المباراة، وعن السخافات من هذا ومن ذاك، وقلة عقل البعض وقلة حيلة البعض الآخر، وثقل الدم، وغلظة الأسلوب. كل هذا يتوارى تحت الهتاف الذي ينطلق من الحناجر والقلوب فيشق فضاء المدرج ويهدر ويعود صداه إلى آذانه فيملأه ويملأهم ثقة وشعورًا بالقدرة.
خلال هذه الساعات تذوب الفوارق. وهكذا تعرف محب، ابن الناس الذي درس في أوروبا وأمريكا، على وائل، شبه

المعدم الذي قذفت به شوارع إمبابة من فرط ضيقها بأبنائها.
وائل الذي يخرج في الصباح من بيته لأنه لا يستطيع البقاء فيه ـ فلا أحد يريد البقاء في غرفة وصالة بنافذة ضيقة مفتوحة في أعلى الجدار على سطح الجيران، وحمام ومطبخ يتسعان بالكاد لفرد واحد واقف، بلا أثر لشعاع شمس أو ضوء. يخرج وائل من البيت في الصباح بأسرع ما يستطيع، ليلقي رحاله أولًا بكلية التجارة التي «يدرس» بها.

ـ معك؟

ـ نعم، زميلي بالسكشن. يكاد وائل يقيم بالكلية: يأكل فيها ويشرب، ويستخدم حماماتها، ويقابل فيها أصدقاءه، ويتسكع حولها، وينام فيها أحيانًا. وحين تقفر الجامعة وتوشك على الإغلاق ينتقل إلى مقاهي بين السرايات حيث يستكمل اليوم مع مَن يجده من معارفه. وفي الوسط، يذهب لحضور تدريبات الأهلي لو كانت لمباراة مهمة، أو يذهب للاستاد.

لم يسبق لوائل الانضمام لأي شيء، ولا يكاد يفهم معنى لكلمة «الجماعة». عائلته كبيرة: ستة أولاد وأب وأم وجدة، مكومون مع بعض كيفما اتفق، ويسعى كل منهم للدفاع عن نفسه كيفما استطاع. البنتان تدافعان عن حريتهما وحقهما في التعليم وفي المصروف وفي المكان وفي الملابس الجديدة مثل إخوتهما، والصِّبيان يدافع كل منهم عما يراه حقه، والأب والأم يحاولان تعويم المركب وتفادي الصدامات بالتحكيم بين الأبناء حينًا، وبالتوسط حينًا، وبالتجاهل أو بالصراخ

أو بالتودد أحيانًا. أي شيء يساعد على تمرير اليوم، علَّ الغد يأتي بجديد أفضل، أو يهدئ نفس الساخط، أو يُيئس المتعجل.

لم تكن عائلته جماعة، ولا يشعر وسطها إلا بمزيج من الوحدة والتهديد من الباقين. لا يعني هذا غياب المحبة، إطلاقًا، لكن المحبة غارقة في هذا الصراع ومتصلة به. وشعوره بعائلته يجمع الأمرين معًا بشكل طبيعي تمامًا. لم يشعر بالانتماء إلى المدرسة أو الجامعة والعياذ بالله. أقرب شيء لشعوره بالانتماء إلى جماعة هو علاقته بشباب إمبابة. هو وهم يتشاطرون هذا الشيء الذي لا اسم له: كونهم من إمبابة. يعرفون بعضهم بعضًا بالشكل، ويميزون بعضهم في أي شارع وأي تجمع: «الواد ده من عندنا من إمبابة». في ثانية. ويترتب على هذه الهوية حقوق وواجبات وحدود في التعامل. هذا هو أقرب شيء يعرفه للانتماء إلى جماعة. لكن انضمامه إلى الألتراس فتح له عالمًا جديدًا تمامًا: وجد نفسه عضوًا في جماعة حقيقية، جزء من كل، له فيها أدوار محددة ومتفق عليها، وحقوق، وعليه واجبات، وتمكنه عضويته من فعل أشياء ما كان له أن يحلم بها. تعطيه قوة لم يكن يخطر على باله أن تتاح له، وتعطي حياته معنى فاجأه هو شخصيًّا. من دون كلام منمق، من دون خطب، من دون كليشيهات، يشعر أن غيابه يفرق عن حضوره لدى آخرين، وأنه يستطيع الإتيان بأشياء، وطرح أفكار تعن له، وتنفيذها بمساعدة الآخرين.

يستطيع الموافقة والرفض، يستطيع المساهمة في عمل شيء لا يستطيع فعله وحده، ويستطيع تلقي المساعدة لتنفيذ أشياء لا يستطيع إتيانها وحده. ويلتف مع آخرين حول أشياء يحبونها جميعًا، ويضحكون معًا، من خيبتهم أحيانًا وفرحة بإنجازهم أحيانًا أخرى. وفي كل هذا ينجحون معًا ويخفقون معًا. هذا هو المكان الوحيد الذي يختلط فيه بشباب من مناطق أخرى، ومن خلفيات اجتماعية أخرى، ولا يشعر بأن الفوارق بينهم تفصلهم، بل على العكس، يجد هذه الفوارق مفيدة. فحين يحتاج أمرًا يجد بدل المساعد عشرة، ليس فقط في كرة القدم والتشجيع، بل في المذاكرة، والمواصلات، والنصيحة في كيفية التصرف مع الحياة، والبنات طبعًا.

وائل التقى بتامر عن طريقي. تامر ليس اجتماعيًّا بطبعه، ويفضل قضاء وقت فراغه وحده، مع شاشة الكمبيوتر. تامر كان ملك النت: من ٢٠٠٩ وهو ينشئ مواقع على النت ويساعد آخرين على إنشائها. أظن نصف مدوني مصر بدأوا مواقعهم بمساعدته، أو على الأقل نصف مَن أعرفهم من المدونين. وقتها انبهرتُ جدًّا أن شخصًا ما يكسب مالًا بمجرد اللعب على الكمبيوتر. لم أكن قد تعاملت مع كمبيوتر من قبل، ولا دخلت النت في حياتي. الجماعة في السودان كانت ترى في ذلك «مجلبة للمفاسد» كما قالوا. تامر هو الذي عرفني على هذا العالم. المهم، نعود إلى تامر، الجالس في غرفته معظم الوقت يفعل أشياء لا نعرفها على النت، يكسب من بعضها مالًا يعطي معظمه

[illegible]

ـ لا، اصبري. الثلاثة شاركوا في المظاهرات من يوم ٢٥. رأوا الدعوة على فيسبوك وقرروا أن ينزلوا. وتقريبًا قابلوا معظم أصدقائهم في المظاهرات خلال الأيام التالية. تامر ومحب كانا يعودان إلى البيت في المساء للمشاركة في اللجان الشعبية، ويبقى وائل في الميدان مع مَن بقي من أصدقائه.

وائل كان سعيدًا، لا لشيء أكثر من الحرية التي هبطت عليه فجأة. إحساس رائع: النوم في الشارع، مع أناس لا تعرفينهم، وسط إحساس عام بالأمان مستمد من الكثرة، وفي حالته هو مستمد أيضًا من كونه معدمًا، لا شيء لديه يخسره. باسم، صحفي صديق لتامر، وصاحبته هند، تبنيا وائل وتكفلا بطعامه وشرابه. هناك قابل مي، زميلة لمحها في الكلية عدة مرَّات ولم يتكلما من قبل. هند عرفته عليها، وقالت له إنها اشتراكية ثورية. لم يفهم ما يعنيه ذلك لكنه أومأ. سأل هند إن كانت هي وباسم أيضًا اشتراكيين ثوريين فنفت، وأخبرته أنهما «يسار جديد». سأل عن الفارق فبدأت في الشرح لكنه تاه منها، ثم عرفته على بقية الشلة بتصنيفاتها اليسارية والليبرالية، لكن الكل كان ثوريًّا، ووائل يومئ. وبدأت الخيام في الانتشار، والطعام في الوصول، والموسيقى والأغاني في الظهور، وقرر وائل أنه باقٍ في الميدان حتى يرحل مبارك أو يأتي الجيش ويقبض عليه مع الباقين.

في صباح يوم ٣٠ أحضر تامر أمه ليلى، وكذلك جاء محب مع

عائلته بالكامل، وعلى مدار الأيام الأربعة التالية صار هذا هو المنوال: في الصباح يأتي محب وتامر وعائلتاهما، ومعهم مؤن لمن قضوا الليل في الميدان، ويقضون اليوم في الميدان حتى بعد موعد حظر التجول بقليل، ثم يعودون أدراجهم لأحيائهم وبيوتهم. هل كنتِ في الميدان في هذه الأيام؟

ـ نعم، من يوم ٢٨. وأنتَ؟

ـ لا، لكن كل أصدقائي كانوا هناك.

ـ وأنت؟ ماذا كنت تفعل؟

ـ أنام معظم النهار، وأشارك في اللجنة الشعبية مساء.

ـ ألم ينتبك الفضول؟

ـ انتابني، وذهبت مع تامر عدة مرَّات، لكني لم أبقَ طويلًا. المهم، دعكِ مني. كل من كان هناك يقول إن هذه الفترة، من ٢٩ يناير إلى ٢ فبراير، كانت الأيام الذهبية للميدان. حفل حقيقي، كرنفال للحرية. قالوا إنهم اكتشفوا إلى أي حد كانوا يقمعون أنفسهم، من تلقاء أنفسهم. فجأة زال القمع وخرجت من كل منهم أفكار وأحلام وتصرفات لم يكن يعلم بوجودها داخله. شعر كل منهم أنه كبر، ليس في العمر، لكن في الحجم والمساحة التي يحتلها؛ كأن الهواء والشوارع والآخرين صاروا أيضًا ملكًا له، أو جزءًا منه، أو من مجاله الذي يحوم فيه، بعد أن كانت تهديدات مجهولة تحد منه وتدفعه لداخله. وفي هذا الانطلاق جاء الحب أيضًا.

وائل، الذي كانت علاقاته بالبنات محدودة ومضطربة، آخرها قبلات مسروقة يعقبها شجار أو قلم على وجهه، أو فتاة ليل بأجر، وجد نفسه فجأة أمام فتاة حقيقية تنظر إليه بإعجاب حقيقي. وشعر بشيء داخل صدره لم يكن يدري بوجوده. فهم الاثنان أنهما «يقعان في الحب» مثلما يقال في الأغاني، وضحكا من اكتشافهما المشترك. فهما معًا ولم يحتج الأمر منهما تصريحًا. مد يده ببساطة وأمسك بيدها. لم يحتج استجماع شجاعته، لم يحتج نصائح محب أو تامر. لم يضطرب، وإنما فعل ما شعر بأنه أكثر الأشياء طبيعية. أمسك بيدها وهو يبتسم، فمالت هي برأسها على كتفه. لم يكن ما دار بين وائل والاشتراكية الثورية في تلك الليلة جنسًا، وإنما تحقُّق عميق ومتبادل، دافئ وملتحم وهانئ، وحين أيقظهما صوت أذان الفجر الآتي من مسجد عمر مكرم شعر وائل لأول مرَّة في حياته بأنه قادر على كل شيء؛ بأن العالم أمامه، وبأن حياته ملكه وبين يديه.

ـ وماذا عن تامر ومحب؟

ـ محب لم يكن مرتبطًا. تركيزه كله كان على عائلته وعمله والألتراس. أمه كانت أهم شخص في حياته، وأخته، ويشعر بمسؤولية إزاءهما، خصوصًا أن أباه متوفًّى. حين يأتي إلى الميدان يحرص على حماية عائلته من أي شيء قد ينفرهم من المتظاهرين، مثل المنقبات والسلفيين والإخوان. تذكرين أن هذه كانت أيام المسيحيين الذين يحمون المسلمين عند الصلاة والمنقبة التي تحضن المسيحية وكل هذا الهراء، ولكن بالطبع

كانت هناك قصص أخرى، سعى محب لتجنب تعرض أهله لها حتى لا يتغير حكمهم على المتظاهرين.

تامر وجد نفسه وسط عشرات من أصدقائه، خصوصًا من المدونين الذين ساعدهم في السنوات الماضية. وعندما عادت الاتصالات انشغل مع أصدقائه في ترتيب أمورهم الفنية لتحسين قدرتهم على التواصل عبر النت. آية خطيبته تعرفت أكثر على عائلته، واندمجت مع أمه ليلى أي اندماج. وشيماء الطبيبة شريكة ليلى وصديقة أبي أيضًا كانت هناك، لكن معظم وقتهما هي وليلى كان في المستشفى الميداني.

ـ ثم ماذا؟ أين القصة؟

ـ القصة بدأت يوم ٢ فبراير، مع تشريف الجِمال إلى ميدان التحرير. لكن دعيني أقص عليك قصة ثلاثة أشخاص آخرين قبل العودة إلى الجِمال.

ـ لكن ألن تقص عليَّ ما كان يحدث في الميدان؟ هل هذا هو كل شيء؟ هل هذا كل ما تتذكره عن الميدان وأيامه وما جرى فيه؟

ـ هذه ليست قصة عن الميدان، ولا عن الثورة، هذه قصة تامر ومحب ووائل، هم من يعنيني. إن أردت قراءة قصص الميدان فهناك مصادر تقصها أفضل مني. ثم إنك كنتِ هناك.

ـ وهو كذلك. وائل ومحب وتامر إذن. ماذا حدث لهم؟

ـ قبل أن أقول لكِ ما حدث لهم، تخيلي ثلاثة مربعات جديدة: في المربع الأول ترين رجلًا في منتصف العمر، مهندم، مبتسم بتحفظ:

الاسم: سعيد

المهنة: مدير تسويق بشركة «إم إس إيه» للتأمين

المؤهلات الدراسية: ليسانس آداب

العمر: ٤٦ عامًا

محل الإقامة: المهندسين

الديانة: مسلم

الحالة الاجتماعية: متزوج ويعول ثلاثة أبناء

الهوايات: مشاهدة التلفزيون، الخروج مع أصدقائه وتدخين الشيشة

ثم يظهر المربع الثاني وبه شاب نحيف، أسمر، أشعث الشعر، زائغ البصر:

الاسم: حبشي

المهنة: موظف بوزارة النقل

المؤهلات الدراسية: بكالوريوس زراعة

العمر: ٣٥ عامًا

محل الإقامة: الهرم

الديانة: مسلم

الحالة الاجتماعية: متزوج

الهوايات: القراءة والسفر

ثم يظهر المربع الثالث وبه شابة سمراء مبتسمة ابتسامة واسعة تنم عن أسنان بيضاء لامعة، نحيفة، شعرها أسود وطويل وناعم، عيناها أيضًا مبتسمتان وتلمعان في طيبة:

الاسم: رشا

المهنة: مدرِّسة

المؤهلات الدراسية: ليسانس تربية، قسم إنجليزي

العمر: ٢٨ عامًا

محل الإقامة: الهرم

الديانة: مسلمة

الحالة الاجتماعية: آنسة

الهوايات: التطريز، تلوين الزجاج، الموسيقى والرقص

اليوم هو ٢ فبراير، والمكان ميدان التحرير، قبيل هجوم الجِمال، حيث نرى هؤلاء الثلاثة يتجولون في الميدان ويتبادلون الحديث مع أناس لا يعرفونهم.

سعيد يتحدث عن حال البلد، وكل الأشياء الخطأ التي يراها، من المرور إلى الضرائب إلى نظامي التعليم والصحة، وما يجب أن تكون عليه الأمور، ومستقبل أولاده الذي يقلقه في ضوء الاتجاه الذي يتخذه البلد.

حبشي يشتكي من العبث الحكومي، فهو موظف بوزارة النقل منذ عشر سنوات، ومرتبه مع الأجر الإضافي والحوافز والمكافآت لا يتجاوز ٨٠٠ جنيه في الشهر، وزوجته أيضًا موظفة، ودخلها حوالي ٦٠٠ جنيه، فكيف يعيش وزوجته بهذا المبلغ؟ هل يرتشيان؟ هل يسرقان عهدة الوزارة؟ هل يعملان في وظيفة أخرى بالوقت نفسه؟ ومتى يعيشان؟ وماذا لو أرادا الإنجاب؟ وأي مستقبل أمامهما في هذه الوظيفة؟ هل يتركان

الحكومة؟ لكن ماذا يفعلان وهما اللذان لا خبرة لهما إلا بهذا العمل الحكومي؟

رشا تنصت إلى هذه المناقشات وتبدو عليها الحيرة والابتهاج والإثارة معًا. مشاكلها تشبه مشاكلهم، وهي موافقة على كل ما يقال وأكثر. تريد الحديث عن حياة البنت في مجتمع يراها كفريسة، أو فاكهة في أحسن الأحوال، وعن شعورها الدائم بالخوف: الخوف من التعرض للمسة معتدية أو كلمة جارحة، الخوف من الإهانة، الخوف من كمائن المرور، من الشرطة، من غياب الشرطة، من طرقة الباب المجهولة أو الرقم الغريب الذي يتصل، من سائق التاكسي، من راكب الأتوبيس أو الميكروباص بجوارها، ومن السائق، ومن الباعة، ومن المارة. تريد رشا القول إن هذه أول مرَّة تشعر فيها بالأمان، وهي هنا وسط هذه الآلاف من المجهولين، الذين يبتسمون لها ويفسحون الطريق ويساعدونها ويحمونها. تريد قول كل ذلك لكنها مشغوفة أكثر بالاستماع، وهنا تظهر الخيول والجِمال وركابها وهم يقتحمون الميدان.

وائل كان الوحيد الموجود بالميدان من أصدقائي الثلاثة. عندما رأى الجمال والخيول تقتحم الميدان اتصل فورًا بتامر ومحب وآخرين من الألتراس ليأتوا وينقذوه. وفي خلال ساعة جاء الجميع، توافدوا على الميدان من دون التفكير في السياسة أو السؤال عن التفاصيل. جاء من وصله الخبر، وبلا تردد اشتركوا في المواجهات الدائرة مع الهجانة.

كانت فوضى عارمة: المواجهات لم تستقر أماكنها إلا بعد فترة، حين تمكن أصحاب الميدان من طرد الهجانة إلى حدوده الخارجية، بعدها دارت المواجهات عند التخوم، أما في البداية فقد انتشر الضرب في الميدان كله. في هذا الوقت كاد سعيد وحبشي ورشا أن يفقدوا حياتهم، لولا وائل ومحب وتامر.

وائل سحب رشا من تحت سنابك الحصان وسيف راكبه. سحبها مثل الأفلام وسنابك الفرس في الهواء وهي تصرخ تحتها ملتاعة من موتها الوشيك. يعلم الله فيمَ فكرت ساعتها، وما إذا كانت قد رأت حياتها كشريط سينمائي أم لا، لكن وائل رآها، وفي جزء من الثانية كان خلفها ينتشلها من ذراعها ويلقي بها إلى الجانب الآخر. نزلت سنابك الفرس على الأرض وسيف الفارس طاح في الهواء. لا يعلم أين ذهب، ربما أصاب شخصًا آخر. جن جنون الفارس الذي ظل يطارد وائل بغية الانتقام منه. وائل جرى كما لم يجرِ في حياته، وقفز فوق محطة تهوية المترو فتوقف الحصان لحظات كانت كافية لخلق مسافة كسبها وائل، الذي واصل العدو حتى اختفى في شارع محمد محمود. لم يرَ رشا بعدها، كانت قد غادرت الميدان هي الأخرى، لكنه كان راضيًا بما فعل.

ـ أين ذهبت؟

ـ عادت إلى بيتها، ولم تعد إلى الميدان إلا بعدها بأسبوع.

الوضع مع حبشي كان مختلفًا؛ فقد وجده تامر وأصدقاؤه طريحًا

على الأرض، وأربعة رجال أشاوس يتناوبون على ضربه بهراوة أو شيء من هذا القبيل. بعضهم كان يركله في بطنه، وواحد ممسك بالهراوة أو العصا الغليظة ويطرق بها رأس حبشي من وقت إلى آخر. حبشي نحيل الجسم، وفقد الوعي سريعًا تحت قسوة الضرب، وكان رأسه مضرجًا بالدماء، لكن ذلك لم يمنع صاحب الهراوة من مواصلة طرقها، بانتظام. تامر وأصدقاؤه ـ كانوا ثلاثة ـ صرخوا في الأربعة الأشاوس أن يكفوا، مستخدمين كل عبارات الاسترحام وإشعار المذنب بذنبه، لكن الأشاوس التفتوا إليهم بغضب وسبوهم، ومن ثَمَّ لم يكن من الأمر بُد. مد تامر يديه وسحب حبشي على الأرض ناحيته ليبعده عن مطرقة المأفون إياه، في حين بدأ الاثنان الآخران مناوشة الأربعة الأشاوس، وفي أقل من ثانية انضم إليهم أربعة آخرون من زملائهم الألتراس، وانقض الستة على الأربعة حتى أشبعوهم ضربًا وطاردوهم إلى تخوم الميدان. تامر بقي، وحمل حبشي على كتفه إلى المستشفى الميداني المقام في الممر ناحية شارع محمد محمود. الطبيب الذي استقبله، أو من يدعي أنه طبيب واستقبله، هز رأسه في أسى شديد وهو يحاول وقف النزيف وتنظيف الجرح وتضميد رأس حبشي في آنٍ واحد. تامر لم يكن على لسانه سوى سؤال واحد: هل سيعيش؟ والطبيب يجيب إجابات ليست بإجابات. لكنه عاش، استرد وعيه في المساء، ونقله تامر إلى مستشفى به طبيب زميله في الألتراس، وتحسنت حالته شيئًا فشيئًا. عاش حبشي، وقال لتامر إنه مدين له بحياته،

هو وزوجته، وإن كانت آثار الضرب لا تزال واضحة على رأسه، وتسبب له نوبات صداع، لكنه عاش.

سعيد، مدير التسويق بشركة التأمين الأجنبية، كان من نصيب مجموعة من البلطجية، شهر زعيمهم سيفًا في وجهه وأقسم أن يشطره نصفين. محب هو الذي جرده من سيفه، لا أحد يعلم كيف. محب ليس مقاتلًا ولا مفتول العضلات، بل كائن وديع وابن ناس ربما لم يدخل في خناقة منذ كان في المدرسة الإعدادية. لكن شجاعة ما تملكته وهو يرى البلطجي يرفع سيفه بكلتا يديه في الهواء ويحني ساعديه خلفه. كان محب آتيًا من الخلف، ورأى السيف والساعدين والرعب على وجه سعيد، فأمسك بيدي البلطجي وجذبهما لأسفل بقوة واتته لا ندري من أين. البلطجي لم يرَه آتيًا، وصرخ من الألم والمفاجأة معًا، واختل توازنه وسقط على جنبه. وكان هذا كافيًا لينقض عليه محب وزملاؤه ويحملوه ويوثقوا يديه ورجليه. ربطوه وأحكموا وثاقه، وجاء صبية أرادوا سحله في الميدان لكن محب وزملاءه رفضوا، وحملوا البلطجي ـ الذي فر زملاؤه سريعًا ـ إلى حدود الميدان وسلموه لضابط في الشرطة العسكرية. ظل سعيد تحت تأثير الصدمة كثيرًا، فموته بدا له محتومًا في تلك اللحظات التي كان واقفًا فيها وحده أمام السياف. لم يكن أمامه من مخرج، لم يرَ مهربًا أو حلًّا، وفشلت كل كلمات التعقيل والاستعطاف والترهيب والترغيب في ثني البلطجي عن ضرب عنقه، ثم فجأة جاء هذا الشاب المجهول وأخرجه. بعد إفاقته من الصدمة،

[illegible]
[illegible]
[illegible]
[illegible]
[illegible]
[illegible]
[illegible]
[illegible]
[illegible]
[illegible]
[illegible]

[illegible]
[illegible]
[illegible]
[illegible]
[illegible]
[illegible]

[illegible]
[illegible]
[illegible]
[illegible]
[illegible]

على تعويض أمه عن المشقة والتوتر اللذين مرت بهما كي تحقق هذه المعادلة الصعبة. كان هناك بعض القروض التي ارتبطت بها الأم بضمان أرض تملكها ونجح محب في تسديدها، كما وضع جانبًا مبلغًا يكفي لزواج أخته حين يحين الوقت. وكانت اللحظات التي يفاجئ فيها أمه وأخته بهدية ـ رحلة إلى مكان ما أو ملابس أو قطعة حلي ـ من أجمل لحظات تَحققه. ومن ثَمَّ لم يكن ليسمح لنفسه بالتخلي عن الشركة التي أسسها، على الرغم من أحلامه السرية بذلك، فظل يذهب إليها ويجيب عن استفسارات العملاء، ويعقد بعض الصفقات، ويطور بعض البرامج التي يبيعها، لكن كل ذلك لم يتجاوز الحد الأدنى الذي يسمح له بإبقاء الشركة مفتوحة والمحافظة على الدخل الذي تأتي به. لكن لم تعد هذه وظيفته الأساسية أو شغله الشاغل مثلما كانت الحال قبل الثورة، بل أصبحت أشياء تشبه الواجبات الاجتماعية، يؤديها من دون إحساس ومن دون تركيز، بشكل شبه آلي، في انتظار الفراغ منها والعودة إلى شغله الشاغل: الثورة.

الثورة في حالته شملت التظاهر كل جمعة، بالإضافة إلى التظاهر في كافة المناسبات التي تظاهر فيها الناس: مظاهرة ضد التحرش، ضد قرار المجلس العسكري الفلاني أو ضد غياب قراره العلاني، ضد هذا ومع ذاك مما تظاهر الناس لأجله في العام الأول. إضافة إلى كل مظاهرات الألتراس. وفي غير أوقات التظاهر كان محب مشغولًا مع زملائه الثوريين في بناء

أشياء وإطلاق مبادرات والتنسيق بين مبادرات قائمة، سواء على النت أو في اجتماعات ومقرات أحزاب ومقاهٍ وبيوت سياسيين مشهورين.

أمه وأخته كانتا أقل حماسًا للثورة وأكثر تشككًا: «الإسلاميون قابعون تحت السطح وسيستولون على البلد»، «هذا شعب أكثره أمي أو غير متعلم ولا يستطيع الاختيار بنفسه»، «هذه الانقسامات ستضيع البلد»، وهكذا. ومحب تعتريه بعض هذه الشكوك هو الآخر لكنه يطردها. ويسعى لطمأنة أخته وأمه وكأنما يسعى لطمأنة نفسه هو. ثم يقول لنفسه: «لقد بدأنا هذا المشوار ولن يمكننا التوقف الآن، فات الوقت».

وهكذا جاءت الانتخابات الرئاسية، وانقسم أصدقاء محب بين حملات أبو الفتوح وحمدين والبرادعي. كان هناك شيء جاذب في انضمامه إلى حملة أبو الفتوح، كونه مسيحيًّا. وضغط عليه كثير من أصدقائه كي يفعل ذلك، لكنه في نهاية المطاف شعر براحة أكبر في حملة البرادعي. محب ليس لديه معتقدات سياسية واضحة؛ لا هو اشتراكي ولا ناصري ولا إسلامي طبعًا، ومن هنا وجد حملة البرادعي أقرب إليه. فكل ما يريده هو الحياة في بلد محترم، مثل البلاد التي رآها في أوروبا وأمريكا. يريد الحياة في بلد به طرق ومرور منظم، ووسائل نقل وشوارع، وحكومة منتخبة، وخدمات صحة وتعليم معقولة، وفرص للناس كي يتعلموا وينموا ويتقدموا في حياتهم من دون معوقات غير مفهومة. يريد الحياة في بلد منطقي، ليس في بلد يتحدى المنطق

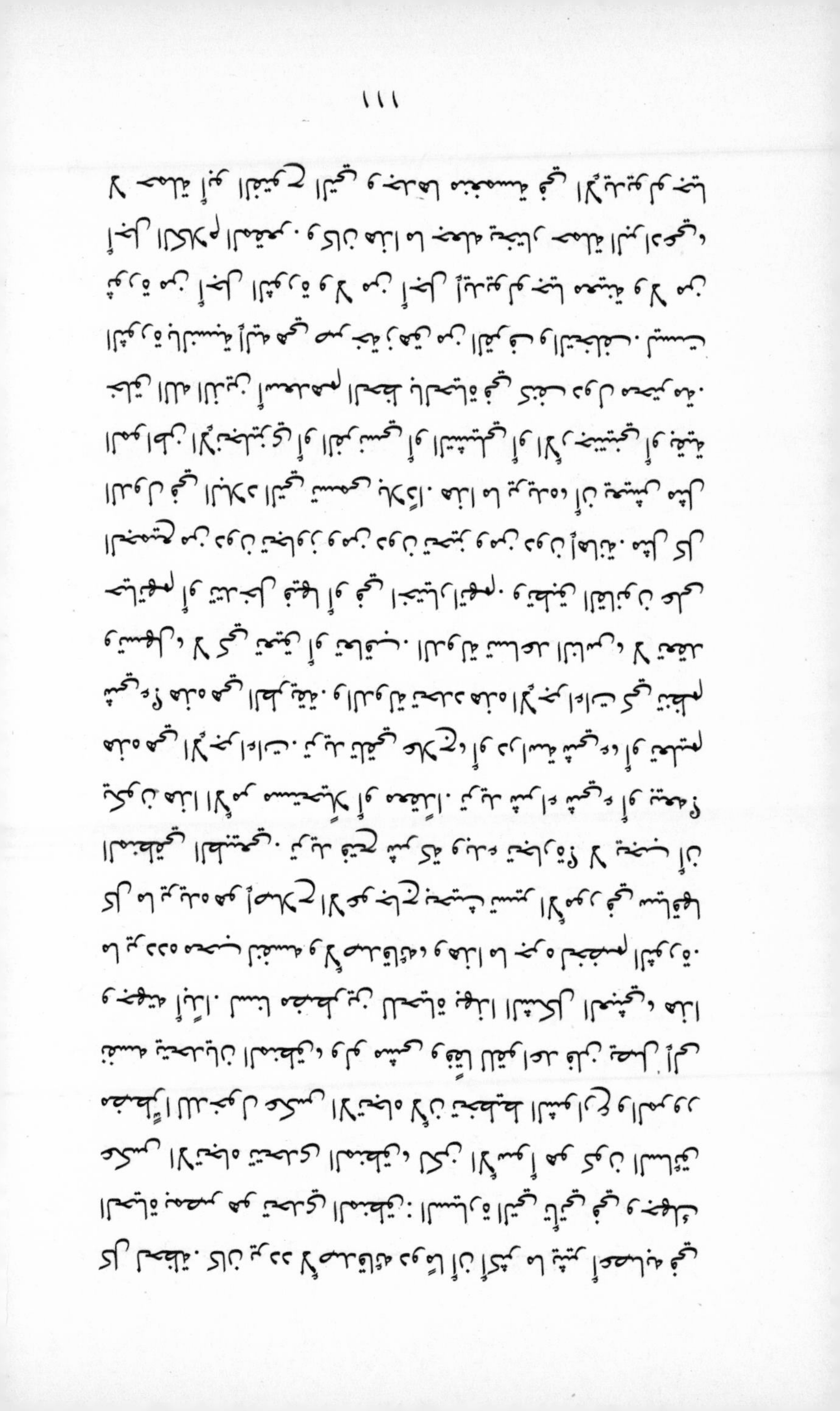

كل لحظة. كان يردد لأصدقائه دومًا أن أكثر ما يثير أعصابه في الحياة بمصر هو تحدي المنطق: السيارة التي تأتي في وجهك عكس الاتجاه تتحدى المنطق، لكن الأسوأ هو كون السائق مضطرًّا للدخول عكس الاتجاه لأن تخطيط الشوارع والمرور نفسه يتحديان المنطق، ولو مشى وفقًا للقواعد فلن يصل إلى وجهته أبدًا. لسنا مضطرين للحياة بهذا الشكل العبثي، هذا ما يردده محب لنفسه ولأصدقائه، وهذا ما جره لخضم الثورة. كل ما يريده هو إصلاح الاعوجاج بحيث تسير الأمور في سياقها المنطقي الطبيعي. تريد فتح شركة وبدء تجارة؟ لا يجب أن يكون هذا الأمر مستحيلًا أو معقدًا. تريد شراء شيء أو بيعه؟ هذه هي الإجراءات. تريد تلقي علاج، أو دراسة شيء، أو تعليم شيء؟ هذه هي الطريقة. والدولة تحدد هذه الإجراءات كي تنظم وتسهل، لا كي تعيق أو تعاقب. الدولة تساعد الناس، لا تعقد حياتهم أو تتدخل فيها أو في اختياراتهم. وتطبق القانون على الجميع من دون تجاوز ومن دون تحيز ومن دون إهانة. مثل كل الدول في البلاد التي تسمى بلادًا. هذا ما يريده، أن يعيش مثل المواطن الإنجليزي أو الفرنسي أو التشيلي أو الأرجنتيني أو بقية خلق الله الذين أسعدهم الحظ بالحياة في كنف دول محترمة. الثورة بالنسبة إليه هي صرخة زهق من القرف والتخلف. ليست ثورة من أجل الثورة ولا من أجل إيديولوجيا معينة ولا من أجل الكلام المقعر. وكان هذا ما جعله يختار حملة البرادعي، لا حملة أبو الفتوح التي وجدها منغمسة في الإيديولوجيا

الثورية والإسلامية، ولا حملة حمدين بحديثها عن عبد الناصر والاشتراكية وغير هذا مما لا تحتمل معدته.

في حملة البرادعي شعر أنه بين أناس يشبهونه ويبحثون عما يبحث عنه. لم يكن له دور محدد في الحملة، في أوقات شارك في بناء منصة الحملة على الإنترنت، وفي إدارتها، لكنه وجد نفسه في أوقات أخرى وسط اجتماعات تناقش استراتيجية الحملة وبرنامجها الانتخابي، وأحيانًا في جلسات لإعداد ظهور البرادعي في وسائل الإعلام. كل هذا حدث بالصدفة، تقريبًا. يكون جالسًا مع أحد زملائه ثم يأتي زميل آخر ويسأله عن أمر ما، ثم يأخذه معه لاجتماع يناقش هذا أو ذاك. أو يقابل أحد مديري الحملة ويتناقش معه فيعجب محدثه بأفكاره ويطلب منه صياغتها في إيميل أو الحضور معه في اجتماع لطرحها. وهكذا قابل البرادعي نفسه، عدة مرَّات، وفي مرَّة انتهى الأمر بأن وجد نفسه وحيدًا معه لمدة تقارب الساعة، قال له خلالها كل ما يشعر به ـ ابتداء من الإعجاب الشديد وانتهاء بتذكير البرادعي بالمسؤولية الملقاة على عاتقه، مرورًا بشرحه لمائة فكرة عن مائة أمر يراها مهمة ـ والبرادعي يومئ ويرد أحيانًا، ويغير الموضوع أحيانًا أخرى. وأهم من كل ذلك، شارك محب في كل المواجهات التي دارت مع السلطات خلال هذا العام، بما في ذلك أحداث محمد محمود الدامية، والتي فقد فيها أحد أصدقائه.

في وسط كل ذلك لم يتخلف محب عن مباراة واحدة للأهلي،

بل على العكس، كثف من نشاطاته مع الألتراس الذين أصبحوا مثالًا على ما يمكن للشباب فعله لو تركتهم الدولة في حالهم، لو كفت عن إعاقة الناس والتدخل في شؤونهم. الألتراس كانوا ينجحون على الرغم من تدخل سلطات الدولة والنادي، وهو فخور بنجاحهم، ويقول لنفسه وأصدقائه: «هذا هو مستوى أدائنا على الرغم من التدخل والفشخ من قبل السلطات، فتخيل لو تركونا في حالنا! وتخيل أكثر لو ساعدونا! والآن تخيل لو طبقنا هذا النموذج في مجالات الاقتصاد، والتعليم، والصحة، والفنون، والإدارة!». هذا بالضبط هو حلمه الثوري: أن يجعل الدولة وسلطاتها تساعده وأمثاله، أو على الأقل أن يزيح تدخلاتها الضارة من طريقه.

أما وائل، فقد قضى هذا العام متسكعًا في الشوارع مع الاشتراكية الثورية التي قابلها وأحبها في الميدان. شارك مي في كل التظاهرات والفعاليات التي جرت خلال هذا العام، خصوصًا في المواجهات مع قوات الأمن، حيث كانا ـ هي وهو ـ دومًا في الصدارة. في أول أيام «محمد محمود» أبدى اعتراضه على ما يحدث، ورفض الدخول في الشارع باعتبار هذه المواجهة عبثية. كانا واقفين على ناصية محمد محمود عند التحرير، والناس تركض في الاتجاهين، والأنباء تتوالى حول سقوط ضحايا. سألها مَن الذي يواجه مَن، وباسم مَن، أو لحساب مَن مطلوب منه ومنها الآن الدخول في هذا الشارع لمواجهة الرصاص الآتي من ناحية

وزارة الداخلية؟ غضبت مي، ولامت تفكيره المنصب على مصلحته الضيقة. قالت بيأس: «حين يواجه مواطنون عزل قوات الأمن المدججة بالسلاح، لا يحتاج الموقف تفسيرًا ولا يحتمل تساؤلات. هذه لحظة تقرر فيها انحيازاتك، ومن دون ادعاء، وواضح للمرَّة المليون أن انحيازك الرئيسي هو لذاتك أنت»، ثم استدارت وجرت داخل شارع محمد محمود باتجاه مكان المواجهات.

غضب وائل؛ أخرج سيجارة وأشعلها ونفث منها مرَّتين، ثم هز كتفيه واستدار ذاهبًا إلى المقهى المعتاد في شارع التحرير. جلس واحتسى شايًا وقهوة وقرفة، لكن بعد ساعة جاءت الموتوسيكلات بالجرحى، وانتشرت أنباء القتلى، فقفز من مكانه وجرى يبحث عن مي. دخل شيئًا فشيئًا ناحية مكان المواجهات. كان المكان يشبه رام الله كما رآها في التلفزيون: مبان مهجورة، وشارع مقفر، وطوب وأشياء محطمة في عرض الشارع، شاب يتمترس خلف سيارة ويخرج منها من لحظة إلى أخرى ليقذف شيئًا على الناحية الثانية، رائحة بارود ودخان تملأ المكان، قنبلة غاز تنفجر على الأرض من وقت إلى آخر، وأحيانًا يلتقطها شاب مختبئ في مدخل عمارة ويقذف بها إلى الناحية الأخرى قبل أن تنفجر، شابان يدفعان صندوق قمامة كبيرًا وهما يختبئان خلفه، ثم صوت طلقات رصاص، ثم يقذف أحد الشابين بزجاجة مولوتوف، وهكذا. بحث عن مي، وقابل أصدقاء مشتركين وسألهم وهم يشيرون أنها هناك في الأمام.

ظل ينتقل من موقع إلى آخر حتى شعر أنه وصل إلى الناحية الأخرى، كل هذا وهو لا يجدها. شك لحظة أنها أحد الشابين اللذين يلقيان بالمولوتوف من خلف صندوق القمامة. دقق النظر: هذه فعلًا فتاة وليست شابًّا. مي حادثته طويلًا عن العنف الثوري وضرورته في النضال لإسقاط الظلم وإقامة دولة جديدة على أسس جديدة. ناقشته طويلًا في الفارق بين عنف الدولة وعنف الثورة، وسألته لِمَ يجب على الثورة البقاء سلمية في حين تستخدم الدولة كل أدوات العنف المتاحة لها في قمع الثورة والثوار. وحين أجاب بما خطر على باله ساعتها ـ من أن الدولة لديها حق مشروع بحكم دورها وارتضاء الناس في حين أن الثورة أشخاص ـ استنكرت ذلك، وسخرت مما يسميه «ارتضاء الناس»: «أي رضا هذا الذي حصلت عليه تحت القمع والتهديد وغياب البديل؟ وأين حدث هذا الارتضاء؟ وماذا عن رضا الناس وتأييدهم للثورة ومطالبها؟ ألا يعطيهم هذا حقًّا مماثلًا في استخدام العنف؟». وائل لا يقوى كثيرًا على المحاججة، ويعترف بذلك. ليس مثقفًا ثوريًّا مثلها، وهي تسخر من كلامه وتقول إن كل شخصٍ مثقفٌ ثوري إن نضا عن نفسه الكلام الفارغ الذي تلقاه من وسائل الإعلام والتربية وبقية أجهزة الهيمنة الإيديولوجية. حواراتهم الطويلة لا تنتهي، وهو يتبع ما يشعر بصوابه ولا يهتم بالباقي، وفي معظم الأحوال لا يكون هناك فارق كبير بين اقتناعه وعدمه، فالأمر لا يتعدى المشاركة في مظاهرة أو وقفة أو عمل «شير» وكتابة كلمتين

شتيمة أو تأييد لتعليق ما على فيسبوك. أما الآن فهناك إطلاق نار، وضحايا يسقطون. هل هي هذه الفتاة التي تلقي بقنبلة الغاز؟ لا، ليست هي.

واصل البحث والسؤال، وبعد نصف ساعة تأكد من عدم وجودها في المنطقة، فانسحب بالتدريج مثلما ذهب حتى عاد إلى المقهى، وهناك وجدها جالسة تفرك يديها في قلق وهي تتحدث في التلفون. حين رأته أسقطت التلفون وهبت واقفة ثم جرت نحوه وقفزت في حضنه. احتضنها بقوة وهي تبكي وتعتذر وهو يعتذر ويربت على كتفها. ثم قال لها شيئًا أضحكها وسط دموعها، ثم ضربته بيدها على صدره في دلال حين قال إنه ذهب إلى مكان المواجهات ليشاركها العنف الثوري، ثم جلسا معًا وشربا ليمون، وبعدها عادا إلى الميدان معًا وشاركا في نقل الجرحى، ثم دخلا مكان المواجهات في محمد محمود، وألقى كل منهما بزجاجة مولوتوف ناحية قوات الأمن، وأخذ وائل صورًا كثيرة بتلفونها، وبعد حوالي ساعة عادا إلى الميدان.

لكن مثل هذه الأحداث كانت ذروات درامية، أما معظم الأيام فكانت عبارة عن اجتماعات وجلسات مع ثوريين آخرين للتنسيق بين فعالياتهم ومبادراتهم وحركاتهم. دارت هذه الاجتماعات في وسط البلد، داخل مقرات جمعيات أو حملات أو لدى أصدقاء، كما دارت في مقاهٍ ومطاعم، وأحيانًا كثيرة على الرصيف في الشارع أو الميدان. لم تسفر هذه الاجتماعات

والمبادرات والتنسيقيات والحركات عن تحقيق أي من أهدافها، وهو أمر أزعج وائل كثيرًا لكن مي بدت سعيدة ومطمئنة.

سألها إن كانت ستنضم إلى أي من حملات الرئاسة فنفت بشدة، ساخرة من البرادعي وأبو الفتوح وحمدين، باعتبار الأول حالمًا لا يُعتمد عليه، والثاني ليس متأكدًا إن كان يمينيًّا أم يساريًّا، والثالث يخلط بين التاريخ والإيديولوجيا. وفي كل الحالات لن يسفر نجاح أيهم عن شيء مفيد. سألها ما المفيد، فقالت: «هذا، ما نفعله، هذه الجهود الثورية». وحين أشار وائل إلى فشل كل جهودهم في تحقيق أي من أهدافها هزت رأسها في استنكار عطوف، مؤكدة أن كل شيء على ما يرام، وكل هذا متوقع وضروري، فالتغيير لن يحدث فجأة، لن يجد الشعب العيش والحرية والعدالة الاجتماعية من دون نضال، من دون تعلم النضال، ومن ثَمَّ فالحراك الثوري الجاري وما يؤدي إليه من انتشار للوعي وتعلم للنضال وزعزعة للثوابت الراسخة هو الأهم في هذه المرحلة، وهو الذي يرسي أسس التغيير القادم فيما بعد. وائل لم يكن متأكدًا من صواب هذا الكلام، لكنه لا يملك اقتراحًا بديلًا، ومن ثَمَّ سايرها.

من خلال هذه الاجتماعات تعرف وائل على الكثيرين، لكنه لم يفارق مي قَطُّ ولم تفارقه. وحين حاولت فتاة أو اثنتان مغازلته وحدثتاه عن أهمية «فتح علاقته» بمي، صدهما بغشامة. مي كانت تختبره من وقت إلى آخر، وحرضته مرَّات على مغازلة أخريات، بل ودبرت له صديقة تشاركهما الفراش في عيد ميلاده،

وشرحت له أهمية التجربة من باب الحرية وفصل اختيارهما لبعضهما عن الاضطرار والضغط الاجتماعي. لكنه نأى بنفسه عن كل هذا.

ثم عاد موضوع «فتح العلاقة» هذا ليطل برأسه، هي التي أثارته هذه المرَّة. حاولت إقناعه بأن العلاقة المفتوحة هي الأصح، فهي التي تسمح للحب بالاستمرار. لا يوجد إنسان لا ينجذب لآخرين، وبدلًا من تحويل هذه الانجذابات العابرة إلى ضغوط مكتومة تقضي على حبهما فإن فتح العلاقة يساعدهما على التعامل مع هذه الانجذابات كما هي، كمجرد انجذابات عابرة. نومة هنا أو هناك بدافع الانجذاب لا تمس مكانتها في قلبه أو مكانته في قلبها. تناقشا مطولًا. في البداية كان يظنها تمزح، ثم ظن أنها تهذي، ثم تناقش بجدية، وفي النهاية قال إن كلامها حتى ولو كان منطقيًّا فهو لا يريده. قال إنه يحبها هي، وسعيد بصحبتها هي، ويطمئن لوجودها هي، في الفراش وخارجه، ولا رغبة له في البحث عن أخرى. ثم قال إن عليها الاختيار بينه وبين الآخرين، فاختارته، لكنها سجلت اعتراضها على هذا المنهج الأحادي.

قرب نهاية العام، عزمها على الغداء في بيته، ووافقت، وذهبت وقابلت أمه ومن تصادف وجوده من إخوته. لم تكن أمه معتادة على هذا النوع من التصرفات، ولا من البنات، لكنها فتحت مخها، وقالت إن الدنيا تتغير ومن الأفضل أن ترى بعينيها بدلًا من حدوث الأشياء من وراء ظهرها. وعجبتها مي: بنت ناس

ومتعلمة ومتعلقة بابنها وبشوشة مع الجميع، لكنها علقت على «نكشة شعرها» وسألتها إن كان حاله هكذا طبيعيًّا أم وضعت فيه شيئًا ينكشه. يومها تشاجر وائل ومي، وهما في طريق العودة بعد الغداء، ليس بسبب ملاحظة أمه، ولكن بسبب نقاش حول إمبابة والفقر والغنى. قالت شيئًا عن حبها لإمبابة، بشوارعها الضيقة وأهلها الطيبين المطحونين وفقرها، كل شيء في إمبابة حقيقي وأصيل. لسبب ما انفجر فيها وائل عندئذ، ليس فقط رافضًا ما تقول ومدعيًا أن أهل إمبابة يكرهونها ويودون لو انتقلوا جميعًا للعيش في الزمالك، وإنما أضاف إهانات لمي ووصفها بالمدعية والجاهلة والمزايدة وأشياء أخرى. صُدمت مي وطلبت من سائق الميكروباص التوقف ونزلت في وسط الطريق، وظل وائل في الميكروباص. لم تنظر إليه وهي واقفة بالشارع والميكروباص يجتازها، ولم ينظر هو ناحيتها.

بالإضافة إلى التظاهرات والمواجهات والتنسيقيات المزعزعة للرواسخ، قضى وائل العام في تشجيع النادي الأهلي مع رفاقه في الألتراس (واجتاز امتحانات الكلية بنجاح عزاه إلى تساهل إدارة الكلية أكثر مما عزاه إلى جهده العلمي في التحصيل وتعلم فنون المحاسبة). حضر كل المباريات المفتوحة للجمهور، وأخذ مي معه مرَّة. مي لا تهوى كرة القدم (وليست من مشجعي النادي الأهلي، لكنها أخفت ذلك عن وائل تمامًا، وبنجاح). مع ذلك لم تقف في طريق انخراطه مع الألتراس، بل على العكس، شجعته. الألتراس في نظرها قوة كبيرة ذات إمكانيات ثورية،

لكن تحديد هويتها ودورها يتوقف على توجيهها. فإن استمرت في ذكوريتها أو سيطرت عليها أجندة أبناء الأغنياء يمكن أن تتحول إلى قوة فاشية، أما إن تحولت إلى ما يجب أن تكون عليه - بحكم التفوق العددي لأبناء الفقراء فيها - فإنها ستتحول إلى قوة ثورية من الطراز الأول. مي تعرف وائل جيدًا، وتعرف مقته للتنظير، ومن ثَمَّ لا تنتظر منه هو تطوير الوعي الطبقي أو الجندري للألتراس، لكنها تشجعه على مواصلة الانخراط فيها على الأقل كسبًا لموطئ قدم وتدعيمًا لفكرة من المؤكد أن آخرين سيدفعونها.

تامر ازدهر عمله بشكل غير مسبوق. صحيح أن نصفه كان عملًا تطوعيًّا بلا مقابل، لكن النصف الآخر در عليه مالًا وفيرًا لم يسبق له أن رآه. كما عرَّفه على كثيرين من العاملين في مجال البرمجيات، الأمر الذي فتح أمامه أبوابًا لم يكن يحلم بطرقها، ودر عليه مزيدًا من الأعمال والأموال. الطفرة المالية التي أصابته أسعدت الجميع: أمه ليلى، والخالة مريم، وحتى عمه السجين فخر الدين، وهو شخصيًّا، وخطيبته آية التي صارت زوجته بفضل هذا الرزق الوفير. اقترحت عليه آية شراء شقة في حدائق الأهرام أو الدقي، لكنه أفهمها أنه لن يغادر بين السرايات، فاقترحت عليه حلًّا وسطًا: شقة في شارع الزيات، قريبة من بيت أمه لكنها أيضًا قريبة من معهد البحوث وشارع التحرير. اشترى شقة الحل الوسط وانتقل للعيش فيها مع آية وسط زغاريد وتهاني أهل الحي.

بدأ تامر يكتشف الحياة في وجود المال الوفير، والآفاق التي يفتحها، وأيضًا المشاغل التي يجلبها. أصبح لديه موظفون يعملون تحت إمرته ويتقاضون منه مرتبًا، ومن ثَمَّ أصبح يتعين عليه متابعتهم وتوجيههم ومراقبتهم أو تعنيفهم، وأحيانًا طردهم. أصبح لديه مال أكثر مما يحتاج، ومن ثَمَّ بدأ يفكر في كيفية استثمار هذا المال وأين يضعه وماذا يفعل به. أعطى أمه مالًا كثيرًا، لها ولمركز الرعاية الطبية الذي تديره مع الدكتورة شيماء، لكنها لم تكن تنفق ماله، بل تدخره، وهو يتشاجر معها كي تنفقه، وهكذا. الأمر الذي فشل فيه قبل المال وبعده هو الحصول لعمه فخر الدين على قرار بالإفراج الصحي، أو العفو، أو أي شيء يخرجه من السجن. استخدم كل الوسائل الممكنة، من ضغوط مارسها أصدقاؤه الثوريون على معارفهم الجدد في أجهزة الدولة، إلى مساعٍ من خلال أناس مهمة يعرفها هو من عمله، إلى استخدام وسائل الإعلام لتسليط الضوء على قضيته، لا شيء نفع. ما نجح المال فيه هو تحسين ظروف فخر الدين في السجن، والرعاية التي يتلقاها داخل محبسه.

ومثل محب ووائل، لم يمنعه أي مما يفعله عن المشاركة في تشجيع الأهلي مع الألتراس. لكنه كان أقل مواظبة منهما، خصوصًا منذ زواجه، وعوض قلة مواظبته بالمساهمة في تذليل العقبات التي تعترض الألتراس ومحاولات تحسين العلاقة ـ أو على الأقل فض المنازعات ـ بينهم وبين إدارة النادي والأمن. وأضحكهم كثيرًا، هو ومحب ووائل، هذا الدور الجديد الذي

يلعبه؛ هو ابن بين السرايات الذي لم يكن يجد ثمن تذكرة المباراة، والذي أكل على حساب محب ساندويتشات تكفي استاد القاهرة كله، أصبح الآن العضو الموسر القادر على تذليل العقبات ولديه اتصالات بجهات عليا. ثورة فعلًا.

ـ أنا زهقت!

ـ أنت أسوأ مستمعة في تاريخ الحكي. هل تريدين مني التوقف؟

ـ لا، أريد استراحة. سأذهب إلى الحمام، ثم أشرب شيئًا وأعود. لِمَ لا تدخن سيجارة؟

ـ سبحان مغير الأحوال: الآن تدعوني للتدخين؟!

ـ كفَّ عن التذمر وافعل ما شئت. سأعود حالًا.

قامت أمل وتوجهت إلى الحمام. الساعة تقارب الثالثة صباحًا وهو يشعر ببعض التعب لكنه لا يرغب في النوم. قام هو الآخر وذهب إلى المطبخ وأعد لنفسه كوبًا من الشاي. سألها وهي في الحمام إن كانت تريد شايًا فضحكت ساخرة وقالت إنها ستعد لنفسها مشروبًا جادًّا. أعد الشاي وذهب ناحية النافذة وجلس على إفريزها وأشعل سيجارة. لحقت به ومعها كأس بها كوكتيل ما. نظر إليها.

ـ تفضل، أكمل.

ـ لو تريدين النوم أكمل لكِ في الصباح.

ـ أنت متعب فعلًا. لو كنت أريد النوم فلن أستأذنك. أحتاج إلى شراب. أنا لست غبية. أعرف نهاية هذه القصة اللعينة وأحتاج إلى شراب كي أسمعها. أكمل.

ـ حاضر. اتفق الثلاثة، محب ووائل وتامر، على اللقاء عند

موقف الأتوبيسات التي استأجرتها الرابطة للسفر إلى بورسعيد لتشجيع الأهلي في مباراته. بدأ اليوم بشكل طبيعي؛ تقابل الأصدقاء عند الأتوبيسات لكن رسالة من منظمي الرحلة أخبرتهم أن أصحاب الشركات ألغوا الحجز تخوفًا من أحداث عنف ومن ثَمَّ سيذهب الجميع بالقطار. اشتروا زجاجات مياه وبعض الطعام والتسالي للطريق، وسجائر لوائل، ثم ذهبوا إلى محطة القطار واستقلوه مع بقية زملائهم بالرابطة.
كان هناك قلق لدى بعض زملائهم مما قد يدبره أنصار فريق «المصري»، والبعض الآخر أكثر قلقًا مما يظنونه تربص الأمن بهم، خصوصًا بعد تكرار الهتاف ضد الداخلية والجيش وحكم العسكر في المباريات الأخيرة. لكن أصدقاءنا الثلاثة لم يكونوا قلقين أكثر من المعتاد؛ مباراة صعبة وجمهور صعب لكن هذا دور الألتراس: مؤازرة فريقك في مبارياته الصعبة. دار كابوهات المجموعة في عربات القطار ليؤكدوا على الأعضاء ضرورة تفادي أي مواجهة وتهدئة الأمور. وباستثناء هذا القلق سارت الرحلة في القطار بشكلها الاعتيادي: غنَّى من غنَّى ونام من نام، وعند الإسماعيلية جاء جمهور الإسماعيلي وقذفهم بالحجارة كما هي العادة.

في الاستاد ارتفع مستوى قلقهم. سارت أحداث المباراة المؤسفة كما تعلمين، وتكرر نزول مشجعي المصري الملعب، وظنوا أن المباراة ستلغى لكنها استمرت. بدأ القلق يزيد بين شوطي المباراة، وأصدقاؤنا الثلاثة يبحثون في عيون زملائهم

عن الطمأنينة المعتادة، لكن بدا لهم وكأن كل ما يجدونه في عيون الزملاء هو بحث هؤلاء عن الطمأنينة بدورهم.

صار التشجيع والإخلاص فيه هو المنجاة للجميع، وكأنهم كلما رفعوا صوتهم بالهتاف أكثر، وصرخوا بصوت أعلى، وانتظموا في التشجيع أكثر، دفعوا الخطر أبعد وأشعروا الجانب الآخر - هذا الخطر غير المرئي الذي يشعرون به يقترب - بأنهم أقوياء مرهوبو الجانب. لكن الخوف كان يتسلل وسط هذا الصراخ. أصدقاؤنا الثلاثة ينظرون بعضهم إلى بعض ويشعرون - من دون أن يقولوها - بشعور من يسمع أصواتًا في ظلام شقته وهو وحيد، فيتحدث بصوت عالٍ ويتحرك بثقة كي يطرد من ذهنه الخوف، لكن الأصوات تعلو، ويتأكد لديه شكه في وجود غريب بالشقة، ويستمر مع ذلك في التحرك بحرية وثقة، حتى تأتي اللحظة التي يقابل فيها الدخيل وجهًا لوجه، ولحظتها يتأكد بغتة أن الأمر لم يكن وساوس، ولا حتى شبحًا، بل سارقًا مسلحًا معتديًا يشهر في وجهه سلاحه وهو أعزل بلا حول ولا قوة.

القلق الحقيقي جاء حين نزل البعض من جمهور المصري إلى أرض الملعب وبدأ في مطاردة اللاعبين. ثم تحول هذا القلق إلى رعب حين توجه المطاردون إلى مدرج ألتراس أهلاوي بعد خروج اللاعبين من أرض الملعب. قوات الأمن التي تفصل بين المهاجمين وبين الجمهور انسحبت بهدوء، في حين استمر المهاجمون في التوجه نحو المدرج. مشجعو ألتراس أهلاوي الواقفون في الصفوف الأولى توجهوا لصد الهجوم بشكل

تلقائي، لكنهم تراجعوا بسرعة حين شاهدوا أسلحة بيضاء في أيدي المهاجمين.

وهكذا، باغتهم المهاجمون بالضرب، ونقلهم فورًا من حالة الشك والترقب والقلق إلى حالات الهلع والبحث عن مفر. اندفع الجميع نحو السلم المؤدي إلى باب المدرج الخلفي، وانطفأت الأنوار في نفس الوقت. أنوار الشماريخ الحمراء فقط هي التي بقيت، تضيء سماء المدرج وجدرانه بظلال مخيفة، وأشباح تتحرك بسرعة، وصراخ يملأ الجو. وحين وصل البعض نحو البوابات ووجدوها مغلقة بلحام تأكد لديهم شعور الوقوع في كمين منصوب بدقة. المهاجمون بدوا وكأنهم آتون من فيلم أجنبي: طعنات عمياء في الوجوه والبطون وصرخات مجنونة. لم يكن أي من هذه الهجمات شخصيًّا. لم يكن هناك خناقة كي تفضها أو تحاول تهدئتها أو حسمها، بل جنون مطلق العنان يحمل الموت لمن يقع في طريقه.

اندفع محب نحو البوابة المغلقة ثم عاد جريًا إلى أعلى المدرجات كي يختبئ من طريق الموت هذا، لكن أحد المهاجمين لمحه فأشار لزميليه وتوجها إليه. نظر محب حوله بحثًا عن مخرج أو مخبأ أو عمن يمكنه التدخل لإغاثته. نظر في وجوه المهاجمين، لكنه لم يرَ فيهم وجوهًا بشرية عادية، بل مسحة بيضاء لا نظرة فيها يتواصل معها. لا الاستعطاف ولا التهديد ولا التجاهل ولا شيء ينفذ إلى هذه الوجوه. وجوه ميتة. تقدم الثلاثة نحوه وهو ينظر، مشلول الحركة وقد أسقط

في يده، وحملوه وهو يتملص منهم ويصرخ، ثم ألقوا به من فوق حافة المدرج فهوى على الأسفلت وتهشم رأسه ومات في اللحظة نفسها.

وائل وتامر كانا معًا حين هجم عليهم خمسة، منهم ثلاثة مسلحين بسنج وأشياء أخرى لم يتبينها تامر في الظلام. تلقى تامر ضربة من قدم أحدهم في بطنه فأسقطته أرضًا من الألم، وحين تمالك نفسه وبدأ يقوم من على الأرض رأى بقية الخمسة ملتفين حول وائل يشبعونه ضربًا. كانت ركلاتهم تهوي على جسد وائل بلا توقف، ووائل ينتفض من الألم، ولا يستطيع حتى حماية جسده من الركلات الآتية. جمد تامر في مكانه من الرعب، وفي لحظة سوداء التقت نظرته ونظرة وائل، التي بدت وكأنها الحبل الأخير الذي يصل وائل بعالم الأحياء. ظل تامر جامدًا في مكانه غير قادر على الحركة، والخمسة يركزون جنونهم كله على جسد وائل، ونظرته تمتد إلى عيني تامر كأنها يد تستغيث، ثم ارتفعت يد أحد المهاجمين الخمسة وهوت بشيء ما على رأس وائل فقطعت نظرته.

ظل تامر جامدًا في مكانه من الهلع. لم يكن يصدق ما رآه للتو، وكان يقول لنفسه: لعل وائل لا يزال على قيد الحياة. لعلهم ضربوه في كتفه أو ذراعه. لعل الأمن سيتدخل الآن وينهي هذه المذبحة العمياء ويعود كل شيء على ما يرام. لكن شيئًا من هذا لم يحدث. نظر أحدهم إلى تامر الذي ظل ساكنًا بلا حراك. اقترب منه اثنان من المهاجمين ثم انصرفا حين ناداهم الباقون.

ظل لحظات لا يتحرك ثم رفع رأسه ووجد نفسه وحيدًا فقام جريًا ونزل النفق بسرعة نحو الباب.

كان الباب لا يزال موصدًا وهناك شاب يحاول تحطيم القفل من الخارج. لحظات وانكسر القفل وفتح الشاب السلسلة الحديدية التي تغلق الباب، لكن اندفاع المرعوبين المنتظرين خلف الباب الحديد طرحه والباب أرضًا. وعبر العشرات بسرعة من فوق الباب الحديد والشاب الذي دهسته الأقدام المذعورة. تقدم تامر نحو الباب ولكن الزحام كان كثيفًا. ألف شاب تقريبًا يحاولون الهروب من باب لا يسع سوى شخصين على الأكثر. بلا تفكير قذف تامر بجسده فوق الحشود الضاغطة على الباب. لا يدري على أي رؤوس سار وتدحرج حتى وصل إلى الباب وعبره، خارجًا من مدرج الموت هذا.

ـ عاش؟

ـ نعم، هو الوحيد من الثلاثة الذي عاش، بكسر في الركبة والساق اليسرى، وتمزق في الرباط الصليبي، وبعض الكسور البسيطة الأخرى، لكنه عاش.

ـ ووائل ومحب؟

ـ صورهم على سور النادي الأهلي مع بقية الضحايا.

ـ يا للبؤس!

ـ بؤس فعلًا!

ـ ممكن نقف شوية؟ محتاجة آخذ نفَسي.

قامت أمل من الفراش وسارت نحو الصالة. سحبت سيجارة من

علبة عمر وأشعلتها ثم اختفت. سمع عمر صوت باب الحمام يغلق ثم ساد صمت. بعدها بربع ساعة عادت أمل وقد غسلت وجهها، لكن حمرة حول عينيها ما زالت واضحة. عادت إلى الفراش وتقوقعت فيه وسألته:

ـ ماذا حدث لتامر بعد ذلك؟

ـ غادر المستشفى وعاد له عدة مرَّات. أجرى عمليتين لإصلاح الركبة والرباط الصليبي مكنتاه من السير على ساقه اليسرى مجددًا، وظل في نقاهة وعلاج طبيعي شهورًا بعدها. ساقه تبدو طبيعية الآن لكنها طبعًا في حالة هشة وغير مسموح له باستخدامها إلا على خفيف. العمليات والعلاج التهموا كثيرًا من المال ـ لحسن حظه أنه كان لديه مال. لكن الذي تحطم داخله أكبر بكثير من ساقه وركبته وماله.

غضَب تامر لا حدود له، وغير معتاد في حالته، حيث كان دومًا طفلًا ثم شابًّا هادئًا طيعًا لينًا. ما حدث حوله إلى إنسان غاضب ويبحث عن الانتقام. غاضب على أجهزة الأمن، سواء لضلوعها فيما حدث كما يتهمها معظم زملائه، أو لتقاعسها أو حتى فشلها في حمايته هو وزملائه. غاضب على جمهور المصري. غاضب على المجتمع الذي أفرز كل هذا الكم من العاهات النفسية. غاضب على الجميع لاستئنافهم حياتهم وكأن شيئًا لم يجرِ. غاضب حتى على زملائه الألتراس الذين كان يظنهم أذكى وأقوى من أن يوقع بهم هكذا. وغاضب على نفسه أكثر مما هو غاضب على الباقين، لأنه ـ وهو وحده يعلم

ذلك ـ تخلى عن صاحبه في اللحظة الحاسمة، وتركه يُقتل في حين نجا هو بنفسه، قفزًا على الآخرين.

ـ لكنه لم يتخل عنه! ماذا كنت تريده أن يفعل؟

ـ أنا لا أريد شيئًا سوى حكي الحكاية. لكن تامر يعرف في قرارة نفسه أنه اختبأ من المهاجمين، عمل ميت، وبالتالي انصرفوا عنه لصديقه. يرى عيني وائل ونظرة الاستغاثة الآتية منهما طول الوقت، ويعرف أنه لم يحرك ساكنًا لإغاثته. ربما لو هاجمهم لانقسموا قسمين وبالتالي لم يتمكنوا من قتله. ربما لو تحرك لتمكنا معًا من المقاومة. الاحتمالات كثيرة، لكن الأكيد أنه قبع في مكانه وتركهم يقتلون صديقه من دون أن يحرك ساكنًا. وهو يعلم ذلك، ويأكله ذلك.

ـ أنتم قساة على أنفسكم أكثر مما ينبغي.

ـ أو صرحاء مع أنفسنا. تامر تملكته الرغبة في الانتقام، وقطع على نفسه وعدًا ألا يتوقف قبل القصاص لأصدقائه. وشارك في كل الفعاليات التي أقامها الألتراس في سبيل ذلك، وأكثر قليلًا. ترك عمله ينهار وركز في تعقب الجناة وجمع الأدلة ضدهم ومتابعة القضية والتظاهر والتخطيط للقصاص. وفي إحدى التظاهرات وقعت اشتباكات مع الأمن وأُلقي القبض عليه، ثم أفرج عنه بكفالة. وكانت هذه نقطة تحول أخرى في حياته إذ تضاعف الثأر الشخصي الذي يسعى لأخذه من الداخلية، وفي النهاية أُلقي القبض عليه في اشتباكات أخرى وحُكم عليه بالسجن خمس سنوات، ولم يفرج عنه إلا من أسبوعين في إطار الصفقة بين أبي عمر والعقيد أيمن.

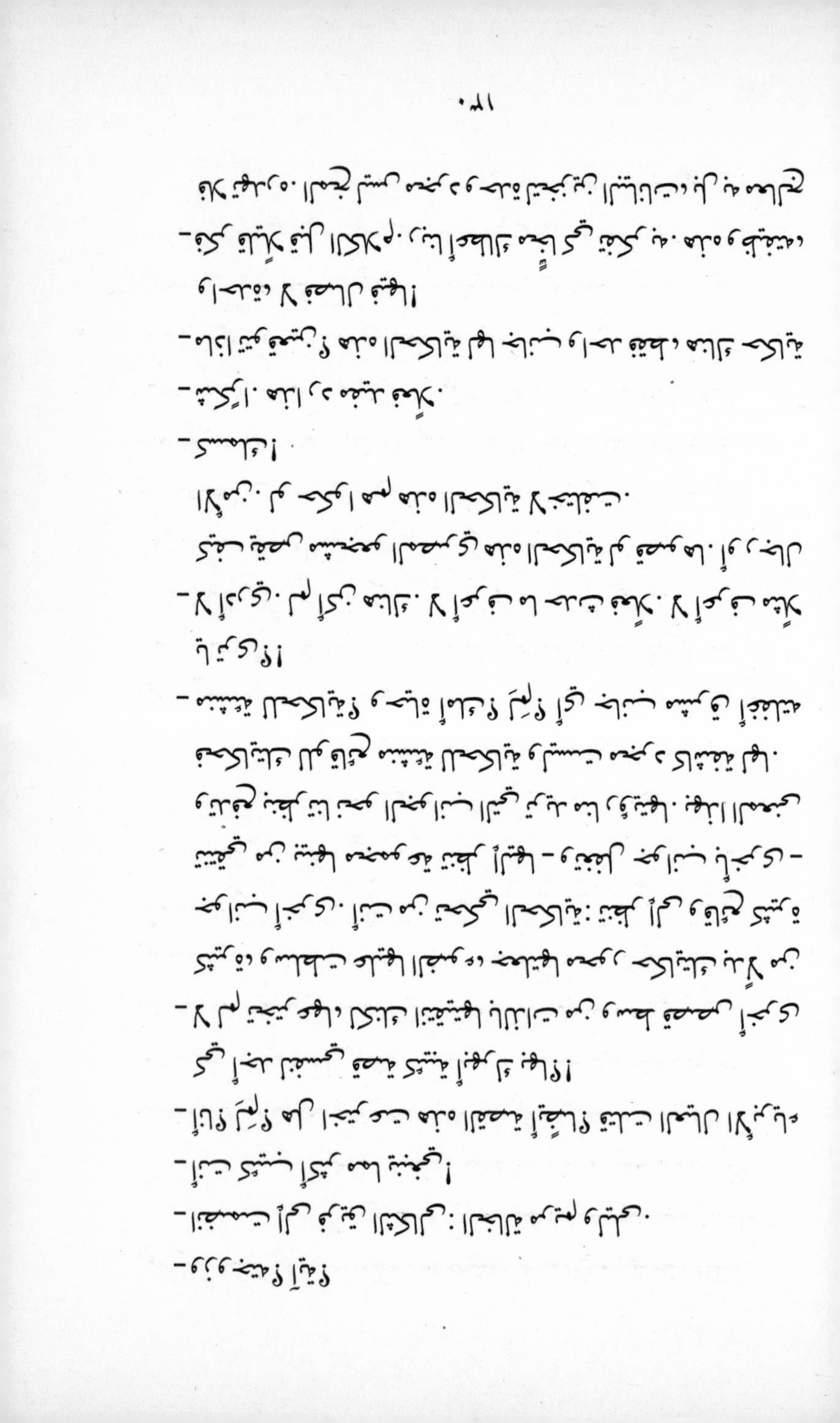

[illegible]

[illegible]
[illegible]
[illegible]
[illegible]
[illegible]
[illegible]
[illegible]
[illegible]
[illegible]
[illegible]
[illegible]
[illegible]
[illegible]
[illegible]
[illegible]
[illegible]
[illegible]
[illegible]
[illegible]
[illegible]
[illegible]

[illegible]
[illegible]
[illegible]

[illegible]

وتحايلك عليه. يقوم. يضحك بصوت عالٍ. يبكي كثيرًا. نومه خفيف. ينام في النهار ويظل يقظًا طول الليل. حرارة. حساسية. أشياء أخرى تحتاجها. ماذا ستفعل الأم: تعود إلى العمل أم تجدد الإجازة؟ هل نذهب به إلى حضانة أم أن الوقت مبكر؟ هل ستساعدك أمك، وبأي ثمن من أعصابك وأعصابها؟ عام كامل، سنتان ظهرتا في فكه السفلي، لكن لعابه يسيل طول الوقت ويبلل صدره: هل هذا طبيعي أم نستشير الطبيب؟ أخشى أن يصاب بالبرد كالمرَّة السابقة. يقف وحده، ويضحك منتصرًا، وأنت تنظر إليه وكأنه أتى بالمعجزة التي لم تشهدها من قبل، وقف، ومشى خطوة وسقط، ثم تقضي عامًا كاملًا تطارده لتحميه من السقوط وهو يفر منك كي يمشي، كي يجد نفسه. ثم تستمر تلك المطاردة لعشرين عامًا؛ أول يوم في الحضانة وهو يبكي، أول يوم أطعم نفسه، وملابسه والكرسي الذي يجلس عليه، أول كتاب أصبح له، أول لعبة اهتم بها، أول كلمة نطقها، أول وعكة صحية أو تعافٍ. الذهاب إلى المدرسة، أول صديق له، أول مشاجرة، أول مرَّة غضب وأضرب عن الطعام وانزوى في البيت. أول مرَّة خرج فيها وحده، مع شخص تثق به، لكنك مع ذلك تخاف وتترقب عودته، أول مرَّة خرج فيها مع أصدقاء لست متأكدًا منهم. أول مباراة شاهدها، اللحظة التي قرر فيها ـ لسبب لا يعرفه أحد ـ أنه أهلاوي. أول مرَّة تلحظ عليه علامات البلوغ، أول مرَّة اكتشفت أن له أفكارًا وحياة خاصة به لا يشاركك إياها. وفاة أبيه، وقلقك الذي لا ينتهي، وشعورك بمسؤولية مضاعفة

وببعض الغبن أن زوجك تركك وحيدًا في هذا الأمر. وقلقك من أثر غياب الأب على تنشئته، ومحاولاتك لتعوضه، وخشيتك من تدليله بزيادة ومن حرمانه من الحنان في آنٍ واحد. كل هذه المناسبات الشهيرة، وكل الأوقات فيما بينها، كل اللحظات البسيطة الهادئة التي ترقب فيها ابنك وهو يكبر، بلا توقف. كل اللحظات غير المهمة، وغير المسجلة، تلك التي لا اسم لها غير أنها هي حياة ابنك وحياتك أنت معه. ثم أتى مجهول وقصف هذه الحياة في لحظة.

ـ الله يرحمه!

ـ الله يرحمهم جميعًا، ويرحمنا!

ـ طيب، ماذا لو حكينا هذه القصة من زاوية ثانية. مثلًا، محمد: مزارع بسيط وحاليًّا مجند في الأمن المركزي، موجود في مهمة تأمين المباراة، وليس له لا في الأهلي ولا المصري ولا الألتراس ولا الثورة ولا الأمن، كل ما يريده هو إنهاء خدمته بسلام والعودة إلى قريته وأهله. يجد نفسه في وسط هذه المعمعة، والشماريخ والألعاب النارية والشباب الذي يقفز في الهواء ويصرخ، ثم البلطجية والأسلحة البيضاء، وتصدر له التعليمات بالانسحاب من الملعب، لكنه وهو يغادر يلمح مجموعة تضرب شابًّا صغيرًا وتهم بإلقائه من فوق المدرج، فيترك صفه ويهرع إليه وينقذه من بين أيديهم.

ـ حضرتك بتشتغلي مع الشؤون المعنوية؟

ـ أو حكاية أخرى: شاب صغير من مشجعي المصري، اتلم عليه

مجموعة من ألتراس الأهلي يريدون الانتقام منه، فأشبعوه ضربًا حتى سببوا له عاهة مستديمة.

ـ أمل! اسكتي. خلي اليوم الباقي لك في البلد يعدي على خير. أهذا كلام واحدة تعمل في مجال حقوق الإنسان؟ والله لو كتبت على فيسبوك الآن أن هذه هي ردود فعلك على مقتل الألتراس لجمعتهم أمام البيت في ساعة، وساعتها ستعرفين أن الله حق.

ـ أرأيت؟ تهددني باستخدام القوة. أنت وأصدقاؤك مثل من تدينهم. حقوق الإنسان يا أستاذ هي حماية حقوق كل الناس، كل الناس، ليس فقط حماية حقوق أصدقائك ومن تحبهم ومن تتفق معهم. لكن أيضًا حماية حقوق من تكرههم وتعتقد أنهم مجرمون. ومن حماية حقوقهم حمايتهم من الحكم عليهم غيابيًّا في محكمة الرأي العام. وهذا ما تفعله أنت وأصدقاؤك. بعد استقرار الحكاية بالشكل الذي ترويه، وإسقاط كل الجوانب التي لا تحبها أو حتى تجهلها، يصدر الحكم بإدانة هؤلاء، وتصبح المسألة مسألة وقت فقط وانتظار لتنفيذ الحكم.

ـ اطمئني يا مدام. لن ينفذ الحكم فيهم. الحكم لا ينفذ فيهم أبدًا.

ـ لكنك تحكم عليهم.

ـ ماذا تريدين الآن؟

ـ أريد الحكاية مكتملة: أريد حكايات مشجعي المصري وأمهاتهم، وحكايات اللاعبين وطواقم الفريقين، وحكايات الضباط والعساكر وذويهم.

ـ حاضر، الأسبوع القادم إن شاء الله، بعد سفرك الميمون، سأتفرغ لتقصي هذه الحقائق المهمة وأرسلها لك.

ـ طيب. على الأقل تذكر أن حكايتك غير مكتملة. فكر على الأقل أن هناك بقية لهذه الحكاية لا تعرفها. فكر فيها، ابحث عنها، أو في أضعف الإيمان اترك لها مكانًا في عقلك ولا ترفضها وتستبعدها حين يجيئك منها أجزاء.

ـ بإذن الله.

ـ والآن احكِ لي بقية الحكاية.

ـ أي بقية؟

ـ ماذا حدث لمي حبيبة وائل؟ وماذا حدث للثلاثة الذين أنقذهم محب ووائل وتامر من الموت في ميدان التحرير؟

ـ أي ثلاثة؟

ـ سعيد وحبشي ورشا. أترى كيف تغفل الأحياء وتركز على مَن مات؟ أنت تحب النكد وتبحث عنه ولا ترى غيره!

ـ لا، ماشي، تمام، سأحكي. مي تلقفتها صديقتها هند، التي عرفتها على وائل، وحاولت التخفيف عنها. لكن مي دخلت في اكتئاب طويل. اكتئابها هذا ترجم نفسه في البداية في صورة نشاط مكثف، فأغرقت نفسها في فعاليات الألتراس والمظاهرات، ثم في سلسلة من العلاقات العابرة المدمرة. صاحبت كل الشباب الخطأ تقريبًا، كل من هو غير مناسب، وكأنها في مهمة لتدمير نفسها. وبعد ذلك صاحبت صديق صديقتها هند، وتشاجرتا شجارًا مهولًا قسم أصحابهم لدرجة

المقاطعة. ثم تركته وصاحبت صديقه، وهكذا. وبعد شهور من هذا العبث انسحبت من حياة كل من تعرفهم وأغلقت عليها باب شقتها، وقفلت صفحتها على فيسبوك وحسابها على تويتر، ودخلت في عزلة عميقة. سمعت أنها تزوجت وسافرت، لكني لست متأكدًا.

ـ ورشا وحبشي؟

ـ رشا لا أعلم عنها شيئًا. أما حبشي فقابلته صدفة منذ عدة شهور. كما هو، يعمل في وزارة النقل، ومرتبه ٨٠٠ جنيه، وأنجب طفلة صغيرة، قال إنه كاد أن يسميها «تامر» تيمنًا بمنقذه، لكن زوجته، والحمد لله، منعته.

ـ الحمد لله. وسعيد؟

ـ لا أعرف.

ـ وبعدين؟

ـ خلاص. خلصت الحكاية.

ـ ماذا قلت لتوِّي؟

ـ لكني لا أدري ما هي بقية قصتهم.

ـ يمكنك أن تعرف قصتهم. أنت تعرف طريقهم. ألا يهمك معرفة قصة من أنقذ أصدقاؤك حياتهم؟ أليس هذا ما بقي منهم؟ ألا يمكن أن يكون هذا بقية عملهم، بشكل من الأشكال؟ وإن لم تعرف قصتهم، ألِّفها. ألا تريد أن تكون راويًا؟ ألِّف.

ـ لا.

ـ طيب أأُلِّف أنا. تسمح لي؟

ـ تفضلي.

ـ بص يا سيدي. نبدأ بسعيد الذي جاء إلى الميدان عدة مرَّات، أحيانًا بصحبة زوجته وأبنائه، بحثًا عن محب ليشكره، لكنه لم يقابله. أول مرَّة سيراه سيكون في الصحف، مع أنباء فاجعة بورسعيد. سيهبط عليه حزن عميق، فهذا الشاب أنقذ حياته ثم مات بطريقة مشابهة لتلك التي كان سيموت هو بها. يظل أيامًا يقول هذا لزوجته، ثم يبدأ في ترديد أنه يشعر بأنه سرق حياة محب بشكل من الأشكال. الزوجة تقلق، فهذا الكلام يقود إلى مشاكل، وهي طبيبة نفسية وتعلم ذلك. لكنها لا تريد دفع سعيد ولا الضغط عليه، فتتبع استراتيجية أخف، وأليق بالمرأة. تقترح عليه الذهاب لتعزية أهله، فيوافق، ويذهبان معًا إلى بيت محب في مدينة نصر، وشيئًا فشيئًا تتوثق علاقة سعيد وزوجته وأبنائه بعائلة محب. سعيد وزوجته يتبنيان أخت محب كما يساعدان أمه على التعامل مع محنة مقتله. سعيد بخبرته المالية يتولى تصفية شركة محب وبيعها، ويتفق مع أم محب على تخصيص المبلغ الناجم عن ذلك لإنشاء مركز تعليمي في بورسعيد، يعلم الأطفال الذين يتسربون من المدارس ويحارب الكراهية. أم محب قالت إن الكنيسة الكاثوليكية علمتها أن تكره الخطيئة وتحب الخاطئ، وتساعده على البعد عن خطاياه، لا معاقبته. زوجة سعيد ترافق أم محب في مرحلة الحزن على ابنها حتى تتعافى، أو على الأقل تتمكن من مواصلة الحياة وهي تحمل ذكرى ابنها في قلبها، بدلًا من أن تكون حجرًا ثقيلًا يقضي

عليها. أبناء سعيد وزوجته يصادقون أخت محب ويصبحون بمثابة أبناء جدد لأمه.

ـ الحمد لله أنك لن تزوجيها لهم.

ـ كفَّ عن السخرية السلبية. رشا هي التي تزوجت بأحد إخوة وائل.

ـ كنت متأكدًا.

ـ ولِمَ لا، ذهبت هي أيضًا لتعزية أهله، وواظبت على زيارتهم والتواصل معهم، ووائل لديه إخوة كثيرون كما أذكر من حكايتك، وهي فتاة حلوة وشابة ومنطلقة وتبحث عن حياتها، ومن ثَمَّ من المنطقي أن تحب أحد الإخوة ويحبها، ويتزوجا وتصير جزءًا من العائلة، كأن وائل أهداها لعائلته قبل رحيله.

ـ وحبشي؟

ـ حبشي سيدخل السجن غالبًا.

ـ هههههه، ولِمَ حبشي بالذات؟

ـ لأن شكله نكدي مثلك.

ـ طيب كفاية. لقد تعبتُ، وأنتِ بدأت تهيسي بزيادة. هيا بنا نأكل.

ـ كفاية أكل. هيا بنا إلى الفراش، ننام قليلًا، وأشحن بطارية التلفون.

ـ ننام. الأيام الخرا فايدتها النوم.

ـ الله يحفظك.

٤

هند وباسم يكتشفان الفتحات الثلاث

السبت، السابعة صباحًا.

نظر إلى ظهرها العاري وسأل بصوت خافت:

ـ صاحية؟

لم ترد. ظل يحدق في ظهرها، وشعرها المتناثر. يسحره في كل مرَّة يراه وكأنه يراه لأول مرَّة. هزها برفق وكرر سؤالها:

ـ أمل؟

ـ نعم.

ـ أنا جائع قليلًا، هل ترغبين في الأكل؟

ـ يا إلهي! كم وجبة تأكل في اليوم؟

ـ كوني لطيفة. قومي وأعدي لي شطيرة أو شيئًا ما آكله.

ـ سأعتبر هذه مزحة. أنا لست أمك. إن كنت جائعًا فاذهب إلى المطبخ وكلْ.

بتململ ظاهر ولكنه غير جدي، قام من الفراش وسار نحو المطبخ. عمر قلق. نام ساعتين ثم استيقظ. لا يعرف لِمَ لا ينام جيدًا. ليس القلق من عاداته، بل على العكس، ينام في أحلك الظروف. ربما وجوده في الفراش مع امرأة هو السبب. لم يعتد قضاء كل هذا الوقت مع فتاة، ولا تبادل كل هذا الحكي. صحيح أنه يحكي حكايات آخرين، لكنها أيضًا حكاياته هو. هي لا تعرف بعد، لعلها تخمن، لكنه في قلب هذه الحكايات. كل هذه الأحداث تمس قلبه مباشرة، وهو لم يفتح قلبه هكذا لامرأة من قبل، ولا حتى لأصدقائه. يسأل نفسه عن السبب. ربما لأنها راحلة. ربما لأنه لن يراها ثانية. ربما لأنها ذكية ومتعلمة أكثر من أي شخص عرفه، وعاشت في بلاد كثيرة وستفهم بلا شك. ربما لأنه تعب من الصمت، وفاض الكيل به ويريد الفضفضة. هل لن يراها ثانية فعلًا، أم سيحدث لهما ما يحدث في الأفلام؟

شعرت به يلامس ظهرها فانتفضت:

ـ ستأكل في السرير؟

ـ عندك اعتراض!

ـ قم، قم من هنا فورًا.

ودفعته بإصرار حتى خرج من الفراش هو وشطيرة الجبن والطماطم والزيتون القابعة في طبقه. وقف بجوار الفراش ينظر إليها وهي تغطي وجهها بالوسادة وتشير بيدها، من دون أن تراه، ناحية الصالة:

ـ اذهب إلى هناك. لا أريد نملًا في الفراش.

ـ وفيمَ يعنيك النمل، أنت مسافرة هذا المساء!

ـ النمل لا يعرف موعد سفري. اذهب وكلْ عند المنضدة كالبشر. واعمل لي شطيرة مماثلة.

هز رأسه في تردد. حمل طبقه وذهب إلى الصالة. وضع الطبق وذهب إلى المطبخ وأعد شطيرة أخرى. يرى نفسه واقفًا في المطبخ يعد شطيرة ويبتسم لنفسه: ما الذي أتى به إلى هنا؟ كيف قطع هذه المسافة الطويلة من «مزرعة شمال الخرطوم» حتى مطبخ أمل مفيد في الزمالك في السابعة صباحًا، هو بالبوكسر وهي عارية في الفراش؟ ولِمَ لا يستطيع البقاء عاريًا، ولا حتى في الفراش؟ وما هذه الشطائر التي يعدها؟ منذ متى هو رجل المطبخ؟ وكيف يستمع إلى تعليماتها هكذا؟ توقف لحظة وفكر في ترك الشطيرة مكانها والعودة، ثم شعر أنه سيبدو أكثر صبيانية، فواصل. نظر إلى المطبخ البسيط النظيف وأعجبه. مع أنه لا يعجبه هذا النوع من الشقق، إلا أن شقتها تعجبه: مريحة. أثاثها قليل، لا يقف في طريقك. مساحات واسعة فارغة، وأشياء قليلة لكنها عملية. لا يشعر هنا بالغربة التي يشعر بها في شقق أصدقائه قاطني الزمالك. يعرف أنه ليس في مكانه، ليس في بيت يشبه أي بيت عاش فيه، لكنه أيضًا ليس في مكان غريب، كأن هذه الأشياء شفافة، لا ثقل لها ولا طعم خاصًّا. فقط مريحة. يمكنه البقاء هنا أيامًا من دون شكوى، يمكنه العيش هنا في الحقيقة، أو في مكان كهذا، لو أصبح لديه مال مرَّة أخرى، بالطبع. حمل الشطيرة الثانية وعاد إلى المنضدة، فقابلها وهي آتية من الفراش. كانت تسير عارية تمامًا، بلا توارٍ، كأنما هذا هو وضعها الطبيعي. فكر عمر في

أن ذلك هو فعلًا الوضع الطبيعي، والملابس لفافات نحبس فيها أنفسنا. ثم سأل نفسه كيف وصلت هي إلى تلك الحالة؟ هل تسير دائمًا عارية في بيتها؟ هل تسبح عارية؟ كيف لا تشعر بالخجل مثله ومثل كل من يعرفه، ومثل حواء المطرودة من الجنة؟ شعرت بنظرته فسارت بنظرها خلفها واستقرت عند ساقيها.

ـ ما لهما ساقاي؟ سمنتا، أليس كذلك؟ السجن فشخ جسمي كله!

ـ أبدًا.

ـ لقد فقدت الرغبة في النوم. هل هذه الشطيرة لي فعلًا؟ برافو عليك.

ـ وأنا أيضًا لا أستطيع النوم.

ـ ممتاز. لِمَ لا تحكي لي الحكاية التالية إذن؟

ـ وهو كذلك. لكن لا أريد مقاطعة.

ـ وما فائدة الحكي إن لم أقاطعك؟

جلسا إلى المنضدة، كل منهما يمسك بطبق عليه شطيرته، وبدأ عمر في الحكي. قاطعته أمل:

ـ أهي حكاية حزينة أيضًا؟

ـ هل تريدين «حكايات عبير» العاطفية؟

ـ يا ريت.

ـ وهو كذلك. عبير أحبت ابن الجيران، وكان كلاهما في الثامنة عشرة، لكنه قُبض عليه في كمين وحُبس احتياطيًّا ويتم التجديد له منذ عشرة أشهر.

ـ دمك خفيف.

- طيب بلاها هذه القصة، نغيرها. الفتاة أحبت ابن الجيران وهو أحبها، ثم حملت منه، فقتله أبوها ودخل السجن.
- بدأت أفكر في التعجيل بسفري. لِمَ لا أذهب الآن إلى المطار بدل الاستماع إلى هذا؟
- طيب، نعود إلى القصة الأصلية.
- نعود. أبدأ التسجيل.
- أما زلتِ تسجلين؟ لا بأس، ابدئي.
- تفضل.
- اسمعي يا سيدتي، هذه شهادة عن واقعة حقيقية، ليست من خيالي، نشرها موقع «مدى مصر» في ٩ يوليو ٢٠١٤:

> في يوم السادس والعشرين من ديسمبر، كانت هند تمشي وحدها في وقت متأخر من الليل في شارع معزول غير مأهول بالسكان في وسط القاهرة. كان الجو شديد البرودة حسب ما تذكر. وبينما كانت تضع بعض الأغراض التي اقترضتها من أحد أصدقائها في سيارتها، ظهر من خلفها ثلاثة رجال وأمسكوا بها.
> (...) بعدما أمسكوا بهند كبلوا معصميها وأجبروها على المشي ناحية الحائط. وتقول هند إن واحدًا منهم فقط الذي كان يتحدث، وكان رجلًا طويلًا وقوي البنية. تقول هند: «قال لي: «إنتِ بتمشي لوحدك كتير الأيام دي، وده مش غريب على كلبة شارع زيك عايزة تتـ... قوليلي لو عايزاه. لو ما قلتيش أحط السكينة دى في كـ...». ثم قام بتقطيع سروالي عند الفرج بالسكين».
> نزفت دماء من موضع ضربة السكين، فقام الرجل بمسح

أصابعه في الدم ثم مسحها على فم هند. قام بعدها بإعطاء السكين للرجل الثاني، حسب روايتها. وكان الثالث يصور ما يحدث باستخدام هاتفه المحمول.

أمر الرجل الأول هند بأن تجثو على ركبتيها.

«قال لي: «اركعي، في مكانك الطبيعي وقومي بدورك، ولّا... [ذاكرًا اسم صديق هند] أحسن مني؟ مصـ...ي، ولو عضتيني هاضربك بالسكينة»».

في ذلك الحين كان الرجل الثاني ممسكًا بالسكين على رقبتها، وأدخل إصبع يده الأخرى في فتحة شرج هند.

«قذف الرجل منيه في وجهي، ثم أدخل قضيبه داخلي سريعًا، وسألني أيهما أعجبنى أكثر. أمرني بعدها بالوقوف وقال لي إنه سوف يرسل الفيديو إلى صاحبي الخـ...».

وتروي لنا هند أن آخر ما قاله الرجل لها كان عن «خو... ٢٨ يناير اللي بياخدوا في الفتحات التلاتة زيك».

انتهى الاقتباس.

ـ الله يلعنك سددت نفسي!

ـ انتظري. القصة لم تبدأ بعد. هذه هي المقدمة. القصة تبدأ مع باسم. باسم هذا هو حبيب هند، الخول الذي يشير إليه المعتدي في شهادة هند ـ والمعتدي كان ضابطًا بالمناسبة.

ـ اشجيني.

ـ هند صديقة مي الاشتراكية الثورية.

ـ متذكرة.

- هند في الأصل صحفية، في أول الثلاثينيات، في الأصل من شبرا لكنها تعيش في المهندسين منذ عدة سنوات. كانت تغطي وقفة نقابة الصحفيين التي نظمتها «حركة كفاية» في ٢٠٠٥، وشاهدت بعينيها قوافل البلطجية وهم يعتدون على النساء المشاركات، ابتداء من تمزيق الملابس وتحسس أجسامهن إلى هتك أعراضهن علنًا. ما حدث يومها صدمها بعمق. تعرف أن التحرش متفشٍّ في المجتمع، تعرف بحالات هتك عرض واغتصاب، لكن كل ما تعرفه حالات فردية، قام بها ذكور محددون ضد إناث محددات. أما هذا الذي يحدث فأمر مختلف؛ هذا عمل غير شخصي، حملة جماعية، تكاد تكون احترافية، وهؤلاء المتحرشون منطلقون وكأنما تلقوا أمرًا، كأنهم مجموعة بلدوزرات أُطلقت على مجموعة من النساء لطرحهن أرضًا وسحقهن. وبينما اهتم معظم الناس بهوية المعتدين، انصب اهتمام هند على النساء أنفسهن: ماذا فعلت كل واحدة من هؤلاء اللواتي مُزقت ملابسهن وجرجرن من شعورهن أو أذرعتهن أو هُتكت أعراضهن وأُهِنَّ في الطريق العام؟ ماذا فعلت كل واحدة منهن عقب تخلصها من المعتدي، أو انصرافه عنها؟ كيف لملمت نفسها، وبقية حاجياتها، وأين ذهبت؟ هل عادت إلى بيتها، لأمها أو أختها أو زوجها أو أبيها وكأن شيئًا لم يكن؟ هل ادعت أن سيارة ارتطمت بها أو وقعت من الأتوبيس أو هاجمها موتوسيكل يريد سرقة كمبيوترها وجرها بطول الشارع؟ هل أجهشت بالبكاء وانهارت في حضن ذويها؟

وماذا فعلت تلك الليلة؟ كيف نامت، إن كانت قد نامت؟ هل أخذت مهدئات ومسكنات؟ هل ظلت تعيد شريط الاعتداء وتتذكر نفسها هناك، على الأسفلت، نصف عارية ومضروبة تحاول التملص من أيدٍ تمسك بأجزاء جسمها التي ربيت على اعتبارها حرمات، والمعتدي يقول لها ألَّا حرمة لها، إنه قادر على الوصول إلى أعماقها إن شاء؟ ماذا فعلت في صباح اليوم التالي؟ هل عادت إلى حياتها العادية ودفنت ما حدث كأنه كابوس ثقيل، الله لا يعيده، أم تحدثت عنه مع أحد كي يساعدها؟ وهل ساعدها أحد فعلًا؟

من هذه الأسئلة ولدت حياة هند الجديدة، بعد ٢٠٠٥. وجدت نفسها تقتفي أثر من استطاعت من ضحايا الاعتداءات التي جرت ذلك النهار، وتحاول التحدث مع من استطاعت الحديث معه، والبحث عن طرق لمساعدة هؤلاء النساء. ما بدا وكأنه تعاطف في أوله تحول إلى نشاط هند الرئيسي في السنوات التالية.

هند ليست طبيبة نفسية، ولم تكن تعرف كثيرًا عن كيفية التعامل مع ضحايا العنف الجنسي، لكنها تعلمت. وفي مجتمع لا زال يلوم ضحية الاغتصاب، ويعتبر سلوكها أو ملابسها أو مشيتها سببًا فيما جرى لها، في مجتمع يتفهم اغتصاب البنت غير العذراء باعتبارها فاسدة في كل الأحوال، تصبح أبسط المعلومات عن العنف الجنسي تحسنًا عظيمًا في التعامل مع الضحايا. وهذا ما فعلته هند. في البدء كان التعاطف والتفهم والمساندة المعنوية. ثم أضافت إلى ذلك التشجيع ومساعدة الضحية

على اللجوء إلى طبيب أو معالج نفسي. ثم قرأت أكثر عن الموضوع وبدأت هي شخصيًّا في مساعدة الضحايا على جمع شتات أنفسهن، على قبول الحديث عن الاعتداء، على عدم لوم أنفسهن، على فتح قلوبهن، ثم على البحث عن مساعدة محترفة، في شكل تأهيل نفسي أو لجوء إلى القضاء.

أصبح هذا الجهد الشغل الشاغل لهند بشكل عفوي وتطوعي. لم تنشئ جمعية أهلية، ولم تنضم إلى أي عمل منظم، بل أصبحت هي نفسها في ذاتها جمعية أهلية. تقوم بعملها الصحفي الاعتيادي وفي الوقت نفسه تفتش عن أخبار هذه الحوادث، ثم تذهب من تلقاء نفسها لمقابلة الضحايا وذويهم، وتوفر الأطباء والمحامين وكافة أشكال المساعدة، كله بالتلفون، وكله من علاقاتها ووقتها الخاص. وهكذا، مع الوقت، حدثت ثلاثة أمور: الأول أن هند صارت في قلب عشرات النساء من ضحايا العنف الجنسي، وصارت مركز معلومات متخصصًا في الموضوع وظروفه وملابساته وتعرف العاملين فيه واحدًا واحدًا.

الأمر الثاني أن أجهزة الأمن رصدتها وبدأت تتابعها: من هذه المرأة؟ ومن الذي يقف خلفها؟ من يدفعها للتورط في هذه الموضوعات أو يدفع لها؟

الثالث أن هند انكسر قلبها، من دون أن تدري، انكسر إلى فتافيت صغيرة، يومًا بعد يوم، ضحية بعد ضحية، استماعًا إلى تفاصيل اعتداء عقب الآخر، إلى تفاصيل الجروح العميقة التي خلفتها أيادي المعتدي في نفوس النساء. لن أطيل في هذا الأمر، يمكنك

تخيل التفاصيل التي استمعت إليها، مباشرة، من فم الضحية التي ترتجف، التي تتكور في فراشها علها تختفي، التي تغلق باب الحمام على نفسها وترفض فتحه، التي تجلس في البانيو وترفض الخروج من الماء. تكسَّر قلب هند إلى قطع صغيرة، بقيت الواحدة بجوار الأخرى بفعل ضغط الحياة، لا أكثر. لكن حين يخف الضغط لحظات، في هدأة ليل صيفي مقمر، أو ظلمة قاعة سينما، أو التصاق وجهها بزجاج نافذة أتوبيس خالٍ، تنهمر دموع لا تعرف هند مصدرها، أو تعرف وتتعامى.

باسم أيضًا صحفي شاب، وأيضًا من شبرا. وأظن أنه يعرف هند من أيام المدرسة، لكن لم تتوطد علاقتهما إلا بعد عملهما معًا في الصحافة. باسم نموذج لمن تسمونه في أمريكا بـ«رجل صنع نفسه بنفسه» ـ من نسميه بالعربية عصامي، وهي مفردة غريبة لو فكرتِ فيها. لم يعلِّمه أحد شيئًا، فعلم نفسه بنفسه. درس الصحافة بكلية الإعلام بالجامعة، لكنه لم يتعلم فيها شيئًا متعلقًا بالصحافة، فبدأ يبحث هو عن المعلومات على الإنترنت، وينزل كتبًا وأفلامًا قصيرة تتناول مختلف جوانب العمل الصحفي، وتعلم الإنجليزية بالطريقة نفسها تقريبًا، وساهم تعلمه الإنجليزية في تحسين قدرته على تعلم الصحافة، إذ بدأ يقرأ نصوصًا بالإنجليزية. مع الوقت صار باسم مثل هواة كرة القدم الذين يعرفون تشكيل الفرق الأوروبية ولاعبيها ومبارياتهم المهمة، ولكن في الصحافة. أصبح يعرف أهم الصحفيين في العالم، و«القطع» التي صنعت مجدهم، ويتابع

تطور شكل المنتج الصحفي ومضمونه، ليس فقط في الصحف الكبرى، ولكن في المواقع الإخبارية والتوثيقية المتنوعة أيضًا. لم يكن ذلك يصب في عمله بشكل مباشر، أحيانًا ولا حتى بشكل غير مباشر، لكنه كان يصقل موهبته وأدواته ويعلمه أصول المهنة. في عمله الصحفي يفعل ما يفعله الجميع، يمشِّي يده، فأكل العيش يحب الخفة، وهو جائع ككل الناس، لكنه حتى وهو يقوم بالعمل الناقص يعرف الجزء الغائب ويراه. يتحسر على غيابه، يتمنى لو أتيحت له الفرصة يومًا كي يؤدي عمله صح. حاول عدة مرَّات. اقترح على رؤسائه تعديلات وخططًا، فأفهموه فضيلة الهدوء والقيام بما يُطلب منه من دون فَتْي.

في مرَّات كتب موضوعاته بشكل مهني أكبر، غطاها من زواياها المختلفة وبذل الجهد الأكبر المطلوب لهذا، فاستغرب رؤساؤه وتساءلوا عن دوافعه: هل يتمنظر أمام أحد؟ هل يقصد إهانة زملائه؟ هل يحاول لفت انتباه رئيس التحرير؟ لم تأتِ التساؤلات من رؤسائه المباشرين فقط، بل من زملائه أيضًا، ففهم أنه لا يستطيع الخروج من الصف وحده، وتراجع. لكنه استمر في الحلم بيوم يمكنه فيه الخروج من الصف، أو يتحرك فيه الصف إلى الأمام، وانتظر.

وبين الخفة والانتظار أحب هند. أكثر ما استرعى نظره فيها نعومتها. ونعومة هند ليست أمرًا يلاحظه الجميع، وليست لافتة. هي نعومة في الحركة. حتى أبسط الحركات، كأن تأخذ كوب الشاي من صينية الساعي في الجريدة، تتخللها نعومة

وانسيابية. تأمل باسم كثيرًا في حركة هند: كيف تقوم، وكيف تمشي، وكيف تجلس، وكيف تجري وراء الأتوبيس وتقفز فيه أحيانًا، كيف تكتب، كيف تعبث بشعرها، كيف تهندم ملابسها وهي تقف. وأسرته هذه النعومة التي يشعر بها من دون أن يمكنه الإمساك بها. هذه النعومة، هذه السلاسة، الانسيابية الهادئة، تمتد إلى شخصيتها وكلامها وأفكارها. لا تسيئي فهمي، فهي ليست هشة ولا ضعيفة، بل هي قادرة على المواجهة واتخاذ مواقف حادة، لكنها حتى حين تفعل هذا تفعله بنعومة تجعلك لا تشعرين أنها تهاجمك أو تسعى لأذيتك. هذه النعومة تجعلها أيضًا مثيرة، من دون أن تفعل شيئًا. تشع جاذبية وأنوثة وهي واقفة، من دون أن تفعل شيئًا وبغض النظر عما ترتديه. وهي تعرف هذا الأمر وتضحك ساخرة ممن يشير إليه: «الحمد لله أني لا أشع رجولة!».

هند أحبت باسم لأنه يشع رجولة. وأول مظاهر هذه الرجولة في نظرها الشهامة، ما نسميه بالعامية المصرية «جدعنة»، وهي شهامة خشنة، شهامة قلب قوي واستعداد لتحمل التكلفة دون تفكير في كونها تكلفة. وعدم اكتراثه بصغائر الأمور وصغائر الصراعات، وابتعاده عن الميلودراما بأنواعها، وذكاؤه، واعتماده على نفسه، ومعرفة حدوده، وخفة دمه بلا استظراف، واحترامه لها، وافتتانه بها. لا أحد نظر إليها مثلما ينظر إليها باسم. حتى وهو يناقشها في أمر عام، أو تفصيلة تخص الجريدة أو الحدث الذي يغطيانه، تشع عيناه

إعجابًا وافتتانًا وانجذابًا لم ترها في عيني رجل قبله. تعرف أثرها عليه، وتحب ذلك.

لم ينقضِ وقت طويل حتى تحاب من تشع أنوثة ومن يشع رجولة. التأما، مثل قطبين متجاذبين، مثل نصفين يملأ كل منهما الآخر، مثل ذكر وأنثى. التأما. ملأها حتى فاضت، وملأته حتى فاض. صارا زوجًا بدلًا من فردين: هند وباسم. الجميع يتعامل معهما باعتبارهما وحدة واحدة. إن دعوت باسم فمفهوم أن هند مدعوة أيضًا، والعكس صحيح. إن حضر فهي في الطريق، وإن أتت فهو خلفها. واستقر هذا الزوج في وعي الجميع كأمر مسلَّم به.

وحين قامت الثورة، كانا معًا في الميدان. خيمتهما هي الخيمة التي تعرف فيها وائل على مي الاشتراكية الثورية. هند يسارية مثل باسم، «يسار جديد»، أو هكذا تزعم، لكن الحقيقة أنها مجرد صديقة معطاءة للجميع. عملها في مساعدة ضحايا العنف الجنسي جعلها كذلك، أو العكس. المهم أنها ملتقى الجميع ومحل ثقته. وفي الميدان كلفت هند نفسها بمهمة الاطمئنان على سلامة الإناث من التحرش والاعتداء. كانت تلك هي الأيام الذهبية للميدان، لكنها لم تصبح ذهبية من تلقاء نفسها، بل لأن أناسًا مثل هند وأصدقائها جعلوها كذلك. شكلت فرقًا صغيرة تجوب الميدان، وتمر على المداخل والمخارج، وتعس في الزحام، كي تمنع التحرش أو تحتويه وتنهيه إن بدأ. لم يكن أحد يعلم كيف ستسير الأمور في هذه الأيام، والميدان ممتلئ بكافة

الأشكال والألوان، ومن ثَمَّ وجب الاحتياط. لقيت فرق هند تعاونًا من الجميع، وتحولت «دورياتهم» إلى نزهات احتفالية أكثر منها مقاومة لأي شيء، على الأقل وقتها.

ثم تدهورت الأمور سريعًا، كما تعرفين، ابتداء من كشوف العذرية التي يسمح بها رصيد الجيش، حتى حفلات الاغتصاب الجماعي التي يدبرها الطرف الثالث، مرورًا بالتحرش بالنساء اللواتي يتظاهرن ضد التحرش. تحول الأمر تدريجيًّا إلى حرب حقيقية، ولم تكن هند ولا باسم يدركان ذلك، على الأقل في البداية. لفترة طويلة ظنت هند وأصدقاؤها مقاومو التحرش أن هذا التدهور نتيجة الانفلات الأمني، أو انفلات الناس مع تداعي القديم وعدم تبلور الجديد بعد، أو جزء من أمراض المجتمع التي انكشفت مع الثورة، أو جزء من زوال القمع عن مراهقين لا يملأ حياتهم سوى خيالات الجنس، أو هذا أو ذاك من التفسيرات التي قالها الناس لتفسير انفجار الاعتداءات الجنسية في تلك الفترة. لكن التدهور اتخذ أشكالًا أكثر حدة من أسوأ تصوراتهم، وأصبحت الاعتداءات تتم من قبل جماعات مسلحة، في وسط الميادين والشوارع، من دون أن يتمكن أحد من وقفها. وكلما حاولت هي وأصدقاؤها، آذوا أنفسهم أكثر، حتى صارت ضحايا الاعتداءات الجنسية على مقاومات الاعتداء الجنسي في مثل حجم الضحايا الأصليين. فاق الأمر طاقتها، وطاقتهن، وطاقتهم، وبدأوا في التفكك ثم الانهيار.

في حالة هند وباسم بدأ التفكك بينهما هما الاثنان. مع وصول

الاعتداءات الجنسية إلى شكلها الجماعي المنظم والمسلح، طلب باسم من هند التوقف عن محاولات المقاومة. في نظره، كان هذا عبثًا محضًا، بل ووقوعًا فيما يبدو أنه فخ منصوب لهن. قال لها: «هذه حرب، وهم يستدرجونكن، أيًّا كانوا هؤلاء الذين ينظمون هذه الاعتداءات». ترد بالموافقة على تحليله. هي تعرف أنه مع كل حادثة تصيب النار عددًا أكبر من صديقاتها ورفيقاتها وتحرقهن مهما حاولن الصمود. لكنها لا تستطيع التوقف، لا تستطيع الانسحاب والانهزام هكذا. ستحرقها الهزيمة وتحرق صديقاتها بالدرجة نفسها إن لم يكن بأكثر. حاول تفهم موقفها، لكنه لم يستطع: «الموضوع تحول إلى كمين معلن: حين تقررين الذهاب إلى تجمع ما فأنت تعلمين مقدمًا أنه سيتم التحرش بك وبطريقة لا يمكن لأحد معها إنقاذك. فلِمَ تذهبين؟ إيه اللي وداها هناك فعلًا؟». وهند تحتد عليه حين ينحو هذا المنحى، وهو لا يجد إجابة شافية. وشيئًا فشيئًا بدأ يعتقد أنها أدمنت دور الضحية، هي وزميلاتها، أو أنهن يلقين بأنفسهن في أتون التحرش كي يتخلصن من الشعور بالذنب إزاء الأخريات. هكذا يكن جميعًا ضحايا متساويات. هند تقول إنها تشعر بالمسؤولية: هي ساعدت في تشجيع البنات على النزول وتحدي التحرش، وانسحابها الآن جبن. وباسم يثور ويقول إن هذه ترهات، وعلى الجميع الانسحاب. هل ينتحر الأحياء لتغطية شعورهم بالذنب إزاء الشهداء؟ وهند تنظر إليه ساهمة وتتمتم: «ربما عليهم فعل ذلك»، وباسم ينهار.

تشاور في الأمر مع أخريات، من صديقاتها بالذات. مي قالت له إنه «طري» زيادة عن اللازم، وعليه أن ينشف قليلًا ويسترجل. اندهش أن يأتي هذا الكلام منها، ودخلا في حوار طويل حول النسوية والجندرية والثورة. في النهاية قالت له مي إن كل علاقة بين اثنين تضم علاقة قوة، وإنه من الواضح احتياج هند للشعور بقوة شريكها. قالت له: «هناك أشياء تُحس ولا تُقال»، وتركته مرتبكًا أكثر. بدأ يلازم هند في تحركاتها أكثر، واكتشفت بالصدفة ذات مساء أنه يحمل سكينًا في جيبه وهو يتجول معها. وتشاجرا. تشاجرا كثيرًا. وخلال عام ٢٠١٣ حل عليهما الانطفاء الذي حل على كثيرين، وحين افترقا في نهاية العام لم يفاجئ ذلك أحدًا، ولا هما.

دخلت هند بعد ذلك ـ وباسم ـ في علاقات كثيرة سريعة وفاشلة. في كل شاب قابلته بحثت عن باسم، وفي كل امرأة قابلها بحث عن هند. لكن كلًّا منهما كان يبحث عن نسخة قديمة من الآخر: نسخة ٢٠١١. السنوات التالية أطفأت روح كل منهما وجسده بطريقة لم يحتملها الآخر، لكن رائحة الحب ظلت. المشكلة أنه أصبح حبًّا لشخص لم يعد موجودًا. كانا تعيسين، وعلاقاتهما العاطفية فاشلة، وربما محكومًا عليها بالفشل، ويتابعان بعضهما بعضًا عن بعد. لذلك كان من الغريب ـ هل أقول من سخرية القدر؟ ـ أن تتعرض هند للاعتداء في هذا التوقيت، وأن يشير المعتدي لـ«الخول» صاحبها، بعد افتراقها عنه بزمن.

حياة باسم تداعت في الفترة نفسها مع تحطم الأحلام العامة.

ففي حالة باسم يصعب فصل الحياة العامة عن الشخصية، ليس فقط كونه صحفيًّا والشأن العام هو حياته اليومية، ولكن أيضًا لأنه شخص لا حياة له من دون الحياة العامة. باسم يصحو في الصباح باحثًا عن الأخبار، عادة يحلم بأخبار وتطورات وأفكار. يتناول إفطاره وهو يتنقل بين شاشة الكمبيوتر والتلفزيون، ويده على الريموت بشكل شبه هستيري متنقلًا بين قنوات الأخبار. في طريقه إلى العمل يعمل ذهنه في الشأن العام: حين يقع حظه في سائق فظ لا يفكر في أسلوب قيادة السائق فحسب، بل في غياب نظام معقول للمرور يمتحن الناس فعليًّا قبل السماح لهم بقيادة مركبات، ويفصل بين الناس فلا يضطرون لقطع الطريق على بعض، ويسترسل في أفكاره متذكرًا مشروعات إصلاح المرور، وعلاقة شرطة المرور بالداخلية، ونظم المرور في البلاد الأخرى، وكيف تنظم تلك البلاد وزارات الداخلية فيها، ولِمَ يختلف المرور في مصر لهذه الدرجة عن كل بلاد العالم بما فيها البلاد العربية، وهل يرجع ذلك لسمات حضارية أو تكوين جيناتي مثلًا، أم أن الأمر مجرد قوانين معقولة وتطبيق منظم لها؟ تعاسته الناجمة عن سوء المرور هي تعاسة عميقة، مرتبطة بالوضع السياسي وما يراه فشلًا للدولة، وليست مجرد توتر يعزوه إلى سخافة أو غباء من يقود التاكسي هذا الصباح.

حين يدخل مكتبه ينهمك فورًا في مناقشات حول «ما يحدث» و«إلى أين نحن ذاهبون» وغير هذه من المناقشات التي تستوعب

كل ما يجري في مصر، من سياسة إلى عنف إلى إعلام إلى قضاء إلى كل جوانب الحياة العامة. وتستمر هذه المناقشات طيلة اليوم: في مكتبه، في صالة التحرير، في الشوارع والميادين وقاعات المؤتمرات ومقار الجمعيات الأهلية والمبادرات والمؤتمرات الصحفية الصغيرة، ومكتب رئيس التحرير، وعلى التلفون مع المصادر ومع الزملاء والأصدقاء، ولا تنقطع هذه المناقشات إلا بإخلاده إلى النوم ثانية، حيث تتخذ شكل الأحلام.

وبغض النظر عن الأسباب التي أدت إلى هذا الانغماس، وما إذا كانت مهنته هي التي قادته إليه أم هو ما قاده إلى مهنته، فإن الشأن العام أصبح محور حياة باسم.

ومن ثَمَّ، حين ذهب لتغطية مظاهرة ماسبيرو في أكتوبر ٢٠١١ ورأى بعينيه جثث أصدقائه والفوضى العارمة التي ضربت المكان، أصابته صدمة عميقة وكأن المدرعات قد داسته هو. قضى الليلة والأيام التالية بين ماسبيرو والمستشفى القبطي وبيوت أصدقائه القتلى، ورأى في عيون أهاليهم لومًا صامتًا، ربما لأنه دأب على التقليل من شأن مسألة حقوق الأقباط، ربما لأنه لم يكن يتصرف كقبطي وترك تلك المهمة الصعبة لهم، ربما لأنه ظل حيًّا وهم قتلوا. لم يلمه أحد بكلمة، لكنه كان يشعر بهذا اللوم عالقًا في الهواء كلما التقى أحد أهالي أصدقائه الضحايا، أو التقى صديقًا مشتركًا لهم.

المدرعة التي داست قلبه لم تكن آخر الأحزان، وإنما بداية

سلسلة طويلة من المآسي داست عليه بالطول والعرض. الأصدقاء القتلى، ثم أصدقاء آخرون قتلى، ثم أصدقاء آخرون قتلى. لا يكاد يمر شهر من دون أن يسقط أحد معارفه أو أصدقائه: برصاص الأمن، برصاص الطرف الثالث، برصاص غير موجود، بدون رصاص، المهم أنهم يسقطون.

للموت أثر غريب علينا. لا أدري إن كنتِ مررتِ بتلك التجربة ومات لكِ شخص قريب من سنك. تشعرين بعدم التصديق، ثم بالخديعة، كأن هناك خطأً في قوانين الكون. ليس من المفترض أن يموت الناس في هذا العمر. كأنك تدركين فجأة، بشكل ملموس، أنك غير خالدة، أنك أيضًا عرضة للاختفاء هكذا في أي لحظة. تعرفين هذا: قاله لك الشيخ أو القس عشرات المرَّات، لكن الشعور به أمر مختلف. وحين يكون الموت قتلًا، برصاص لا يتحمل مسؤوليته أحد، برصاص ينكر الجميع وجوده أصلًا، تصبح الخديعة مزدوجة، وخلل قوانين الكون يصبح مسؤولية هؤلاء الذين تلقين أنت عليهم بالمسؤولية. هكذا ينقطع ما بينك وبينهم، مهما برروا الأمر بعدها، مهما أقسموا على براءتهم، وعدم معرفتهم بالخرطوش، أو القناصة، أو المدرعات. فيما يخصك كل هذا هراء، هم القتلة، وأنت تعرفين هذا، وتكرهينهم، وتنتظرين اليوم الذي تقتصين فيه منهم. مهما قيل ومهما كتب.

لكن الغضب، مثلما تعلمين، يأكل أصحابه قبل أن يأكل مصدره. وفي حالة باسم، تراكم الغضب يومًا بعد يوم، أسبوعًا بعد

أسبوع، شهرًا بعد شهر. ومع كل هزيمة لأحلامه يزداد هذا الغضب. ومع تراجع الأحلام، تراجعت الصحافة، واختفت الحرية التي كانت قد هبت عليه فجأة، وعاد من جديد إلى مناكفات رؤسائه حول صياغة هذا الخبر أو ذاك، حول مصداقية الخبر والمصدر، حول ملاءمة نشره، حول موعد نشره، حول ضرورة نشره، ثم انطلق الإعلام داخل هوة عميقة أشعرته بالعار من مهنته. وكلما تدهورت الحال أكثر، تعمق يقينه بأن الحلم ضاع، تجذر غضبه وتيبس، حتى صار كصخرة واحدة تملأ جسده. ليس من الغريب أن تنطفئ روح باسم، الغريب أنها بقيت على قيد الحياة.

الغريب أيضًا أن تبعث حادثة هند روح باسم من جديد.

ظلت هند جالسة على الأرض مستندة بظهرها إلى الحائط بعد رحيل المعتدين. يصعب عليَّ وصف مشاعرها: مزيج من الشعور بالاستباحة والقهر ناتجين عن تغلغل عدوكِ فيكِ، حرفيًّا، وشعور بالقذارة والقرف الشديد من جسمكِ الذي رأيته يتحول إلى أداة، إلى شيء يستخدمه أناس تكرهينهم، ورغبة في الصراخ والبكاء والتماسك في آنٍ واحد، وشعور بالرغبة في الانتقام، وباليأس من قدرتك على الانتقام. قامت هند من على الأرض وهي تجرجر كل هذا ونفسها، وعادت إلى بيتها. أغلقت الباب وألقت بما كان معها على الأرض، وأسرعت إلى الحمام. تخلصت من ملابسها ودخلت تحت الدش وأخذت تدعك جسمها بالصابون بشكل هستيري

حتى تورم جلدها، وهي تواصل بلا توقف على الرغم من الدماء التي أخذت تسيل منها. حين تعبت جلست في أرض الحمام تحت الدش تنتحب بصوت مسموع والمياه تواصل السقوط فوقها. ظلت هكذا قرابة الساعة حتى غفت أو غابت عن الوعي، ثم أفاقت وهي تشعر بإنهاك كامل. أغلقت الدش وخرجت من تحته. جففت جسمها. نظفت أماكن الجروح. وضعت بعض المراهم على أماكن الجروح وفي فتحة شرجها. غسلت فمها بالمطهر عشر مرَّات على الأقل. ثم ارتدت ملابسها وذهبت إلى بيت باسم.

لم يكن في الأمر مراء بالنسبة لباسم. حين قصت عليه ما حدث اعتبر الاعتداء قد وقع عليه شخصيًّا. السؤال الوحيد الذي تبادر إلى ذهنه ساعتها هو: كيف يقتص من المعتدين، وكيف يضمن عدم تكرار مثل هذا الاعتداء على هند؟ المهمة الأولى كانت مساعدتها على تجاوز هذه المحنة. لكن هذه المهمة تصعِّبها خبرة هند نفسها في مساعدة ضحايا العنف الجنسي. كيف تعالج المعالِج؟ كيف تواسي الخبير بالمواساة؟ هند تحفظ قاموس المساندة عن ظهر قلب، لكن تطبيقه على نفسها شيء آخر، وكونها تعرف القاموس يثقل عليها أيضًا، كأنها تلوم نفسها لاحتياجها إلى المساعدة.

باسم يعرف كل هذا، يعرف ما يدور برأسها من دون كلام. ومن ثَمَّ اتصل على الفور بإحدى صديقات هند ممن عملوا معها في شبكة مقاومة التحرش، وبالفعل تولت مساندة هند

بإخلاص وحنكة. إلا أن هذه الصديقة أخبرت مي بالموضوع ـ مي الاشتراكية الثورية صديقة هند القديمة. كانت علاقة مي بهند مقطوعة منذ صاحبت مي باسم في نهاية علاقته بهند. حين علمت مي بالأمر اتصلت بباسم وقالت له إنها ستمر عليه في المساء. وجدته مرتبكًا وحائرًا وغاضبًا، فواسته قائلة إن الناس عادة يركزون مع الضحية المباشرة ـ هند في هذه الحالة ـ وينسون أن من معها أيضًا ضحايا يحتجن إلى المؤازرة. قال إنه يشعر بالذنب، فرجته ألَّا يحمل نفسه أكثر من طاقتها، فهند ليست طفلة. قالت: «كلنا لسنا أطفالًا، وكلنا ندفع ثمن اختياراتنا. هذه كلها أثمان يجب دفعها». المشكلة تكمن فيمن يدفع فواتير لا تخصه. شرح لها وضعه: صحيح أنه وهند قد تركا بعضهما منذ فترة، لكنه لا يستطيع التخلي عنها في هذه اللحظة بالذات. مالت عليه، وشيء قاد إلى آخر، وحين انتابت هند نوبة فزع في منتصف الليل وفشلت في الوصول إليه على التلفون وجاءت إلى منزله وفتحت بمفتاحها القديم، وجدته في الفراش مع مي.

التوتر الذي ساد الاجتماع المخصص لبحث بدائل التعامل مع الاعتداء لم يكن غريبًا. عزاه معظم الحضور إلى مأساوية الوضع. فقط باسم وهند كانا يعرفان الأبعاد الكاملة لهذا التوتر. لم يكن أيهما قد نام منذ ليلة الأمس ومواجهاتها العصيبة، وكمية الإهانات والشتائم المتبادلة بين باسم وهند ومي (التي قررت عدم المجيء للاجتماع) كانت تكفي للقطيعة الكاملة بينهم. لم

يفهم باسم حدة رد فعل هند، فهما منفصلان منذ فترة، وقصته مع مي قديمة ومنتهية أيضًا. ولم تفهم هند انعدام إحساسه لهذه الدرجة، وأكثر من ذلك ما رأته انحطاطًا في ذوقه. مي التي وصفتها هند بأنها أرخص من أن تستحق الشتيمة ردت عليها بالوصف نفسه، وأسهبت كلٌ منهما في شرح ما تقصده. لكن في وسط الخناقة سبت هند باسم، قائلة إنه خول فعلًا كما قال الضابط المعتدي، وقد أخرست هذه الشتيمة باسم من الذهول، وجعلت مي تبتسم في استهزاء وهي تنظر إلى باسم بما معناه: «ألم أقل لك!»، وهي النظرة التي أطاحت بما تبقى من صواب هند، وحدت بها لقذف مي بما وجدته قرب يدها، وهي زجاجة نبيذ فارغة أخطأت لحسن الحظ تصويبها فتهشمت الزجاجة على الأرض من دون أن تفتح رأس مي كما كان يفترض. حاول باسم صرف مي لكنها أبت، وحاول صرف هند فشتمته مجددًا، وهكذا ظل الثلاثة في منزله حتى الصباحِ. مي رحلت أولًا، ثم جاء هو وهند إلى هذا الاجتماع. كانت القطيعة بينهما هي الحل الأمثل، لكن تلك القطيعة لم تكن ممكنة الآن، بسبب حادث الاعتداء وحالة التعبئة التي أدى إليها.

جلسا متباعدين، وتفاديا الحديث المباشر قدر الإمكان. باقي المشاركين لم يفهموا ما يجري بالضبط، لكنهم لم يحاولوا التدخل تقديرًا منهم لكارثة الاعتداء الذي تعرضت له هند وما خمنوا أنه نتائج معقدة له. ومن ثَمَّ سار الاجتماع في طريقه. المحامون المختصون بحقوق الإنسان أوصوا بإبلاغ النيابة،

حفظًا للحق، وتوثيقًا للاعتداء، لكنهم أجمعوا على استحالة القصاص من المعتدين أو ردعهم في أي مستقبل منظور. فهذه الاعتداءات جزء من سياسة حديدية وليست تجاوزًا فرديًّا يعاقب مرتكبه إن افتضح أمره. الصحفيون أوصوا بطرح الموضوع على الإعلام وتحويله إلى قضية رأي عام، لكنهم في النهاية اتفقوا مع المحامين على أن هذا من شأنه توثيق الاعتداء وإبرازه، لكن من دون أثر ملموس سواء باتجاه القصاص أو منع تكرار مثل هذه الاعتداءات. الثوريون الراديكاليون نصحوا بالانتقام الشخصي من مرتكبي الاعتداء أنفسهم، طالما هند تعرفهم بالاسم كما تقول، مؤكدين أن هذه هي الطريقة الوحيدة بما أن الطرق القانونية سُدت في وجوههم. وجد باسم نفسه أقرب إلى هذا الرأي، وكلما أمعن التفكير فيه توهجت نفسه.

بدت خطتهم بسيطة ومضمونة: هند تتصل بالضابط، تشتمه وتدعو عليه لأنه دمر حياتها، لكنها في الوقت نفسه تبدي ضعفًا وتترك الباب مفتوحًا للحوار. سيقول لها إنها هي التي جلبت الأمر على نفسِها، هي التي تحدت الأمن وظنت نفسها قائدة ثورة، وحينها تبدي ضعفًا محسوبًا بحيث ينفذ الضابط منه ويعرض عليها التعاون معه مقابل العفو عنها أو شيء من هذا القبيل. وعندها تعطيه موعدًا للقائها في مكان عام، معزول نسبيًّا، وهناك يباغته باسم وبعض أصدقائه ويسوون حسابهم معه بالطريقة الملائمة. أو، تتصل به هند وبعد الشد والجذب وربما عدة مكالمات تدعوه إلى بيتها، وهناك يباغته باسم وأصدقاؤه.

لم تكن أيتهما خطة محكمة، فمن الممكن ألا يلتقط الرجل الطعم، ويسبها ويغلق الخط في وجهها، أو ألا يعرض عليها التعاون، أو يرفض لقاءها، أو يمكن أن يطلب منها لقاءه في مكان يعرفه هو. لكن كل هذه الاحتمالات لن يعرفوا إجابتها إلا من خلال إجراء الاتصال، ومن ثَمَّ قرروا تجربة الأمر، وإن فشلت المكالمة يبحثون عن شيء آخر.

المكالمة لم تفشل ولم تنجح. فحين شتمت هند الضابط شتمها وأغلق الخط في وجهها. بعدها بيوم أرسلت له رسالة نصية تدعو عليه لأنه دمر حياتها، وتقول له إنه فهمها خطأ، فهي ليست ساقطة ولا «كلبة شارع» مثلما اتهمها، وإنها كانت متزوجة بباسم عرفيًّا لأنه مسيحي، والآن دمر حياتها. بعدها اتصل بها وكان أقل حدة، فانتهزت الفرصة وأمعنت في البكاء وإظهار الضعف، وهكذا، بعد عدة مكالمات وعشرة أيام أعطاها موعدًا في التاسعة مساء في مقهى في مدينة نصر، والتقته هناك وواصلت أداء الدور، ثم التقاها مرَّتين أخريين في أماكن عامة، واصلت خلالهما دور الدلال الضعيف الغاضب المدمر. ثم دعاها إلى منزله فوافقت، لكنه اتصل قبلها بيومين ليلغي الموعد بسبب عودة زوجته مبكرًا من الساحل، فانتهزت الفرصة ودعته هي إلى منزلها، ووافق على الحضور.

الأمر كله حدث بسرعة. هند تسكن في شقة في الدور الحادي عشر والأخير بعمارة في المهندسين. لديها شرفة واسعة ـ كانت جزءًا من سطح العمارة وحولتها هي إلى شرفة، تطل على

شارع البطل أحمد عبد العزيز. وصل الضابط في موعده وبدا أنيقًا ومهذبًا، وتوجه للجلوس في الشرفة كما اقترحت هند. أومأت هند لباسم المنتظر في الغرفة مع أصدقائه أن الضيف هو المعتدي، فتوجه إليه باسم على الفور ـ يتبعه أصدقاؤه الثلاثة ـ وهجموا على الضابط واشتبكوا معه في عراك عنيف. بعد دقائق معدودة من بدء العراك، ومع تكاثر الشباب على الضابط، سحب الضابط مسدسه ووجَّهه ناحية جمع الشباب المهاجم، فتوقف المشهد لحظة. ثم اندفع باسم إليه بسرعة كي يُسقط المسدس من يده، وعندها مال الضابط بجسمه فتفادى جسم باسم المندفع ناحيته، الذي واصل اندفاعه حتى ارتطم بسور السطح. بدا أن باسم تمالك نفسه وتوقف، لكنه فقد توازنه وسقط من فوق السور وهوى أحد عشر طابقًا ومات على الفور. أطل الشباب بسرعة ناحية السور لتفقد ما حدث لباسم، في حين اختفى الضابط.

انتهت القصة. انهارت هند أكثر، ولازمتها صديقاتها في مناوبات حماية كي لا تقدم على الانتحار. اتصل بها الضابط وهددها تهديدًا شديدًا ثم أخبرها أنه سيتركها في حالها لأنها أتفه وأحقر من أن تحظى باهتمامه، وحذرها ألا تأتي بخطوة واحدة ضارة به وإلا قضى عليها وعلى أصدقائها بجرة قلم. انسحبت هي بعد ذلك إلى حياتها الخاصة ومداواة اكتئابها، وانسحب أصدقاء باسم إلى حزنهم عليه، وانتهت القصة على ذلك.

ـ سأذهب لأغسل وجهي.

قامت أمل من الفراش وتوجهت إلى الحمام، ثم عادت بعد ذلك بعدة دقائق. عمر جالس في الفراش ساهم النظر.

ـ لا، لا، أنا معترضة على هذه القصة. أنت فعلًا سوداوي!

ـ كنت نفعت نفسك يا معترضة.

ـ لا أصدق أن هذه التفاصيل حدثت بالفعل. هناك أشياء كثيرة غير منطقية.

ـ لِمَ؟

ـ من غير المنطقي أن يفعل باسم أيًّا من هذا، دور أمير الانتقام هذا لا يليق به. ثم لِمَ يقع باسم من الدور الحادي عشر؟ هذه ميلودراما. كان من السهل أن تجعل الضابط هو الذي يقع. الحقيقة أن وقوع الضابط من على السور ـ أو إلقاءه من فوق السور ـ هو الأمر الأقرب إلى الحدوث، بالنظر إلى عدد خصومه المهاجمين وتمتعهم بميزة المفاجأة.

ـ ميزة المفاجأة! ماشي. لكن حتى لو كان الضابط هو الذي وقع من على السور، نفترض ذلك، فمن المؤكد أن معاونيه يعلمون بلقائه هذا، ومن ثَمَّ سيقود التحقيق بسرعة ـ وتسجيلات المكالمات ـ إلى الإمساك بهند وباسم وأصدقائهم وإيداعهم السجن لمدد طويلة، أو إعدام باسم باعتباره الذي دبر الجريمة وخطط لها.

ـ عظيم، أي في نسختَي القصة سيموت باسم، وتقهر هند وأصدقاؤهما؟

ـ أي نعم.

[illegible]
[illegible]

[illegible]

[illegible]
[illegible]

[illegible]
[illegible]
[illegible]
[illegible]
[illegible]
[illegible]
[illegible]
[illegible]
[illegible]
[illegible]
[illegible]

[illegible]
[illegible]
[illegible]
[illegible]

[illegible]

[illegible]

هند ستحفر ثلاث فتحات تخرج عن طريقها سموم الاعتداء الذي تعرضت له.

أول هذه الفتحات التطهر من السر. ستنشر قصة الاعتداء الذي تعرضت له على الملأ. نشر القصة ضروري لتعافيها من الصدمة التي لحقت بها والتأكيد على كونها ضحية لا مذنبة تتخفى. لا بد من إخراج هذا الاعتداء من السر إلى العلن، كي تشعر أنها لم تقترف ذنبًا، وتحصل على تضامن قريناتها وتعاطفهن، وتشجع أخريات على البوح بما تعرضن له، وهذه مسألة أساسية للتعافي نفسيًّا من الاغتصاب. تنشر القصة على فيسبوك مثلًا، وعندها تحدث معجزة صغيرة: تبدأ كل النساء اللواتي تعرضن لعنف جنسي في كتابة شهاداتهن، ويتحول البوست الذي كتبته هند إلى سجل لعشرات من الحوادث، كتاب أحزان نساء مصر. تجميع الشهادات سيشفي النساء، ولو جزئيًّا. لكنه أيضًا سيحمي المجتمع ككل. فحين تصل الشهادات والاعترافات إلى هذا الحجم، لا يستطيع أي نظام تجاهله مهما بلغ استبداده. خصوصًا مسألة النساء: إن كان هناك ضحية أو خمس أو عشر، سيلومهن الناس، بما في ذلك النساء، كي لا يفكرن في الموضوع، كي لا يقلن لأنفسهن أنهن أيضًا معرضات لهذا العنف في أي لحظة. وأسهل على الرجل افتراض أن ضحية العنف منحلة، من أن يقر بأن زوجته أو ابنته معرضة لمثل هذه الاعتداءات وأنه لا يستطيع حمايتها. لكن إن صارت الشهادات عشرات، أو مئات، لن يستطيع المجتمع

تجاهلها أو إلقاء عبئها على الضحية. وساعتها لن يملك النظام إلا الاستجابة، ولو في أضيق الحدود، لكن هذه هي الفتحة، البداية. وهند ستكون من يفتحها.

- ماشي، مع أنها نشرت شهادتها في «مدى مصر» ولم يحدث أي من هذا، لكن ماشي.

- تنشره باسمها الحقيقي، على صفحتها. ألم تقل إنها شخصية معروفة؟ المهم في الإعلان هو العلانية، ليس مجرد سرد الوقائع، بل إظهار وجهك وأنت تسردها، ورأسك مرفوع.

الفتحة الثانية مرتبطة بالأولى، وهي حملة التوثيق. هند وباسم سيستمعان إلى المحامين، ويودعان بلاغات بما تعرضت هند له، ويدفعان كل الضحايا لفعل الأمر ذاته. ستوثق الضحايا كل هذه الشهادات والاعتداءات، ويبدأن رحلة قضائية يعرفن أنها طويلة، وغالبًا لن تؤدي إلى القصاص من مرتكبي الاعتداءات، لكنها ستساعد في تقليص حجم الظاهرة، وفي إثبات الحقوق والجرائم، وهي أشياء ضرورية لشفاء الضحايا من ناحية، ولتأسيس أي قدر من العدالة في المستقبل من ناحية أخرى.

- طيب أنجزي لأني بدأت أنام منك.

- اصبر، النقطة الثالثة ممكن تفوقك. ستسترد هند فتحاتها الثلاث، هي وكل النساء اللواتي تعرضن لاعتداءات جنسية.

الاعتداء الجنسي يحدث أثرين مهمين: الأول إشعار الضحية بالضعف وعدم قدرتها على حماية نفسها، والثاني تدمير

علاقتها بجسمها وبالجنس نفسه. الذي ستفعله هند هو عكس هذا الأثر؛ ستسترد لنفسها ولكل الضحايا حقها في جسمها، حقها في «فتحاتها» كما قال المعتدي. ستقول هند وكل صاحباتها ـ «شراميط يناير» كما أسماهن المعتدي ـ سيقلن بالصوت العالي وبالفعل إن فتحاتهن الثلاث ملك لهن، يستخدمنها كما يشأن، بالشكل الذي يرينه، مع من يرتضينه شريكًا، ولا علاقة لأي مخلوق غيرهن بهذا الأمر. ستقول هند، بالصوت العالي وبالفعل، ألا أحد له وصاية عليها أو على فتحاتها: إن شاءت فتحها، كلها أو بعضها، لزوج، أو حبيب، أو عشيق، فهي حرة. تستمتع بفتحاتها كيفما شاءت وقتما شاءت مع من شاءت. أي باختصار ستستعيد هند فتحاتها الثلاث من هذا المعتدي، ومن كل المعتدين، وتبدأ حركة «الحق في الفتحات الثلاث». تنشئ موقعًا على الإنترنت مثلًا يعلم النساء كيفية الاستمتاع بفتحاتهن من دون حرج أو خوف. ستفعل بالضبط ما اتهمها به الضابط: تأخذ في فتحاتها الثلاث، لكن فقط ممن تحب وترتضي، وبذلك تسترد السيطرة على جسمها من السلطة التي تحاول قمعها.

ـ ...

ـ ما لك؟ تهت مني؟

ـ لا، فقدت الأمل فيكِ.

ـ لِمَ؟

ـ لأن كلامك نظري جدًّا، ومستفز! رد فعلك كله مستفز!

ـ لِمَ؟

ـ أحكي لكِ عن امرأة تعرضت للاغتصاب، للإذلال والتحطيم، من قبل جهاز الدولة الذي يفترض فيه، لا سمح الله، حمايتها. ألا تدركين حجم المصيبة التي حطت عليها؟ ألا تشعرين بحجم المأساة؟ بعمق الجرح؟

ـ أشعر.

ـ إذن كفي عن هذا الهراء الذي تقصينه.

ـ حاضر.

ـ ...

ـ ثم ماذا؟

ـ ثم نقوم نأكل، أو ننام، أو تقومين لتسافري.

ـ أو نولع في نفسنا وننتهي.

ـ لا نولع ولا زفت. ننام. «الأيام الخرا فايدتها النوم» كما يقولون في الجيش.

ـ ممتاز. كلها حلول ممتازة.

ـ ليست حلولًا، لم أقل إنها حلول. كوني صادقة مع نفسك مرَّة واحدة: ليس هناك حلول. لا تمثلي. هذه ليست بلادًا. ونحن لسنا بشرًا. لا أنتِ إنسانة ولا أنا ولا أي من هؤلاء. هذه كلها مسخرة. فكفي عن اختراع حلول وهمية.

ـ أتعرف، إن أصبت الآن برصاصة في عينك ستشعر بألم لم تشعر به في حياتك، ستصرخ وتقوم تتخبط في الشقة من الألم. إن حاولت مداواتك سأؤلمك أكثر، وغالبًا ستصرخ

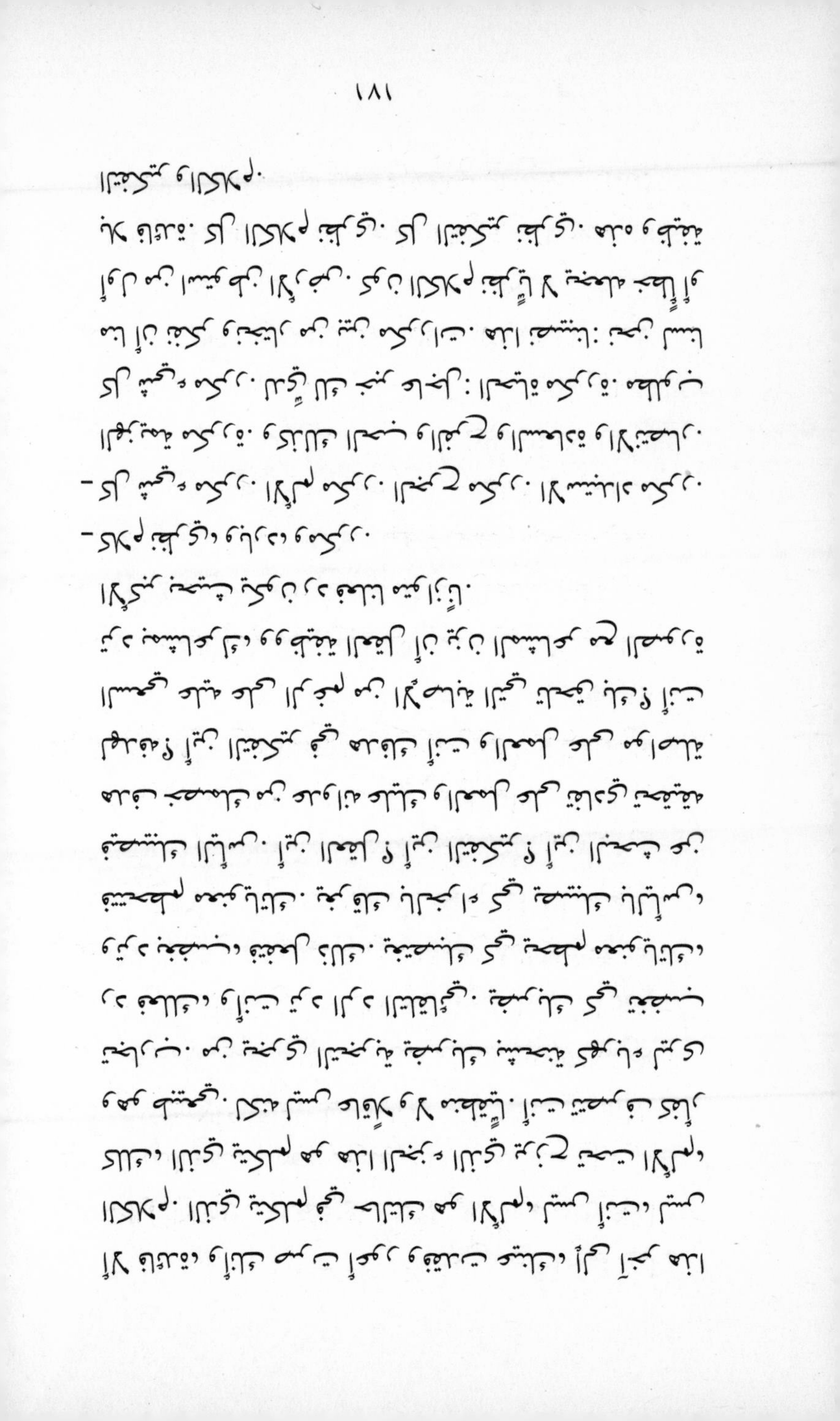

[illegible]

ـ أنتِ فعلًا لستِ من هنا.

ـ أبدًا، أنا من هنا، لكني لا أستسلم. هذا هو الفارق بيننا.

ـ ...

ـ ...

ـ كل هذا لأنكِ محمية. جالسة على الشاطئ وعندك مركب ينتظرك. تستطيعين قول هذا الكلام من مكانك على الشاطئ. كلام التنمية البشرية هذا يفترض مجتمعًا من البشر. هذا الذي ترينه حولك ليس مجتمعًا، هذا مستنقع. وهؤلاء ليسوا بشرًا، بل شيء بين البشر والحيوانات. وليس هناك حلول، لأننا هكذا. ربما كنا شيئًا أفضل في يوم ما، ربما كانت لدينا فرصة، لكن كل هذا انتهى. نحن نهوي إلى القاع، فكفي عن هندسة طريقة سقوطنا.

ـ هذا ما يقوله البؤساء من اليائسين ومحدودي الخيال. كل هذه الثورة كان يستحيل حدوثها لو صح كلامك، لو ظلت كل ضحية تلعق جراحها وتندب حظها بدلًا من البحث عن طريقة مبتكرة لمواجهة مشاكلها.

ـ ورأينا إلامَ قاد ذلك.

ـ قاد إلى هنا.

ـ طيب. الساعة تقارب التاسعة صباحًا وهذا الضوء يزعجني. دعينا ننام قليلًا.

ـ ننام قليلًا. لكن قبل ذلك أريد أن أريك بيانًا عمليًّا عما أقصده. لعلك تستطيع شرح الفكرة أفضل لهند صاحبتك وغيرها.

ـ لا أفهم.

تبتسم أمل وتشده ناحيتها وتبدأ في تقبيله. يستسلم متوجسًا. تستدير في الفراش حتى تصل بفمها إلى جزء يسجن القضاة مَن يذكر اسمه. عمر متهيب، وجزؤه الذي يسجن القضاة مَن يذكر اسمه لا ينتصب. تداعبه بأصابعها ثم بشفتيها، وتطلب منه مداعبة جزء يسجن القضاة مَن يذكر اسمه بشفتيه، وتضع إصبعه في جزء آخر يسجن القضاة مَن يذكر اسمه. ينتصب جزء يسجن القضاة مَن يذكر اسمه على الفور فتأخذه في فمها وتلعقه. يزداد انغماس فمه في جزء يسجن القضاة مَن يذكر اسمه وإصبعه ينغرز أكثر في جزء آخر يسجن القضاة مَن يذكر اسمه، فتوقفه بلطف وتستدير. تُدخل جزءًا يسجن القضاة مَن يذكر اسمه في جزء يسجن القضاة مَن يذكر اسمه برفق، وتقبله في فمه، لسانها يدور بفكيه ويعانق لسانه، وإصبعه لا يغادر جزءًا آخر يسجن القضاة مَن يذكر اسمه. تظل دقائق هكذا ثم تدفع جزءًا يسجن القضاة مَن يذكر اسمه خارجها وتمسك به ثم تدفعه بتمهل داخل جزء آخر يسجن القضاة مَن يذكر اسمه. تضع إصبعه على شفتَي جزء يسجن القضاة مَن يذكر اسمه وتريه كيف يداعبهما. حركة أصابعه على شفتي جزء يسجن القضاة مَن يذكر اسمه تدفع بها سريعًا نحو الذروة وتشهق وهي تأتي وهو يكتم صرخته وهو يأتي داخلها.

٥

حبيبة وشادي يذهبان إلى المشرحة

السبت، الثانية عشرة ظهرًا.

ـ صاحي؟

لم يرد. مدت يدها تتحسس شعره، ثم عنقه وكتفيه، وذراعيه. تحب ذراعيه. ثم مرت بيدها على ظهره. التفت إليها برأسه فوجدها تحدق فيه.

ـ خير؟

ـ جائع؟

ـ نعم، لكن خفت أقول.

ـ تعالَ ننزل نفطر.

ـ أين تريدين الذهاب؟

ـ «زوبا».

ـ ولِمَ نذهب؟ نطلب.

- أحب القعدة هناك.
- تحبين القعدة على الرصيف؟ ممكن نقعد أمام العمارة.
- يا إلهي على الظرف! أحب القعدة هناك، بكل ما فيها. كان مكاننا المفضل، «كريس» وأنا.
- تمام. لكن «كريس» ليس هناك الآن، وأنا لا أحب القعدة على الرصيف.
- ألا تريد تغيير الجو؟ المشي قليلًا؟
- أريد، لكن ليس لديَّ الطاقة الكافية. أفضل البقاء في الفراش. كم الساعة الآن؟
- الثانية عشرة ظهرًا. ماذا تريد للإفطار؟ فول وطعمية وبيض وخلافه؟
- أي شيء. سآكل ما تطلبين.
- سيد المرونة حضرتك. هل تريد شيئًا آخر؟
- لا.

ظل عمر مستلقيًا في الفراش. شعر بالضيق فجأة من دون سبب واضح. يحدث له هذا كثيرًا. فكر لحظات فيمَ ضايقه. كان نائمًا، يحلم، ثم صوتها، ثم شعرها، ثم الإفطار، كل هذا تمام. آه، الساعة هي التي ضايقته. ضايقه مرور الوقت؟ لِمَ بالضبط؟ سأل نفسه: هل يريدها نائمة بجواره تستمع إلى حكاياته طيلة الوقت؟ هل أعجبته اللعبة، أعجبه الاهتمام من هذه الجميلة الواثقة؟ هل يشعر أنه يفقدها الآن؟ أي جنون هذا، ستسافر هذه المرأة في المساء ولن يراها ثانية، فما الفارق؟ فكَّر في الرحيل مبكرًا: لِمَ عليه البقاء حتى موعد سفرها

هي؟ لِمَ عليه توصيلها إلى المطار؟ لِمَ لا يرحل الآن؟ أغمض عينيه وكأنه يحاول العودة إلى النوم، لكنه سمع صوتها آتيًا من الصالة:

ـ لا تظل مستلقيًا هكذا. قم واستحم يا شاب. افعل شيئًا!

ـ حاضر يا ماما.

ـ سأختفي لمدة ٢٠ دقيقة. لا تهرب.

ـ لن أهرب، غالبًا سأنام.

ـ سلام.

ـ هل لديكِ موسيقى؟

ـ السماعات على المنضدة. وصلها بتلفونك. هل هو مشحون؟

ـ نعم. شكرًا. اختفي بسلام.

قام عمر بعد أن سمع باب الحمام يغلق. فتح تلفونه، ضبط البلوتوث على ما افترض أنها سماعاتها، وبدأ يستمع إلى فيروز. رفع الصوت لأقصى درجة ممكنة، وقفز من الفراش ذاهبًا إلى الحمام الثاني.

أعجب عمر بوجود حمام ثانٍ. هذه إحدى مميزات الشقق الفاخرة التي يود لو كانت متاحة له. أعجبه الصابون والشامبو وبقية المستحضرات الكثيرة التي وجدها في الدش. المياه تتساقط على وجهه وهو يقلب علب المستحضرات المختلفة، محاولًا استنتاج ماهيتها أو استخداماتها. ما كل هذه؟ ماذا تفعل بها كلها؟ ومتى تستعملها؟ ألم تكن في السجن؟ من أتى بكل هذا؟ هل ستتركها وراءها وهي مسافرة؟ لم يرَ مثل تلك الكمية في حياته. في البيت لديهم صابونة وعلبة شامبو للشعر العادي، أحيانًا تظل فارغة حتى

يتذكر أحد شراء بديل لها، وحتى يحدث ذلك يغسل شعره بالصابون، أو بالماء. ظل تحت الماء الساخن كثيرًا حتى ملأ البخار المكان ولم يعد يرى. أغلق الدش وجفف نفسه وخرج، جاءه صوت فيروز وهو يفتح باب الدش:

طل وسألني إذا نيسان دق الباب
خبيت وجي وطار البيت فيِّي وغاب

أعد لنفسه فنجانًا من القهوة العربية.

بعدك على بالي يا حلو يا مغرور
يا حبق ومنتور على سطح العالي

جلس يرتشف القهوة، ثم أتى بسيجارة وجلس قرب النافذة يدخنها. مريحة هذه الشقة، وهذه النافذة، وهذا الهدوء الذي يسود الزمالك في صباح السبت. لا يريد الإقرار بذلك، هو الذي يجعل من كراهيته لأحياء الغنى وسيلة لمقاومة إغرائها. لكن أمل ليست غنية، ليست مثل أصدقائه المصريين قاطني الزمالك. أمل في الحقيقة لا تختلف عنه اجتماعيًّا كثيرًا، لكنها مجتهدة وحصلت على عمل جيد نتيجة مهارتها، ونتيجة كونها أمريكية. كان يمكن أن يكون في مكانها. الحقيقة أنه لو لا انهيار الشركة لأمكنه الانتقال للإقامة هنا. لكن الخالة مريم وليلى وارتباطهما ببين السرايات لم تكن لتدع ذلك يحدث. على العموم لا فائدة من هذه الأفكار الآن، فقد انهارت الشركة وتحول من خبير برمجيات إلى سائق تاكسي، وتاكسي أبيض وأسود.

لكن ماذا لو لم تكن أمل مسافرة الليلة؟

ماذا لو كان التقاها مبكرًا، منذ عام أو اثنين، عندما حضر ورش

العمل مثلًا؟ ماذا كان ليحدث عندئذ؟ هز كتفه لنفسه، غالبًا لا شيء. لم تكن هي لتنتبه إليه أو تهتم به، ولم يكن هو ليهتم بها غالبًا. كان كل منهما في طريق، وحين التقيا كانا ذاهبَين إلى أماكن أخرى، ومن ثَمَّ لم يتوقف أحدهما عند الآخر. لكن ماذا لو كانا قد توقفا، وتعارفا؟ طرد الفكرة من رأسه. لا فائدة من هذه الأسئلة العقيمة. لكن ماذا سيحدث الآن؟ قال لنفسه: «هذا ليس سؤالًا عقيمًا... بل هو سؤال عقيم. الذي سيحدث الآن أنها ستخرج من الحمام الآخر ثم سنتناول طعام الإفطار ونواصل الرغي أو نخرج أو ننام معًا مرَّة أخيرة ثم أوصلها إلى المطار وتنتهي القصة». قال ذلك لنفسه، بصوت عالٍ في سره، كأنما ليسكتها.

ظهرت أمل بفوطة زرقاء كبيرة ملتفة حول معظم جسدها، وهو غارق في التأمل فلم ينتبه في بداية الأمر. وقفت تنظر إليه لبرهة، مندهشة من صمته وغرقه في التأمل.

ـ مساء الخير.

انتبه عمر وابتسم بلطف. نظرت أمل باستغراب إلى لطف الابتسامة، وهي تمر أمامه. مد يده ليمسكها من خصرها لكنها تفادت يده وواصلت السير نحو غرفة النوم.

ـ جهز القهوة ومياهًا باردة وقطع الطماطم حتى يأتي الإفطار.

وواصلت المشي وهي تهز رأسها مستنكرة محاولته. تحرك عمر نحو المطبخ ثم عاد دون أن يفعل شيئًا. وقف بجوار النافذة وأشعل سيجارة أخرى وهو يتأمل هذه الحالة العائلية. قال لنفسه: «ما لك يا عمر؟ ما كل هذه الأفكار؟ توقف، توقف عن هذا». أطفأ السيجارة

وعاد إلى المطبخ لا لشيء إلا لإضاعة الوقت حتى تعود أمل. صوت فيروز يواصل الصدح من السماعات. خفض الصوت للنصف تقريبًا، ثم عاد ينتظر أمل بجانب النافذة. ظهرت أمل مرتدية تيشيرتًا برتقاليًّا وشورتًا أخضر زاهيًا، وشعرها المبلل مرسل على ظهرها. نظر إليها وقال لنفسه: «حلوة». نظرت إليه ورأت ما قاله لنفسه في عينيه، لكنها لم تعلق. أشارت إلى المنضدة:

ـ أين أشيائي؟

سألها عما طلبته، فقالت:

ـ فول وطعمية. معدتي لا تتحمل لكني أحاول ترويضها شيئًا فشيئًا. أين القهوة والمياه والطماطم؟

ـ فيمَ العجلة؟

نظرت إليه من دون رد، وتوجهت إلى المطبخ فتبعها. ناولته المياه وبدأت تخرج الطماطم من الثلاجة فبدأ هو يعد القهوة. جاء صوت فيروز من السماعات يبدأ أغنية «أنا وشادي» فتوقف عن إعداد القهوة وتوجه ناحية الصالة.

ـ إلى أين؟

ـ سأغير الأغنية.

ـ لِمَ؟

ـ لا أحبها.

ـ «شادي»؟

ـ تعرفينها؟

ـ طبعًا، وإن كنت لا أعرف كلماتها.

ـ لحظة واحدة.

ـ لا، لا تغيرها. قل لي كلماتها.

ـ لا.

ـ ماذا؟ لِمَ؟

ـ لا شيء، لكن لي ذكريات سيئة معها.

ـ آه، حكاية جديدة؟ هيا بنا: أسجل؟

ـ لا.

ـ أرجوك!

ـ لا.

ـ لِمَ؟

ـ هكذا. هل تريدين نكدًا على الصبح؟

ـ وهل يأتي منك غير هذا؟ طيب قل لي الكلمات فقط.

ـ حاضر.

ـ شكرًا. هاتها من الأول.

قام وأعاد الأغنية لبدايتها، وبدأ يترجم لها الكلمات:

من زمان أنا وصغيرة

كان في صبي ييجي من الأحراش

إلعب أنا وياه

كان اسمه شادي (...)

* * *

والثلج اجا وراح الثلج

عشرين مرَّة اجا وراح الثلج

وأنا صرت إكبر وشادي بعده صغير
عم يلعب عالثلج

- وما هي الذكريات؟ أنت شادي؟
- لا، أنا عمر.
- طيب من شادي إذن؟ احكِ! هذا هو التلفون. سجل.
- شادي صديقي، ابن عم محمد السائق الذي استأجر تاكسي أبي خلال العامين الماضيين.
- ومن هو عم «محمد السائق الذي...»؟
- سائق من الفيوم، وقابله أبي بالصدفة خلال عمله على التاكسي. عنده ولد وبنت، ومصدر دخله هو سيارة نصف نقل يعمل عليها، لكن الرزق شحيح في الفيوم، فالجميع فقراء، أو في حكم الفقراء، ولا حركة نقل كبيرة إلا في المواسم الزراعية، ومعظم الناس معارف وأصدقاء وأهل، فتضطر لمجاملتهم ونقل أشيائهم إما بالمجان وإما مقابل تكلفة البنزين، أو بالتقسيط، أو سلفًا. صحيح أنك أيضًا تشتري البقالة والفاكهة والخضار بالطريقة نفسها، لكنها كلها عيشة شحيحة ضيقة. والأولاد يكبرون. البنت لها احتياجات، وسيأتي يوم يجب فيه تزويجها، والولد كبر ودخل الجامعة، وهذه أمور مكلفة، فعم محمد لا يريد أن يخلفه ابنه في هذا الشقاء، خصوصًا أن الولد ذكي وسريع الفهم وخسارة يضيع عمره في السيارة نصف النقل. عم محمد لا يحب القاهرة، لكن أكل العيش مُر، ومن ثَمَّ جاء هنا بحثًا عن فرصة أفضل. في الأول عمل سائقًا خاصًّا لدى بعضهم، لكنه

لم يستطع المواصلة، فالراتب محدود ولا يفي بمصاريفه في القاهرة والمصاريف التي يحتاج إرسالها إلى أهله في الفيوم، وساعات العمل طويلة، والمعاملة سيئة، كأنك عبد عندهم لا سائق.

ترك هذا العمل واشتغل سائق تاكسي، وهنا التقى بفخر الدين، بالصدفة، في أثناء تناولهما الشاي في أحد المقاهي التي يجلس فيها سائقو التاكسي للراحة. تبادلا الحديث، فعرف منه فخر الدين قصته. عم محمد لم يكن يشكو، بل يحكي فقط. وعندما قال له فخر الدين شيئًا من باب التهوين عليه، رد محمد بجدية تامة حامدًا الله على نعمته، فالأمور مستورة، والدنيا تسير، وهذه حال الدنيا أن تتعبنا وتشاكسنا. أعجب فخر الدين، وتبادلا أرقام التلفونات، ربما يحتاج أحدهما مساعدة الآخر. وذات يوم اتصل به عم محمد يسأله لو يريد سائقًا يعمل على تاكسيه وردية أخرى بدلًا من تعطيل التاكسي نصف النهار. شكره فخر الدين واعتذر وقتها، لكنه تذكره وهو في السجن، وأعطى رقمه لليلى وطلب منها الاتصال به وتأجير التاكسي له إن كان يريد، وقد كان.

انتقل عم محمد للإقامة في بين السرايات. كان ذلك أسهل للجميع: السكن رخيص، وقريب من الجامعة التي يدرس بها ابنه، شادي، وفي الوقت نفسه يكون بجوارنا، وبالتالي يمكنه تسليم التاكسي واستلامه كل يوم من دون مشاوير وانتقالات طويلة. كان ذلك مطَمئنًا أيضًا لليلى والخالة مريم، وجود رجل

أو في إحدى الجماعات الإسلامية الأخرى، أو على الأقل يعيشون بأفكار وطريقة حياة مشابهة. حين قابلت شادي، لم يكن أيُّنا قد ذهب إلى السينما أو حتى رأينا فيلمًا في التلفزيون. قد تستغربين هذا، لكن صدقيني، هذا ما حدث. لم يكن أيٌّ منا قد تحدث مع فتاة على انفراد، أو حتى تحدث مع فتاة لا تمت له بصلة الدم. لم يكن أيٌّ منا قد رأى جسم امرأة، إلا في الصور. لم يكن أيٌّ منا قد لمس امرأة غير أمه أو من في حكمها. لم يكن أيٌّ منا قد قرأ كتابًا غير الكتب الشرعية وقصص الأنبياء وما في حكمها، والكتب المدرسية. لم يكن أيٌّ منا قد استمع إلى أغنية ـ أجنبية أو عربية ـ إلا عرضًا في وسيلة مواصلات حين يغير السائق مؤشر الراديو ويطول توقفه عند المحطة الخطأ. لم يكن أيٌّ منا قد رأى البحر. لم يكن أيٌّ منا قد سافر وحده. لم يكن أيٌّ منا قد ناقش أحدًا أو سمع نقاشًا في أمر خارج إجماع أهل السنة والجماعة.

ـ حبيبي.

ضمته أمل فجأة. ارتبك. واصل الحكي وهي تضمه، وهو لا يرد لها العناق حتى تركته شيئًا فشيئًا.

ـ وربما أهم من كل ذلك، لم يكن لأيٍّ منا أم. شادي أيضًا كان يتيمًا؛ قتل الأمن أمه بالرصاص في أثناء حملة للقبض على إرهابيين في قريته في منتصف التسعينيات. قيل إن أمه هي المخطئة، وإنها دخلت المنطقة التي كان الأمن يتبادل فيها إطلاق النار مع الإرهابيين على الرغم من تحذيرها، وقيل

غير ذلك. لكن الست ماتت في كل الأحوال، وتربى شادي يتيمًا، مع أبيه سائق نصف النقل، حتى تزوج امرأته الحالية وأنجب منها بنتًا. كانت زوجة أبيه امرأة طيبة، ولم تحاول التدخل كثيرًا في حياة شادي، وحاولت قدر الإمكان الحنو عليه، لكنْ كلانا كان يعرف أن هناك شيئًا ينقصنا، شيئًا نسمع عنه ولا نعرف ما هو.

أظن أن هذه المشتركات قربتنا. وفي الوقت نفسه، كانت هناك اختلافات مهمة في سلوك كل منا. كل من يعرفني يقول إني عدائي. شادي كان العكس: منبسطًا دومًا، مادًّا يده لغيره ومرحبًا، ودمثًا في تعامله، وله طريقة مدهشة في قول أصعب الأشياء بشكل يجعله مقبولًا من سامعيه. لا أفهم كيف يفعل ذلك، كأنه ساحر. كلانا يريد الابتعاد عن الناس قدر الإمكان، لكنه يستطيع فعل ذلك من دون الثمن الذي أدفعه عادة من صدام وشعور التعبئة الملازم له. كنت أرقبه بإعجاب وأتمنى لو استطعت تقليده، وحاولت لكني فشلت. دومًا ينتهي الأمر معي بتوتر مع الناس، أما هو فالعكس. اتلمينا على بعض، وبدأنا نجرب معًا اكتشاف الأشياء التي لا نعرفها: الناس الآخرين، البلاد الأخرى، الكتب، الأفلام، الأفكار المختلفة والحوارات، السياسة، وطبعًا البنات.

شادي كان في كلية الزراعة وعنده أحلام زراعية. استغربت أن يكون لأحد أحلام متعلقة بالزراعة، لكن هكذا كان الأمر. عائلة شادي فلاحون، في الأصل. أبًا عن جد يعملون في الأرض،

لكن عمرهم ما تملكوا أرضًا. جده الأكبر أتى إلى الفيوم من عشرات السنين هربًا من شظف العيش وقلة الرزق في الصعيد. مزارع أجير، كان هذا الجد يعمل عدة أشهر في السنة وبقية العام يبحث عن أكل عيشه لدى أي مقاول أنفار، ويعد نفسه محظوظًا إن وجد عملًا لمدة يوم كل أسبوع، أو حتى نصف يوم. ذهب إلى الفيوم بمحض الصدفة، ووجد عملًا أكثر استقرارًا هناك، وتزوج بنت فلاح مثله، وهكذا ظهرت عائلة شادي إلى الوجود. عائلة كاملة من الفلاحين الأُجراء، أو العمال الزراعيين إن شئت. الجد الأكبر استمر أجيرًا بالزراعة حتى مات، وكذلك ابنه، ثم حفيداه ـ أبو شادي وعمه. عم شادي سافر إلى السعودية وعاد ببعض المال الذي اشترى به قطعة أرض صغيرة، نصف بائرة، وعمل في زراعتها إضافة إلى عمله كأجير. أما عم محمد، أبو شادي، فقد تمرد على الزراعة وأصبح سائقًا مثلما حكيت لك. والآن شادي، الحفيد الأصغر لعائلة الأُجراء هذه، يريد أن يصبح مزارعًا، أو بالأدق يريد إنشاء مزرعة.

قال شادي إن مفهوم الزراعة تطور في العالم كله، وإن مزرعته ستكون أشياء كثيرة إضافة إلى الأرض المزروعة. مبدئيًّا، يريد زراعة معظم هذه الأرض بالزهور، وبالأعشاب التقليدية التي تدخل في صناعة الأدوية، وتربية الدواجن والحيوانات والنحل، وأهم من ذلك كله، جعلها منتجعًا سياحيًّا لمن يريد قضاء عدة أيام ـ أو أسابيع ـ في وسط ريف حقيقي. قال شادي إن هذا المفهوم موجود في العالم كله: شاليهات صغيرة،

مزودة بوسائل الراحة، بسيطة، وسط مزارع بحيث لا يرى قاطنها سوى الأرض الزراعية، تؤجر باليوم أو الأسبوع، ويمكن لقاطنها المشاركة في أعمال المزرعة إن أراد، بحيث يعيش التجربة الريفية بالكامل.

لم يكن شادي يمزح، وأكد أن هناك منتجعات سياحية مثل هذه في العالم كله، وناجحة. وحين تسألينه كيف سيحصل على الأرض، وكيف سيزرع زهورًا وأعشابًا في أراضٍ قاحلة كتلك المتوفرة بالفيوم، ومن أين سيمول كل هذا، يضحك، ويقول إن لكل شيء حلًّا. تقنيات الري والزراعة الحديثة تسمح بكل شيء تقريبًا، وما لا تسمح به اليوم يصبح ممكنًا في الغد، والأراضي كثيرة في الفيوم وفي مصر كلها. كل المطلوب هو المعرفة، والتعلم، ورأس مال صغير يبدأ به، ممكن قرض، وبالاشتراك مع شباب آخرين ليس وراءهم شيء سوى الأحلام مثله يمكنه إنشاء المزرعة. حلم شادي به تعقيدات أكثر، مثل الطريقة التي سيسوق بها منتجات المزرعة، ونوعية الزراعات، والحيوانات التي سيربيها، والعمال الذين سيشاركون في المزرعة، وعائلاتهم، وهكذا. كنت أسخر منه، أقول له إن هذا الحلم يشبه أحد أمرين: «يوتوبيا توماس مور» أو «مزرعة شمال الخرطوم» التي أنشأها أسامة بن لادن، وشادي يسخر من سخريتي ويقول إنها ستكون «وادي سيليكون» زراعي، ويعد بأن يريني، بعد أن ينهي دراسته في كلية الزراعة ويجد الفريق الذي سيشترك معه.

شادي الوحيد الذي يعرف عني كل شيء تقريبًا، وأظن أني أيضًا أعرف عنه كل شيء. حكيت له عن فقداني للإيمان بالتدريج في «مزرعة شمال الخرطوم»، وعن كراهيتي للجماعات الإسلامية بأنواعها. وتفهم، على الرغم من اختلافه معي. هو رأيه أني ملحد، لكن الحقيقة أني لست ملحدًا بالضبط: أنا غير مهتم بالموضوع من أساسه. شادي لديه شكوك، وأسئلة لا يعرف لها جوابًا، لكنه يرى المسألة أكبر وأهم من إهمالها. هو لم يعد يستطيع الجزم بوجود الله بالمفهوم الذي تربى عليه، لكنه لا يستطيع الجزم بعدم وجوده، ولا يستطيع تجاوز المسألة. «لا بد من العثور على الحقيقة، لا بد من العثور على الإجابة، على اليقين»، هذا ما يردده في كل مرَّة يفتح فيها هذا الموضوع، وأنا أسأله ماذا لو لم يكن هناك يقين، فيرد عليَّ: «نبقى ضعنا والحمد لله». أقول له إننا ضعنا منذ زمن، وينتهي الموضوع بالنسبة إليَّ. لكنه يواصل البحث، ويظل يرسل لي كتبًا وعناوين لمواقع ومجموعات نقاش وروابط لفيديوهات مناظرات ومحاضرات ومهاترات لا نهاية لها.

أظن أن شادي غير مؤمن، مثلي بالضبط، لكن شعوره بالذنب لا يسمح له بالإقرار بالموضوع. أحيانًا أقول له هذا، وأسأله كيف يمكن أن يحاسبنا الله، إن كان موجودًا، على إعمال العقل الذي وهبنا إياه. ساعتها يغلق باب عقله ويعود إلى الأوامر الدينية فيما يجب إعمال العقل فيه وما يجب التسليم به إيمانًا، وهوى الشيطان وأنفسنا، وهكذا. ولكن قبول الأوامر الدينية يعتمد

على قبول الفكرة الأصلية، التي تحتاج إلى العقل، وهكذا، ندور في حلقات مفرغة.

لم تكن صداقتنا ناديًا للنقاش في الأمور الدينية، بل امتدت إلى كل شيء. اكتشفنا القاهرة بكل ما فيها معًا، شيئًا فشيئًا وبما يناسب شخصين آتيين من المريخ مثلنا. مسلسلات التلفزيون التي لم نكن نعرف عنها شيئًا. المسرحيات. الأفلام القديمة وأفلام السبعينيات والثمانينيات والتسعينيات. الأغاني. الروايات والكتب. كل شيء. كنا نبتلع هذه الأشياء كلها وكيفما اتفق، من دون ترتيب. ثم قامت الثورة، فانفجرت المدينة أكثر، بناسها وشوارعها وبيوتها ومغامراتها وحوادثها وفنونها وكل شيء فيها. تعرفت أنا العدائي على ناس من كل الأشكال والألوان، في حين ظل أصدقاء شادي من الإسلاميين بأنواعهم: من الجهاديين إلى السلفيين إلى الإخوان إلى تاركي الإخوان إلى أصدقاء الإخوان وجيرانهم ومحترميهم ومتفهميهم. أنا صراحة لا أحبهم ولا أطيق صحبتهم: دمهم ثقيل خصوصًا حين يحاولون الاستظراف. وشادي طول الوقت يحاول إقناعي بنظريات لانهائية حول تطور علاقة الإسلاميين بالسياسة، وكيف أن الحركة الإسلامية في جوهرها حركة احتجاجية تسعى إلى الحرية. لم يؤثر هذا على صداقتنا، بالعكس. لم يكن لهذه الاختلافات في الرؤى مغزى كبير. لا أنا ولا هو كنا منخرطين فعليًّا مع أي من التيارات السياسية المتصارعة. هو كان أكثر دراية بالإسلاميين وما تعتمل به

[illegible]

[illegible]
[illegible]
[illegible]

[illegible]

[illegible]
[illegible]
[illegible]
[illegible]
[illegible]
[illegible]
[illegible]
[illegible]

[illegible]
[illegible]
[illegible]
[illegible]
[illegible]
[illegible]
[illegible]

[illegible]

ـ ماذا تقصدين؟

ـ أقصد أنه طري.

ـ يعني، لا يحب المواقف الحادة ولا المواجهات، دمث الخلق، طيب. لكن غالبًا ما يأخذ مواقف حادة، عادة على الإيميل أو تويتر، ثم تستمر.

ـ أكمل، وحبيبة؟ ماذا تعمل في حياتها؟

ـ حبيبة طالبة في كلية الآداب، قسم الاجتماع، بالفرقة الأولى. حاولت الالتحاق بقسم اللغة الإنجليزية لكن تعاليم الكلية لا تسمح لأمثالها بذلك، فانتهى بها الأمر في قسم اجتماع، الذي لم تكن تعرف عنه الكثير قبل ذلك، وظلت لا تعرف عنه الكثير حتى نهاية العام الأول، حين التقت شادي. حبيبة فتاة فقيرة، من كفر طهرمس، وملتزمة بتعاليم الدين عن اقتناع وحب، ومتفتحة العقل والروح. التقينا بها أنا وشادي عدة مرَّات من دون أن ألحظها. وفي المرَّة الرابعة هز شادي رأسه لها، وحين سألته من هي، قال إننا رأيناها عدة مرَّات في فعاليات مختلفة. ثم اختفت من شاشة علاقتنا حتى أخبرني شادي ذات يوم أن «هناك موضوعًا». فوجئت الصراحة؛ لم تكن حبيبة تمثل صورة الفتاة التي أتصورها لشادي، لكن شادي كان سعيدًا بها ويكاد يطير من الفرحة، وظل يشرح لي النور السماوي الذي يشع من وجهها حين يراها، ونظرة عينيها التي تنفذ إلى قلبه مباشرة، ورشاقة حركتها وخفة دمها وسحرها، وفهمها لما يختلج في صدره قبل أن يقوله، وإتمامها

للجمل التي يبدأها، وغير ذلك من الأشياء التي لا يراها غير المحبين. لم أرَ نورًا ولا سحرًا، لكني فهمت أن صديقي وقع في الحب وانتهى أمره، فباركت له.

انطلق شادي وحبيبة سريعًا، وكأنما كان كل منهما ينتظر الآخر وتعرف عليه فور رؤيته له. صارحها شادي بشكوكه وفهمتها وتفهمتها، لكنها قللت من درامية الموضوع، وحين قال إنه ليس متأكدًا من إيمانه بالله ضحكت، وقالت له إنه مسلم ومؤمن «غصب عن عينه»، وإن هذه الشكوك والأسئلة لا تفسد إيمانًا ولا تخرج من ملة، وإن الرسل أنفسهم كانوا يسألون أسئلة مثلها.

ـ وهو طبعًا ابتلع شكوكه وسار وراءها.

ـ كفي عن المقاطعة! انتظري حتى أنتهي وإن كان لديكِ سؤال اسأليه عندئذ!

ـ حاضر.

ـ صارحته حبيبة بظروفها الاجتماعية: قلة المال، وكثرة الإخوات، وعمل الأم، ومرض الأب، والشقة بالإيجار الجديد، والأعمال البسيطة التي تقوم بها من وقت إلى آخر كي تساعد أهلها ونفسها. فأحبها شادي أكثر.

لا أدري كيف أشرح لك أثر كل منهما على الآخر، فالأمر يصعب شرحه بالكلمات ـ يجب أن تعرفيهما وتريهما كي تفهمي. صار شادي إنسانًا أفضل منذ ظهرت حبيبة في حياته: كأنه هدأ، كأن نفسه كانت أجزاء مبعثرة والتأمت مع بعضها،

تركيزه زاد، صبره زاد، إقباله على الحياة زاد، ابتساماته كثرت، استعداده لمساعدة الناس زاد، قدرته على الاستيعاب زادت، شجاعته وإقدامه زادا. ولم ينقُص منه شيء: لا صداقته معي تأثرت، ولا قام بأي من الحركات الخائبة التي يقوم بها الشباب التافه حين يصاحب فتاة، ولا حتى أسئلته الوجودية والفكرية توقفت. لم يحاول تغطية شكوكه أو تجاهلها إكرامًا لحبيبة، بل زاد اهتمامه بالبحث عن إجابات حقيقية، وبثقة أكبر. هل أجبت عن سؤالك الآن؟

ـ بشكل ما، لكن هذا ما ظننته، نحى شكوكه جانبًا وسار خلف البنت الوحيدة التي ابتسمت له.

ـ أنت فظيعة فعلًا! لا يا سيدتي، أنتِ مخطئة. حبيبة ألطف بنت رأيتها في حياتي. حتى أنا تقبلتها وشعرت كأنها صديقتي وصديقة شادي من يوم ما عرفته. كانت تتصرف كأنها محاميته، وكيلة أعماله، صديقته، المسؤولة عن سلامته ومستقبله، كل هذا بلطف ومن دون محاولة للاستئثار به أو عزله عن أصحابه. بدون مبالغة التصقت حياتاهما وروحاهما، وأصبح مفهومًا لنا جميعًا أنهما سيعيشان معًا ويتزوجان ويكونان أسرة حالما تسمح ظروفهما بذلك.

ـ وطبعًا لم يحدث بينهما شيء حسي.

ـ لا، لم يحدث، فالتزام حبيبة الديني والخُلقي أقوى من كل شيء، بما في ذلك مشاعرها. ظلا عامًا كاملًا يتناقشان حول ما إذا كانت ستسمح له بإمساك يدها، وفي العام الثاني، عام

إمساك اليد، لم تتركه يتخلل أصابعها بأصابعه، لأن ذلك وفقًا لها يفتح بابًا أكبر. ومن ثَمَّ كان يمسك بيدها كلها على بعضها ولا تسمح له بتحريك يده حتى تسحب يدها هي. هكذا. طبعًا كانت مشاعرهما هما الاثنان أقوى من كل تلك القيود.

ـ هذه حالة تسامٍ تقليدية: ألف باء علم نفس.

ـ لا تسامٍ ولا غيره. رغبة شادي فيها وحبه لها كانا عارمين بدرجة لا يمكنه السيطرة عليها. كان يكفي أن يقول لها «باحبك» في التلفون وترد عليه بمثلها، خمس أو ست مرَّات حتى يأتي، وتأتي هي الأخرى. صدقيني، والله هذا ما حدث. أنا سمعته مرَّة بنفسي من الغرفة المجاورة.

ـ لا داعي للقسم. أصدقك.

ـ لكنكِ تضحكين. ربما لا تفهمين هذا. ربما هو الفارق بين ثقافتين.

ـ خليك في الحكاية ودعك من التحليل الثقافي.

ـ طيب. هكذا كان حبهما، وهكذا كان تمسكها بمبادئها واحترامه لهذه المبادئ. الحقيقة أن شادي احترمها أكثر بسبب ذلك، فهو في نهاية الأمر شاب محافظ ولن يتزوج بفتاة تنام معه من دون زواج. شكوكه حول الدين لا تعني انفكاكه من الأخلاق التي تربى عليها في القرية التابعة لمدينة الفيوم. ومن ثَمَّ كان كلاهما يحترم هذه القواعد، ويشعران بالذنب هما الاثنان حين يأتيان بعد مكالمة «ملتهبة» مثل تلك التي وصفتها لك، لكنه ذنب لا يعيبهما في نظر بعضهما البعض.

المهم، انخرطت حبيبة مع شادي وبقية أصدقائهما في الحياة التي عشناها جميعًا في تلك السنوات، في وسط البلد وحولها، في الفعاليات الفنية والثقافية، في السياسة ومظاهراتها وحوادثها ومآسيها، وفي الجامعة ودراستها وحكاويها. لم تكن حبيبة عضوة في أي من التنظيمات الإسلامية، مثلها مثل شادي، لكن إيمانها بأن الإسلام يشكل الإطار الأمثل والواجب للحياة الخاصة والعامة لا يتزعزع. تختلف مع هذه الجماعة أو مع هذا التنظيم في هذا الموقف أو ذلك، ترى فيهم جمودًا وأحيانًا تخلفًا، تعترض على أساليبهم التي كثيرًا ما تكون منفرة، وتنأى بنفسها عن تفسيراتهم لهذا الأمر أو ذاك، وتسخر من جمودهم وخلطهم التقاليد البالية بالتعاليم السماوية التي تجب الزمان والمكان، لكنها في نهاية الأمر ترى المستقبل والنجاة في هذا الطريق. بشكل من الأشكال، كانت حبيبة أفضل إسلامية يمكن لشخص مثلي مقابلتها، وتقول عني إني أفضل علماني يمكن لإسلامي مقابلته. وشادي ظل تائهًا يبحث عن الله بعقله وقراءاته، ولكن قلبه ساكن في عالم حبيبة. ظللنا هكذا حتى تخرج شادي في الجامعة في صيف ٢٠١٢ وبدأ بالفعل في تنفيذ مشروعه.

ـ المزرعة؟ فعلًا؟

ـ فعلًا. نجح شادي في تكوين فريق: عشرة من الشباب من خريجي كلية الزراعة والحقوق والتجارة ـ وحبيبة ـ أعجبتهم الفكرة ولم يكن لديهم شيء أفضل يفعلونه. أعدوا مشروعًا متكاملًا،

وتقدموا بطلب للحكومة لتخصص لهم خمسين فدانًا يبدأون المشروع عليها، وفي أغسطس التقوا بالوزيرين المختصين اللذين وافقا على طلبهم، ومهراه بتوقيعهما المهم، وخرجوا من مكتبهما والفرحة لا تسعهم، ووعدهم مدير مكتب الوزير الثاني بإنهاء الإجراءات في أسرع وقت.

وطبعًا لم يحدث شيء. ابتلعت الوزارتان المشروع، مهندسًا بعد مهندس، ومديرًا بعد مدير، ووكيل وزارة بعد آخر، ولجنة بعد أخرى، ثم لا شيء. كان موضوعًا مضحكًا: حكومة إخوان، والوزير موافق، ولا شيء يتم. وشادي يلوم البيروقراطية «القادرة على امتصاص أي تعليمات وابتلاعها حتى لا يبقى منها أثر». أسأله: «ألا يستطيع الوزير إصدار تعليمات ليسرعوا؟»، فيقول: «طبعًا، وهم يتلقون هذه التعليمات، فيحيلوا الأمر إلى لجنة ما لدراسة أحد جوانبه، أو يحيلوه إلى الوزارة الأخرى لاستيفاء إجراءات ما. فيجب أن تتسق الأمور مع اللوائح والقوانين، وإلا لن يوقع المدير الفلاني، ورئيس القطاع العلاني، والمستشار القانوني، وهكذا». ثم لا شيء. عم محمد، أبو شادي، قال إن الموضوع يحتاج رشوة، ما يسميه «حلاوة»، للمسؤولين عن القطاع في المحافظة، وفي الوزارة. يقول إنهم لن يتعاونوا ما لم يكن لهم مصلحة في الموضوع. لكن شادي ثار: كيف يمكن أن يقدم رشوة ليحصل على أرض خصصتها لهم الدولة؟ عم محمد يبتسم ويقول إن موظفي المديرية من الوزارتين يتلقون رواتب تافهة، ويعتمدون على هذه «الحلاوة» كي يعيشوا.

وطبعًا لم يدفع شادي وشركاه، وظلوا يشاكسون ويناكفون شهورًا حتى تمكنوا فعلًا من إنهاء الإجراءات والتغلب على كل العقبات. لكنهم عندما ذهبوا لاستلام الأرض فوجئوا بوجود رسوم استلام وتسجيل لم يكونوا على علم بها: خمسين ألف جنيه، ألف عن كل فدان. يعلم الله كيف جمعوا هذا المبلغ، وفي غضون أسبوعين فقط. المهم، سددوا الرسوم في مكتب البريد في أول مايو، وكان المفترض أن يتسلموا الأرض، بآبارها، فورًا، واتفق شادي مع حبيبة على الزواج في نهاية العام، حين ينتهون من وضع تجهيز الحاويات التي سيعيشون فيها أول عامين وينتقلون، العشرة، للإقامة هناك.

بعد سداد الرسوم مباشرة ذهبوا للقاء الوزيرين وشكروهما، واكتشفوا عرضًا، في لقائهم مع أحد الوزيرين، أنه لا يوجد رسوم ولا يحزنون. الموضوع كله سرقة من جانب الموظفين في المنطقة التابعة لها الأرض.

ـ كيف؟ ألم يسددوا الرسوم بشكل رسمي؟ ألم تقل إنهم دفعوا في مكتب البريد؟

ـ الفريق المحلي كله كان جزءًا من عملية النصب. موظفو الوزارتين وموظف مكتب البريد. حوالي عشرة أشخاص. الوزير استشاط غضبًا، وصمم على إحالتهم جميعًا إلى التحقيق. وقد كان، على الرغم من محاولات مدير مكتبه، ورئيس القطاع، والمستشار القانوني، ومدير المديرية. كلهم تعاطفوا مع الموظفين الغلابة: عشرة أشخاص، لا يرون الجنيه

إلا في المناسبات، مرتباتهم لا يمكن أن تكفي ولا أسبوع واحد من مصاريفهم، وبالتالي مضطرون لاستكمال دخلهم. الآن، خمسة آلاف لكل موظف، مرَّة كل كم سنة، ليست نهاية العالم، ولا هي أس الفساد، وتحويلهم إلى التحقيق سيشردهم ويشرد عائلاتهم. لكن كل المحاولات راحت هباء، وصمم الوزير على إحالتهم إلى النيابة وليس فقط التحقيق الإداري.

وقد كان، وأول ما فعلته النيابة هو إخلاء سبيلهم بضمان عملهم، ووقف عملية تسليم الأرض للشباب لمراجعة قانونية الموضوع برمته. كان ذلك في منتصف يونيو ٢٠١٣.

- ثم؟

- ثم لا شيء، ما زال الموضوع أمام النيابة الإدارية.

- والشباب؟ وشادي؟ وحبيبة؟

- يونيو ٢٠١٣! هل يذكرك هذا التاريخ بشيء؟

- يا إلهي!

- بالضبط.

- طيب، ممكن نأخذ راحة؟ أين «زوبا»؟

- لا، لا، ابقي. القصة أقصر مما تظنين.

دق جرس الباب.

- الحمد لله. «زوبا». تعالَ نأكل وبالمرَّة أشحن التلفون.

- لا، هاتي الطعام منهم وعودي. دعينا ننهي هذه الحكاية ثم نأكل.

- كما تشاء.

قامت وعادت بعد دقائق قليلة، وقفزت في الفراش من جديد:

- الأكل على المنضدة. تفضل يا مولاي: كلي آذان صاغية.
- حين حدث ما حدث، انتهى الأمر بشادي وحبيبة في اعتصام رابعة.
- انتظر. لِمَ ذهب؟ ألم تقل إن لديه شكوكًا في المسألة الدينية، وإنه تقريبًا غير مؤمن؟
- ذهب لأن حبيبة ذهبت، ولأن كل أصدقائه تقريبًا كانوا هناك.
- وهو سائر هكذا خلف حبيبة طول الوقت؟
- ماذا كان بوسعه أن يفعل: يتركها تذهب وحدها؟
- أو تبقى هي معه.
- لا لم يكن هذا واردًا. حبيبة مدرعة بشرية: ما دامت تؤمن بشيء فلا يستطيع أحد إيقافها.
- ولا شادي؟
- شادي لم يكن حتى ليحاول.
- فتبعها هو؟
- لم يكن أمامه حل آخر.
- ألم أقل لك إنه طري؟
- ما هذا؟ من أين هبط عليكِ الانحياز لقوة الرجال هذا؟
- ليس انحيازًا، مجرد ملاحظة. طيب لماذا لم تذهب أنت وأصدقاؤك هناك؟
- لم أذهب، بالطبع، مستحيل. أنا أعرف هؤلاء الناس. ليس ذلك فحسب، بل إني حين رأيت فيديوهات من يخطبون على منصة رابعة قررت الذهاب لانتزاع صديقي من هناك. رأيت

والتلفزيون، وقلت في سري ما أقوله في هذه الأحوال. لكن لأن أصحابي ذهبوا إلى الميدان فقد ذهبت معهم أحيانًا. حملت طعامًا وبطاطين للمعتصمين في التحرير، ثم في كل المناسبات الأخرى، من باب الصداقة.

لكن الأمر اليوم مختلف. الموضوع ليس آراء وتحليلات. هذا هو الشيخ حمزة، الذي لا يفهم سوى السيف والبندقية ولا يقف عند شيء. وهذه هي قوات الأمن، التي لا تفهم سوى السيف والبندقية ولا تقف عند شيء. ليس الأمر قضية كبرى الآن، بل إنقاذ لصديقي من البراثن التي أعرفها جيدًا. ذهبت بالفعل إلى رابعة. شادي كان محبطًا من كل شيء، وغاضبًا أشد الغضب بعد مسلسل تخصيص الأرض ونصب الموظفين وتعطيل النيابة وكل هذا، وقال إن الحال لن تنصلح إلا بإزاحة كل هذا. حبيبة طبعًا كانت أشد تأييدًا للاعتصام وضرورة «المقاومة». حاولت كل ما في وسعي لإقناعهما بالمغادرة. كان هذا في أول أغسطس. دار بيننا حوار طويل، ربما أطول حوار دار بيننا، بلا فائدة.

ـ ماذا قلت لهم؟

ـ حوار طويل، لا شيء فيه سيفاجئك.

ـ أريد أن أعرف.

ـ حوار، سياسة.

ـ يا سيدي قل وخلص.

ـ قلت لهم: «هذا اعتصام سياسي، دعا إليه وينظمه جماعة سياسية

لها أهداف سياسية؛ جماعة فقدت الحكم لأي سبب كان وتريد استرداده. وأنتم أدوات هذا السعي، أنتم مخالب الجماعة، ومن ثَمَّ عليكم تقرير ما إذا كانت عودة الجماعة إلى الحكم في هذه الظروف هي ما تريدونه حقًّا». سخروا من كلامي وقالوا: «لقد قرأنا هذه المقالة نحن أيضًا وحفظناها. لكن الحقيقة أن ما يحدث يعني نهاية فرصتنا جميعًا في الحرية والتغيير إلى الأفضل». سألتهم كيف يتصورون أن حكم الإخوان أفضل، بعد كل ما ارتكبوه من خطايا، وتناقشنا طويلًا حول حكم الإخوان، ونواياهم الحقيقية، ومن الذي استغل من، ومن الذي ركب على أكتاف من، ومن الذي تنكر لمن، ولم نصل إلى شيء. سألتني حبيبة في تهكم إن كنت أنا أيضًا أصدق قصص السلاح الذي يملأ الاعتصام، والصواريخ والكاتيوشا والمضادات الأرضية. قلت لهم إنهم مسلحون وإن لم يحملوا سلاحًا؛ فكونهم عزل ومدنيين يسلحهم بسلاح لا قبل لأحد بمواجهته. قلت لهم إن الذين أرسلوهم إلى الاعتصام يعلمون ذلك. يدفعونهم في الأمام لأنهم يعرفون تكلفة إطلاق النار على مدنيين عزل، ومن ثَمَّ ينالون إحدى الحسنيين: إما لا يقوى رجال الأمن على قتلهم لأنهم عزل أبرياء، وبالتالي تنكسر قوة حاملي السلاح وينتصرون هم، أو يقتلهم رجال الأمن فعلًا وتصبح هذه مصيبة كبرى يفضحونهم بها ويطاردونهم مدى حياتهم باستخدامها. وفي الحالتين ينتصرون، «لكن الثمن حياتكم أنتم، وأنتم تعلمون أن رجال الأمن سيطلقون عليكم النار،

وأنهم لا يأبهون بحياتكم، ومن خلفهم ملايين لا تأبه بحياتكم بل وتكرهكم». قلت لهم ألا يضحوا بحياتهم كالخراف في معركة بين جماعتين سياسيتين: لا أحد من الطرفين إبراهيم، ولم يأتِ أيهما وحي من الله، ولا أنتم إسماعيل، ولن يرسل الله خرافًا يفديكم بها في اللحظة الأخيرة.

ضحكوا، وقالوا إني أنا الخروف، أنا المستسلم دومًا، وقالت حبيبة إني لا أفهم ما يحدث في الميدان، ولا أفهم إلى أي مدى يستعد المعتصمون للشهادة، وإن وقوفهم بصدورهم في وجه الرصاص أشرف ما ينالونه، ودمهم لن يلطخ سوى أيدي قاتليهم. دار الحديث ودار، واستمر من الصباح إلى المساء. خرجنا وأكلنا وعدنا. وفي محاولة أخيرة لإقناعهم شرحت لهم قصتي في الخرطوم، مع الشيخ حمزة وبقية الفرقة، بالكامل. شرحت لهم حياتي مع أبي في صفوف الجهاديين في «مزرعة شمال الخرطوم»، من مسح عقول الأطفال ومشاعرهم حتى قتل الخارجين عن طاعة الأمير. هؤلاء الناس هنا، قلت لهم، هؤلاء القتلة موجودون هنا في الاعتصام. هل هؤلاء هم من تريدون إعادتهم إلى الحكم؟ هزوا أكتافهم، وقالوا إن هناك أخطاء ومجرمين بين كل الأطراف، وسألوني عن القتلة في الجانب الآخر، واحدًا واحدًا وبالاسم، وعن الفارق بين هذا وذاك، واستمر الكلام، واستمر الجدل، وبدأت أفهم أين يتجه مجرى الحوار، بدأت أعرف ألا فائدة. القضايا الكبرى مرَّة أخرى. وقلت لهم بصوت عالٍ هذه المرَّة: «كسم القضايا الكبرى فعلًا».

ـ وظلا بالاعتصام؟

ـ ظلا. لكن ليلة الفض، حين بدأت القيادات في الرحيل، ذهبت للاعتصام مرَّة أخرى لأنتزع شادي من هناك ولو بالقوة. وجدت حالته مختلفة: مكروبًا ومشوشًا. وبالفعل قال إنه لم يعد يفهم ما يجري، ويشعر أنه يتم التلاعب به، وأن الكل باطل والأبرياء يموتون بلا جدوى، وأنه يريد الرحيل لكن حبيبة ترفض. حبيبة كانت مكروبة هي الأخرى، لكنها ردت على التشوش الآتي من الواقع بالانغماس أكثر في مبدئية موقفها. رفضت الرحيل، وقالت: «حين تختلط الأمور إلى هذه الدرجة، حين يختلط الحق بالباطل وتصبح كل الأفكار قابلة لحمل كليهما بنفس القدر، فليس أمام المؤمن أو من يريد اتباع الحق سوى أن يفعل الصواب، لا الانغماس في تحليلات معقدة». قالت: «أنا هنا، لأن لي حقًّا، وأنا أطالب به، وليس من حق أحد الاعتداء عليَّ لمطالبتي به. الأمر بهذه البساطة. مَن الذي دفع مَن إلى تحقيق أي هدف؟ لم أعد واثقة، ولا يهم. سأقف هنا وحدي ولو أتت القوات المسلحة كلها غدًا. ليقتلوني إن شاءوا، ليقتلوني قصدًا أو عرضًا أو خطأً أو إهمالًا أو نقص تدريب أو إجرامًا، لا يهم، سيحاسبهم الله الذي خلقهم على قتلي، وسيبين الحق من الباطل عندئذ، كما يبرأ الثوب الأبيض من الدنس، ولن يسعفهم التنظير ساعتها ولا التحجج بهذا وذاك».

حاولت. قلت لها ما قلته من قبل، أنها تقامر بحياتها. قالت إنها لا تريد الحياة في مجتمع لا يعرف الحق من الباطل، ولا يتبع

الحق حين يعرفه، هذه حياة لا تلزمها، والموت في سبيل فكرة، في سبيل حق، في سبيل مبدأ، خير ألف مرَّة لها من الحياة في وسط العفن. قالت: «خلص الكلام»، وظلت جالسة في مكانها، ترتعش قليلًا. وضع شادي ذراعه حولها فأجهشت بالبكاء على صدره. وفهمت أن الأمر قد قضي، فرحلت عائدًا إلى بين السرايات.

كنت متأكدًا من استحالة رحيل شادي من دون حبيبة. غادرت في تلك الليلة على أن أعود في الصباح للاشتراك مع شادي في إقناع حبيبة أو انتزاعها من المكان حين يبدأ الفض. وبالفعل، عدت في الصباح، في الوقت نفسه تقريبًا الذي بدأ فيه الفض، ووجدت شادي وحده يبحث عن حبيبة. طلب مني الانتظار عند باب مبنى صغير خلف المسجد مباشرة، وذهب لمواصلة البحث عنها. اختفى ساعتين كاملتين، حاولت خلالهما العثور عليه مرَّة أخرى لكن الهرج والمرج اللذين سادا، وانتشار الغازات والدخان والصراخ، وصوت الطلقات الآتي من كل الجهات، جعل محاولات البحث عن أيهما عبثًا. عدت إلى الباب الذي تركني شادي عنده، وبعد قليل بدأت الجثث في المرور من أمامي. يهرول شخصان أو أكثر وهما يحملان جثة، أو جريحًا، لم أكن متأكدًا، ثم يأتي آخرون. في البداية كان معدل مرور قوافل الموتى منخفضًا، ثم تسارع حتى صار سيلًا، كأني واقف في نهر من الجثث. بعد قليل سرت في مسار الجثث هذا لأعرف إلى أين يفضي، ووصلت إلى غرفة كبيرة تدخلها الجثث

ولا تخرج. عند الباب وجدت رجلين يسيطران على الدخول. رمقاني شزرًا قبل أن أتحدث. سألتهما إن كان هؤلاء قتلى أم جرحى فأجابا بجفاء أنهم «شهداء عند الله يرزقون». سألتهم إن كانوا يعرفون هوية الموتى، فأومأ أحدهما مخرجًا حزمة من بطاقات الرقم القومي، واضح أنها تخص هؤلاء القتلى. سألتهما بتردد عن شادي وحبيبة، فتململ الرجل وقال إن هذه غرفة للرجال فقط، وجثث النساء خلف مبنى آخر أشار إليه. بعد لأيٍ قبِل الرجل فحص البطاقات التي بحوزته، ولم يجد بطاقة شادي فيها. ظللت بالباب وأنا أغرق تدريجيًّا في حالة من عدم التصديق لما يجري حولي. الأمر كله كان يشبه الكابوس. أنظر إلى يديَّ من وقت إلى آخر وأحركهما لأتأكد أني يقظ، وأن هذه الأشياء التي أراها تحدث فعلًا. القتل ليس بجديد عليَّ، لكن ليس بهذا الحجم، والعشوائية. بدأت الحركة تشتد على باب الجثث هذا، ودفعتني أيادٍ فتحركت من مكاني ثم وجدت نفسي سائرًا مع السائرين، لا أدري إلى أين. لم أفهم ما يجري حولي بالضبط: أحيانًا يسير الناس بشكل طبيعي، وأجد نفسي في حلقة من رجال أو نساء يتحدثون فيما بينهم، وأحيانًا تأتي طلقات من كل مكان تقريبًا، فنختبئ جميعًا في أي بقعة نظنها آمنة. ثم نجد شخصًا ملقى على الأرض، ينزف أو يتأوه أو ساكنًا. أحيانًا يحمله الناس وأحيانًا يواصلون الجري. وطيلة الوقت يهرول ناس هنا أو هناك.

مر وقت، لا أعرف كم، ثم وجدت نفسي أمام باب المبنى الذي

كما أرادت: علقت دمها في رقاب قاتليها، وستلاحقهم بذنبها لا ريب، وإن كان الله موجودًا فستمثل هي وهم أمامه، هو، مَن قالت حبيبة عنه أنه لا يسهو ولا ينسى ولا تختلط عليه الأمور. لكن شادي، أصابه شيء ما، مثل فيروس كمبيوتر، ظل يأكل فيه حتى لم يبقَ منه سوى جسد، جسد يحكمه فيروس. الهول الذي رآه وعاشه، وقتل حبيبة، وعجزه الكامل عن حمايتها أو حماية نفسه، حطمه. حطم اعتزازه بنفسه. حطم ثقته في نفسه. حطم ثقته في الآخرين. حطم إيمانه بإمكانية العدل، أو حتى النجاة من المذلة. حطم أي شعور لديه بالأمان إزاء العالم كله.

حاولت إخراجه من هذه الحالة. قلت كلامًا كثيرًا، لكن شادي لم يكن يرد، وغالبًا لم يكن يسمع. واظبت على لقائه شهورًا طويلة، وهو صامت، كأنه شبح. ثم، حين تكلم أخيرًا، قال إنه لم يعد هناك ما يمكن اللجوء إليه أو الارتكان عليه سوى القوة. غير ذلك، أنت معلق في الفراغ. يمكن أن ينقض عليك أي شخص في الطريق، أو جارك، ويجبرك على الإتيان بأي فعل يريده، ما دامت لديه القوة. هذه بلاد بلا قانون، ولا قواعد، ولا عادات، ولا أي شيء يمكنه حمايتك. القاضي الذي يُفترض فيه إنصافك يمكنه أن يزج بك في السجن إلى الأبد، أو يرسل أوراقك إلى المفتي من دون أن يراك. الضابط المفترض فيه حمايتك من الأشرار يمكنه أن يلقي بك في زنزانة مكتظة بالأشرار ليغتصبوك أو يقتلوك. الذي يطعمك قد يسمك. الذي

يركن لك سيارتك قد يسرقها، أو يدعي أنك خبطته. هذه غابة، وفي الغابة لا يضمن حياتك سوى قوتك. أصبح الأمر بالنسبة إلى شادي ثأرًا ورغبة عارمة في حماية نفسه ورد الطعنة. سألته: والعمل؟ فأجاب ببساطة ألا سبيل مع هؤلاء المتوحشين سوى اكتساب القوة والعيش والموت بها.

قلت له إني سمعت هذا الكلام من قبل، كثيرًا. سمعته من أبي. حين سألت فخر الدين ذات يوم كيف تحول من حالم بالتغيير إلى مقاتل في أفغانستان يقنص حياة أناس لا يعرفهم، أجابني بأنه خلص لقناعة، مفادها أن أهل الظلم لا يفهمون غير القوة فسعى خلفها. لكن أين العدل الذي حققه ذلك؟ ماذا كسبنا من هذا؟ ضاعت حياة أبي، وحياتي، وحيوات أخرى كثيرة، وسالت كل أنواع الدماء، ولم يحدث شيء. لا شيء. صفر. فما الفائدة؟

لكن كلامي كان يسقط على وجه شادي كما الماء على لوح من الصخر. قلت لشادي: «يجب كسر هذه الدائرة اللعينة، لا يجب إعادة سيناريو آبائنا. وحتى لو كان الظالمون يعيدون السيناريو نفسه، يجب أن نكون نحن أكثر فطنة ونتجنب الوقوع في هذا الدور التعيس». قلت: «لا تقبل أداء هذا الدور يا شادي». رد شادي باستهزاء: «وماذا تقترح عليَّ فعله؟ الانضمام إلى «لجنة حماية المسار الديمقراطي»؟». قلت له: «حتى لو لم يكن هناك بديل، لا تفعل شيئًا، اختفِ، نَم، لكن على الأقل تفادَ الأفخاخ التي نعلم أنها مهالك». أمسكت به وهززته، احتضنته،

أنا الذي لا أحتضن أحدًا، وبكيت، لأول وآخر مرَّة، لكن شادي لم يسمعني. راح.

ـ أين ذهب؟

ـ رحل ناحية القتال في آخر الوادي كما تقول فيروز. آخر مرَّة سمعت عنه كان من ستة أشهر، من عم محمد، أبو شادي الذي عاد إلى الفيوم كمدًا. قال إنه تلقى اتصالًا من شخص ما أخبره ألا يقلق على ابنه، فهو في رعاية «جماعة بيت المقدس» في سيناء.

ـ يا للهول!

ـ نعم. أظن الساندويتشات بردت.

ـ ربما. على كل حال لم أعد جائعة. كل أنت إن أردت. سأنام قليلًا.

٦

بهاء وشريف يفران إلى نيويورك

السبت، الثالثة بعد الظهر.

ـ صاحية؟

ـ نعم.

استدارت ناحيته وقالت بحماس مفاجئ:

ـ تعالَ نخرج نتغدى.

ـ أين؟

ـ «لفت بانك».

ـ لا أستطيع الذهاب إلى هناك.

ـ لِمَ؟

ـ مشاكل.

ـ مع مَن؟

ـ صديقين قديمين: بهاء وشريف.

ـ لا بأس، أحمد عيد صديقي يعمل هناك، سيحميك منهما.

ـ أحمد جدع، لكنه لا يستطيع حمايتي من الذكريات.

ـ لا نريد حماية من الذكريات: ألم نتفق؟ خذني هناك وقص عليَّ حكايتهما.

ـ لا أريد مغادرة الشقة، ولا حتى الفراش. أليس هذا اتفاقنا؟ أن نمكث معًا حتى موعد الطائرة؟

ـ ألم تمل؟

ـ مللت طبعًا، لكن الخروج أسوأ من الملل. يمكنك الذهاب إن شئتِ.

ـ وحدي؟ وماذا ستفعل أنت لو ذهبت؟

ـ غالبًا سأنام.

ـ ألن تأكل؟

ـ سآكل ساندويتشات «زوبا» الباردة. ثم كيف ستذهبين إلى «لفت بانك»؟ اليوم السبت، وستقابلين هناك كل من تعرفين.

ـ صحيح. نسيت. خلاص. نظل هنا. أطلب طعامًا آخر أم نأكل فعلًا ساندويتشات باردة؟

ـ ساندويتشات باردة.

ـ سأذهب للتعامل معها في حين تعد نفسك لحكاية قصة شريف ورندا هذه.

ـ شريف وبهاء.

ـ وليكن.

قامت أمل من الفراش وسارت نحو الصالة حيث كيس الطعام.

باق تسع ساعات على موعد الذهاب إلى المطار. الحقيبة، جواز السفر، التاكسي القديم، عمر، الشارع، كوبري أكتوبر، صلاح سالم، متاهة المطار، ربما بعض الكاميرات، كل هذا لآخر مرَّة، ولمدة طويلة جدًّا، ربما إلى الأبد. أخرجت الطعام، مر عليها أكثر من عام لم تأكل من عند «زوبا». الساندويتشات لا زالت دافئة. وضعتها على صينية وعادت بها ناحية الفراش.

ـ طعام في الفراش؟ أخلاقك تتغير يا أستاذة.

ـ لا بأس ببعض الفوضى قبل الرحيل. باق تسع ساعات: كم حكاية لديك؟

ـ لديَّ الكثير. لا أرتبها في ذهني. أحكي كيفما اتفق.

ـ طيب اختصر إذن. أريد أكبر عدد ممكن قبل رحيلي.

ـ في أي ساعة بالضبط نغادر الشقة؟

ـ منتصف الليل أو بعده بقليل. هيا. شريف وبهاء، ماذا فعلا لك؟

ـ تعرفت على شريف وبهاء في «لفت بانك»، مع تامر. كنت أذهب هناك كثيرًا مع تامر خلال ذلك العام، لدرجة أن أحمد عيد حفظ طلباتنا. أعتقد أنه استجدعنا لأننا نشبهه، وبعد تردد سألنا من أين نحن، وحين عرف أننا من بين السرايات انفتح بيننا شيء كأنه اتفاق، كأننا ننتمي إلى قبيلة واحدة، غير الباقين. أحمد جدع وليس لديه أي ضغينة تجاه أحد، غني أو فقير، لكنه متعاطف معنا، نحن أبناء قبيلة الغلابة، أكثر من تعاطفه مع الآخرين. المهم، أصبح «لفت بانك» كأنه مكتبنا، نُجري فيه كل لقاءاتنا المهنية تقريبًا. وحين وقعنا عقدًا مع شركة كبيرة لا نستطيع

تنفيذه وحدنا، بحثنا عن شركاء أصغر واستدعيناهم جميعًا إلى «لفت بانك»، ومنهم شريف وبهاء. بعد ذلك انتقل شريف وبهاء للعمل معنا، انتقلوا إلى ناحيتنا من المنضدة الطويلة التي اتخذناها مكتبًا، وظلا معنا حتى حدث ما حدث.

ـ ماذا حدث؟

ـ لا أعرف من أين أبدأ. هل أبدأ من بدايتهما، أم من عملهما معنا، أم من النهاية؟

ـ لا أحب التشويق، ابدأ من النهاية.

ـ وهو كذلك. شريف وبهاء في نيويورك منذ قرابة العام، وحصلا على «الجرين كارد» مؤخرًا. لا أعرف كيف تمكنا من فعل ذلك بهذه السرعة، لكنْ لديهما معارف وأصدقاء كثيرون، وهما لا يترددان في طلب المساعدة، وهذا هو ما مكنهما من الهرب.

ـ الهرب؟

ـ طبعًا، ماذا يمكن تسميته غير هذا؟ هما الآن في نيويورك، تحديدًا في «مانهاتن». يعيشان في شقة صغيرة في «جانب الشرق الأدنى». شريف كتب على صدر صفحته في فيسبوك أنه يحمد الله أن الحي لا يسمى «الشرق الأوسط». شقة في الطابق الثاني من مبنى مكون من ثلاثة طوابق. لديهما شرفة صغيرة، أو ما يشبه الشرفة، بها سلم حديد يقود إلى الشارع، أعتقد أنه سلم الطوارئ، لكنهما يستخدمان هذا الجزء كشرفة. يشربان قهوتهما فيه كل صباح في فصلي الربيع والصيف وحتى نهاية أكتوبر، وبهاء يخرج للتدخين فيه، لكنه يتبرم لأن جيرانه

اشتكوا من تسلل رائحة الدخان إلى نافذتهم القريبة. هناك شجر في الشارع، تتلون أوراقه في الخريف وتسقط لتغطي الرصيف بدرجات الأصفر حتى الأحمر الداكن. شريف يضع صورًا كثيرة لهما على فيسبوك، وهما في الشرفة، وهما في المطبخ، وهما في الشارع، وهما في الحدائق العامة، وهما في المترو، وفي كل صورهما إما يتعانقان وإما يمسكان بأيدي بعضهما بعضًا وإما يقبل أحدهما الآخر في الفم.

ـ آه.

ـ نعم. هذه الصور تكاد تكون طقسًا يوميًّا لشريف، في حوالي الرابعة عصرًا من كل يوم، الثامنة أو التاسعة صباحًا في نيويورك، تجد صورة جديدة لشريف وبهاء وهما يتحابان في مكان عام، كل يوم، بما فيها الجُمع والإجازات. في البداية اجتذبت هذه الصور لعنات كثيرة عليهما وشتائم مقذعة، ولا تزال، لكن يبدو أن شريف لا يلتفت إليها. وأحيانًا أفكر أن من يسبهما كل يوم، تعود هو الآخر وأصبح الأمر طقسًا لديه.

ـ ولِمَ يفعلان ذلك؟

ـ شريف هو الذي يضع هذه الصور، بهاء أغلق حسابه من قبل سفره. ولست متأكدًا من موافقته على حملة شريف الانتقامية هذه. شريف يضع هذه الصور متاحة للجميع ربما ردًّا للصفعات الكثيرة التي تلقاها هنا. يقول إنها نوع من العلاج، تطهر من ثلاثين عامًا من التخفي والشعور بالذنب، كأنه يلقي ملابس متسخة لم يبدلها منذ ثلاثين عامًا. قال إنه غمر نفسه بماء كثيف

في نيويورك أول ما وصل، ثم قرر أن أفضل غسيل هو هذا. الأمر ليس مجرد إعلان لهويته الجنسية، ففي نهاية الأمر، القصة ليست المكان الذي يضع فيه أعضاءه. الأمر أكبر من ذلك وأهم، بكثير. الأمر أنه يستعيد جزءًا من نفسه كان يعيش ويشعر بالعار منه في آنٍ واحد. يشعر بالذنب عندما يكون نفسه، ويشعر بالذنب لشعوره بالذنب، لكونه جبانًا يخشى إعلان حقيقته. ثلاثون عامًا من الغضب من المجتمع كله، وبالذات من المقربين منه ـ أول من أدانوه حين علموا. كومة ضخمة من المشاعر السامة حملها عبر سنوات طويلة. عندما وصل نيويورك ألقى بها، وبدأ يفعل عكس ما فعله طيلة السنوات الثلاثين السابقة، عله يتخلص من عبئها.

ـ لكن الأمر ليس بهذا الإشراق في نيويورك، هناك أيضًا...

ـ بلا «هناك أيضًا» بلا كلام فارغ. اصمتي. طبعًا لا يوجد مكان خالٍ من الأذى، لكن شتان ما بين هنا وهناك.

ـ هدِّئ نفسك يا أستاذ. اصبر عليَّ قليلًا وقل لي، ماذا قلت عن رد الفعل على صورهم؟

ـ تقريع ولوم وعار ونصائح بالعلاج وباتقاء الله وكل هذا.

ـ إذن كونهما في «مانهاتن» لم يمنع شيئًا؟

ـ ماذا تريدين؟ ألا تشعرين إلى أي حد كلامك مستفز؟

ـ يا سيدي تحملني، هذا مجرد كلام: قل لي لماذا لم يفعلا ما فعلاه في نيويورك هنا في القاهرة؟ لِمَ واتتهما الجرأة فجأة لإعلان هويتهما وهما في «مانهاتن»؟ إن كانا يخجلان من لوم الأهل

أو شعور أقربائهم وأصدقائهم بالعار أو النفور منهما، فما الذي تغير في هذا وهما في «مانهاتن»؟

ـ الذي تغير أنهما في «مانهاتن». إن صراخ الناس وسبابهم لا يمسهما وهما في نيويورك بالقدر نفسه ولا بالطريقة نفسها.

ـ لا أرى لِمَ!

ـ لا يهم أن تري. أنت لا تريدين الرؤية. أنت حبيسة تفاؤلك المستفز واعتقادك أن كل شيء ممكن. لأنك لا تعرفين كم هي قاسية الأوضاع هنا وإلى أي مدى تتكامل عناصر منظومة القهر!

ـ أنا لا أعرف كم الأوضاع قاسية هنا؟ أنا خارجة من السجن! أنت الذي ظللت في بيتك، لم يمسسك سوء، تتفرج على التايملاين على تويتر وفيسبوك ولا تكلف نفسك عناء القيام من على مؤخرتك!

ـ هذا ليس الموضوع. الموضوع أنك تحكمين على الأمور من دون معرفة القصة كاملة.

ـ طيب احكِ القصة كاملة وخلصنا.

ـ لو تصمتين قليلًا وتكفين عن مقاطعتي فسأحكي.

ـ سكت.

ـ التلفون يسجل؟

ـ عجبتك اللعبة؟

هز رأسه وتجاهل الملاحظة. بدأ الحكي:

ـ قابلت شريف أول مرَّة مع تامر في مقابلة عمل. شريف في أوائل الثلاثينيات. مهذب، أعزب، يسكن مع أهله في المهندسين،

ويعمل في الفنون المرئية. تخرج في المدرسة السعيدية ثم في هندسة القاهرة. أهله ناس تقليديون جدًّا، كأنهم عائلة في مسلسل تلفزيوني: الأب صيدلي، والأم ربة بيت، وأخت وحيدة مدرِّسة لغة إنجليزية، محجبة ومتزوجة. ملابسه عادية وشكله عادي. رأيته بعد ذلك عدة مرَّات في «لفت بانك» مع تامر وفي كل مرَّة أكون نسيت شكله، ويعرفني تامر عليه من جديد. هو من هذا النوع من الناس الذي لا يترك لديك أثرًا. المشروع الذي قام به لشركتنا نجح بامتياز، فعرض عليه تامر الانضمام إلينا وقبِل بسعادة بالغة، فلم يكن لديه عمل ثابت منذ فترة. ثم انضم إلينا بهاء بعدها بعدة أشهر، عندما تعاقدنا على مشروع ثانٍ.

بهاء مختلف: لا تنسينه إن رأيتِه. طويل، ممشوق القوام، عينان سوداوان غامقتان وعميقتان، خمري، مبتسم ابتسامة تدعوك لإطالة النظر إليه أو للحديث معه، وإن فعلتِ ستجدينه لطيفًا ومرحبًا ويستمع جيدًا ويتبادل المزاح معكِ، وفي الوقت نفسه يستطيع أن يكون جادًّا وصامتًا ومستمعًا باهتمام حقيقي، ويساعد الجميع من دون تردد. بهاء من شبرا الخيمة، من منطقة بعد المحطة بقليل. يركب وسيلة مواصلات كي يصل محطة شبرا الخيمة ومنها يركب المترو. خريج كلية التجارة بجامعة القاهرة، القسم العربي طبعًا، وأبوه عامل بالسكة الحديد بلغ سن المعاش في ٢٠١٠، وأمه ربة بيت، وله ثلاثة إخوة ذكور وأختان، والجميع متزوج، إلا هو. الأسرة فقيرة فقرًا مدقعًا، وهو يتحدث عن هذا الفقر بلا أي

حساسية أو مرارة. ذات يوم كنا نأكل في «لفت بانك» مع بقية الفريق، وتحدثت واحدة عن خطر الدهون في اللحوم، فضحك بهاء وقال إن هذا النوع من الحديث يضحكه، لأنهم عادة لا يأكلون اللحم إلا مرَّة في الشهر أو كل شهرين، ومن ثَمَّ ففيما يتعلق به، الدهون عظيمة لأنها تضيف للكمية المتاحة، ولأنها أحيانًا كل ما يتاح لهم لإضفاء طعم اللحم على الخضَر. سألَته ببراءة: «ماذا تأكلون كل يوم؟». فأجاب ببساطة: «فول، وبطاطس، وأرز، وطعمية أو باذنجان لو كان سعره مناسبًا، وهكذا». حين رأى النظرة المندهشة في عينيها ضحك وغيَّر الموضوع.

ذكَّرت بهاء بهذه القصة فيما بعد فضحك ثانية، وقال إنه كان يريد شرح الأمر أكثر لهذه الفتاة الثورية البريئة لكنه أشفق عليها من بؤس حكايته. أيام الجامعة كان يقضي شهورًا من دون الذهاب إلى الكلية لعدم توفر مال لاشتراك المترو. الملابس تدور بين الإخوة والأخوات، كل شيء يتم رتقه وإعادة تدويره. ثم العمل بعد الظهر، وأحيانًا العمل بدلًا من الدراسة. النقاشة مثلًا: هو وإخوته الذكور جميعًا مروا من أعمال الدهانات وترميم الشقق. ثم إدخال البيانات لأي شركة تبحث عن يدين سريعتين على الكيبورد، ولكن عادة تقوم أخته بهذه الوظائف، ثم الرد على التلفونات لحساب مراكز اتصال شركات الصيانة الصغيرة وما شابه ذلك. كل هذه أعمال موسمية لا تدوم، ومعظمها يتم في أوقات الدراسة ومعها، ومن هنا يأتي اللحم مرَّة في الشهر،

وتأتي المصاريف الأخرى الطارئة، ويأتي الجيل الأول من الملابس التي ستمر على الجميع لاحقًا.

بهاء يقول هذا كله بابتسامة وهدوء، ومن دون أدنى شعور بالضغينة. أحببته من أول مرَّة التقيته. كان ماهرًا في التسويق. بسرعة التقط الفكرة مع انتشار شبكات التواصل الاجتماعي، وأصبح من أوائل الناس الذين احترفوا التسويق وإدارة حسابات الشركات على هذه الشبكات. اللحم كثر تردده على البيت، وبدأ بهاء يفكر في السكن وحده، بعيدًا عن أهله، لكن أمه عارضت بشدة، فظل في حيهم.

الغريب أن شريف المتحفظ، الذي لا أعرفه جيدًا، هو الذي أخبرني عن علاقته ببهاء. بعد انضمام بهاء إلى العمل بالشركة بأسبوع طلب شريف مني الحديث معه على انفراد، واختار قهوة في شارع «شمبليون» يتردد عليها هو و«أصدقاؤه». هناك أمر يود إخباري به «لأنه يؤرقه أخلاقيًّا». توجست. قال إنه ضغط من أجل تعيين بهاء في الشركة لموهبته وقدراته، لكنْ هناك جانب شخصي لم يفصح عنه. قلت لنفسي: وما أهمية ذلك، غالبًا ابن خالته أو شيء كهذا. قال لي إنهما يحبان بعضهما، مرتبطان. هكذا، دفعة واحدة. تيبست بالكامل من داخلي، كأنه ألقى عليَّ بدلو من الماء المثلج، لكني اجتهدت ألا يبين على ملامحي أي رد فعل. كنت مبتسمًا عندما بدأ جملته، فظللت مبتسمًا الابتسامة الغبية نفسها. أحاول ابتلاع ما قاله والتركيز فيما يقوله، وعقلي يعمل بأقصى سرعة محاولًا تحليل معنى

كلامه، وعشرات الصور تتزاحم في رأسي. قال إنه لم يصارح تامر لأنه يعتقد أن تامر لن يتفهم، ولكني شريك تامر ومن ثَمَّ فهو يريح ضميره بإخباري، وطلب مني عدم إبلاغ تامر. إن كنت أرى في تعيين بهاء أي محسوبية يمكنني إنهاء هذا التعاقد فورًا، وإن قررت الاحتفاظ به فأنا على علم تام وهذا أمر يريحه. ثم كرر طلبه ألا أخبر تامر أو أيًّا من الزملاء، وأفاض في شرح أهمية ذلك. كل هذا وأنا أومئ في ابتسامة متجمدة. أغير ملامح وجهي عمدًا من وقت إلى آخر كي لا يفتضح أمر صدمتي الشديدة. ومر اللقاء على خير.

فتح عليَّ هذا الاعتراف عالم شريف وبهاء الخاص. كأنهما كانا يتلهفان على صديق مختلف عنهما ليشاركهما هذا السر. استغربت اختيارهما لي أنا، لا تامر، وهما يؤكدان لي أن تامر لا يمكن أن يتقبل مثليتهما. تناقشنا مطولًا وتراهنا على ذلك لكننا قررنا تأجيل التأكد من نتيجة الرهان إلى ما بعد. أما عني أنا فكانت مشاعري شديدة الاختلاط.

- لِمَ؟ ما مشكلتك مع ذلك؟

- بيني وبين نفسي كنت منزعجًا، وتصوراتي عن علاقتهما الجنسية، مشاهدها، تزعج خيالي كلما رأيتهما.

- وهل هذا من الإنصاف؟ هل تنتابك هذه التصورات حين تقابل زميلة وحبيبها؟

- الأمر لا علاقة له بالإنصاف. هذا ما كان يجري في رأسي.

- هل لك تجربة سابقة من هذا النوع؟

ـ ماذا؟ أنا؟ لا، إطلاقًا!

ـ ولا حتى في خيالك؟

ـ لا.

ـ كن صريحًا. تذكر اتفاقنا.

ـ أنا صريح جدًّا.

ـ ولا مرَّة؟ لم يخطر على بالك مرَّة؟ زميل في المدرسة، أو في بؤس «مزرعة شمال الخرطوم» ووحدتها؟

ـ لا.

ـ ولم يعاكسك أحد؟

ـ لا.

هل أكمل القصة أم تريدين مواصلة التحقيق في ميولي الجنسية؟

ـ تفضل. لكني أشعر أنك تخفي شيئًا.

ـ ماشي. اجتهدت ألا ينعكس انزعاجي هذا على تصرفاتي أو معاملتي لأيٍّ منهما. ومع الوقت توارى الانزعاج وتعودت عليهما وأصبحنا أصدقاء مثل أي أصدقاء، وصرنا نقضي أوقاتًا أطول معًا، ويحكيان لي أكثر.

كانت حياة شريف وبهاء المشتركة حياة سرية، معروفة أبعادها لأصدقاء قليلين جدًّا، يعدون على أصابع اليد، ومتخفية في ثوب الصداقة أمام الأهل والعامة. لم تكن حياة صعبة لو قبلتِ بمبدأ التظاهر، بل على العكس ستجدين الأمر برمته مضحكًا. هذا ما كان بهاء يردده. قال إن هناك ميزات يتمتع بها المثليون في مصر دون بقية الناس، فلا أحد يطلب منهم وثيقة زواج

ليعطيهم غرفة في فندق أو عربة نوم في قطار. بهاء كان في سلام مع الإنكار: «وما العمل؟» كانت جملته الأثيرة. في رأيه، لا يمكن تحدي المجتمع كله في مخاوفه الأكثر حساسية، ولا فائدة ترجى من ذلك. إن تعايشت مع المبدأ ستجد معظم المواقف التي تمر بها مضحكة، وفي أسوأ الأحوال محزجة ـ مثلما حدث حين دخلت عاملة التنظيف عليهما الغرفة وهما عاريان تمامًا. ضحك بهاء: «هي التي فرت».

لكن شريف لم يضحك، ولم يقبل مبدأ التخفي. ظل يمتعض ويتألم ويحنق ويسب ويلعن في كل مناسبة بسبب اضطرارهما لإخفاء أمرهما، وبهاء يحاول تلطيف الجو، بكلمة، بمزحة، أو حتى بتغيير الموضوع، لكن بلا فائدة.

رفض شريف لمبدأ التنكر له ما يبرره، فهذا التنكر هو معضلة حياته منذ طفولته. في البدء كان بلال، ابن الجيران، وهما في الخامسة من عمرهما على ما يتذكر، لم يدخل السنة الأولى الابتدائية بعد. كانا يشاهدان التلفزيون معًا مع عائلة بلال، وراقصة تتمايل على الشاشة وبعض أفراد العائلة يضحكون. همس بلال في أذنه أنه يعرف لِمَ يضحكون، ولمَّا سأله شريف لِمَ، أشار له بلال أن يتبعه إلى إحدى الغرف الخالية. هناك أسر له بلال أن تحت ملابس الراقصة شيئًا يُلمس وأن ملمسه يُضحك. وبدأ في خلع ملابسه وطلب منه أن يفعل الشيء نفسه. ثم رقدا معًا على الفراش وبدآ يتبادلان لمس جسميهما. أحب شريف ذلك، لكن الخبط القوي على باب الغرفة ـ الذي

أغلقه بلال بالمفتاح ـ أفزعه، ثم دخل أفراد من العائلة، وتم تسليمه لأسرته فورًا ـ بعد أن أمرته أم بلال بعنف أن يرتدي ملابسه. وهناك تم استجوابه بمعرفة الأم التي ظلت تبكي طيلة المساء، وأخافته من عواقب فعلته الشنعاء، وجعلته يقسم ألا يعود لمثلها، وهددته بإبلاغ أبيه وسوء المنقلب إن فعل. ثم تعامل الجميع بعد ذلك مع هذه الواقعة وكأنها لم تحدث. لكن شريف كان يعلم في داخله أن ذلك قد حدث، وظل يتذكر هذه الحادثة بمزيج من الرعب واللذة، من دون أن يملك الجرأة لاستعادة ما حدث صراحة أو الخوض فيه مع أحد. دفن الموضوع في مكان ما داخله، باعتباره جريمة اقترفها وسترت أمه عليه. وكلما كبر وفهم الأمر عظمت الجريمة في قرارة نفسه، من دون القدرة على إخراجها من القمقم الذي حبسها فيه.

في المدرسة السعيدية كان كل الأولاد يتفاخرون بقصصهم مع البنات: النصف يدعي أن له علاقات فعلية مع بنات، حقيقيات أو متخيلات، والنصف الآخر يفغر فاهه من الإعجاب والتلهف على تقليد النصف الأول. من النصف الأول يأتي أبطال تعليق الفتيات، ومن النصف الآخر المتذللون لهم على أمل التعلم منهم أو اقتناص فتاة صديقة لصديقة البطل. وشريف يتصنع. لا علاقات له ببنات سوى صديقات أخته، وهن كثر لكنه لا يكترث لهن، هناك شيء فيهن ينفره. لكنه في المدرسة يدعي أن له صديقة، ويخترع قصصًا تتراوح بين المغازلة العفيفة

والجنس الكامل. هذه القصص تضعه في مصاف الأبطال أصحاب المغامرات الذين يتودد إليهم بقية الصبية. والحقيقة أن هؤلاء الأولاد ـ التابعين ـ هم من يثيرون اهتمامه، هم الهدف. يحب أن يقص عليهم، أو يسألهم، ليرى نظرة الإعجاب في عيونهم، أو حتى يرقب تغير ملامح وجوههم في أثناء القص والسؤال.

امتد هذا الاهتمام إلى كل شيء: فهو يستمتع بالألعاب الرياضية مع أقرانه، والمسابقات الدراسية، والرحلات، وكل شيء مقصور على الذكور، ويضايقه ظهور البنات وينفره. حتى هو لا يفهم هذا النفور، وأسر لأمه بذلك عدة مرَّات، حين كانت تذكر البنات وتغمز له في تواطؤ، وكل مرَّة تنزعج الأم، ويرى على وجهها ملامح الفزع القديم الذي يعرف وحده معناه، فيصمت على الفور، وتغير الأم الموضوع وتتناسى ما سمعته. ذات يوم قالت له، وهي تدفع تعبير وجهها ذلك بعيدًا، إن الأولاد في سنه لا يحبون البنات عادة، ليس بعد، وغمزت مرَّة أخرى متواطئة، وأومأ موافقًا. كان عليه أن يوافق، كان عليه طمأنتها، فهم ذلك. طلبت منه ذلك، من دون كلام، واستجاب فورًا. أومأ موافقًا وغمغم بشيء عن أولوية الدراسة والتركيز والثانوية العامة وكلية الهندسة، وقالت له: «ربنا يحميك يا ابني ويوفقك»، وبدأ بينهما هذا التواطؤ على الكذب المتبادل، ولم ينتهِ.

كل الأمهات عزيزات على أبنائهن، وكذلك هي على شريف،

وأكثر. كان شريف ملتصقًا بأمه أكثر من أي شخص آخر، وحريصًا على رضاها أكثر من أي شيء آخر. ومن ثَمَّ كان التزامه بالصفقة السرية التي تمت بينهما في تلك اللحظة واجبًا مقدسًا. ولتنفيذها بنجاح كامل، تعين عليه التغلب على هواجسه بل وقلبها لعكسها. من هنا قرر هو شخصيًّا أنه يحب البنات مثل الجميع، لكنه يركز على دراسته لأنها الأهم ولأنه شخص جاد وليس لعبيًّا مثل أقرانه.

ومن ثَمَّ بدأ شريف عملية استئصال كاملة وجذرية لاهتمامه بالأولاد. ابتعد عن ممارسة الرياضة، وعن الألعاب الجماعية بأشكالها، وعن الرحلات والأنشطة، وعن الخروجات، وظل المنع يمتد ـ بحجة التركيز على الدراسة ـ حتى شمل الحديث مع أيٍّ من أقرانه أو جيرانه، وخصوصًا بلال الأثيم الذي أصبح شريف يتحاشاه كالطاعون.

ثم بدأت المرحلة الثانية، وهي مصادقة فتاة.

لجأ إلى أخته المتفانية الحنونة، ورشحت له إحدى بنات الشارع الذي يسكن فيه: فتاة تصغره بعام، شكلها هادئ ولطيف ومنطوية ومهذبة، تراها تركب أتوبيس المدرسة كل يوم. قرر أن هذه هي فتاته. وبصبر وأناة فعل كل الأمور التي سمع عنها من أصدقائه ـ ومن أخته التي تولت عملية إرشاده: الانتظار في مكان الأتوبيس صباحًا ومساء، النظرات، الابتسامات، محاولات الحديث العابر، كتابة الخطابات، البحث عن صفحتها على الفيسبوك، رقم التلفون، رسائل، بأدب شديد ولطف ورومانسية، حتى

ابتسمت. شيئًا فشيئًا صارت لديه صديقة. وشعر بفرحة غامرة، وابتهجت أخته بهجة عارمة، ولاحظ ابتهاج أمه كذلك مع أنه لم يخبرها بشيء.

في علاقته بالبنت ـ جيهان ـ ظل متحفظًا. لم تكن لديه أي رغبة في لمسها، وحين ترتطم به عرضًا أو تلمس يدها يده «من دون قصد» ينتفض جسده كله. كل ما كان يريده هو الاعتراف به كصديقها، «الولد بتاعها»، وأن تكون هي «البنت بتاعته». وعندما «اعترفا» لبعضهما بعضًا بحبهما، طار من السعادة، وترك عمدًا تلفونه مفتوحًا في الصالة كي تراه الأم، وقد كان. لم تقل الأم شيئًا، لكن الوهج في عينيها أخبره، وكانت هذه أسعد أيام حياته مع أمه.

قصته مع جيهان قصة طويلة حزينة. لم يلمسها قَطُّ، وفي مرَّة أمسكت هي بيده وقبَّلته على وجنته ففزع وتراجع وجرت هي. قال لي وهو يروي القصة بين ضحك ودموع: «جو أفلام الخمسينيات». البنت من عائلة محافظة جدًّا، وهي نفسها متدينة وتقية، ومن ثَمَّ فسرت هذا بحسن أخلاقه، وقد اعتمد هو هذا التفسير وتبناه، وظلا معًا حتى نهاية الامتحانات، حين حدث ما حدث وقطع علاقته بها.

ـ ماذا حدث؟

ـ ألا زلتِ مستيقظة؟ خلتك نمتِ.

ـ أبدًا، أحيانًا أغمض عينيَّ كي أسمع أحسن.

ـ طيب. الذي حدث هو بلال، بالطبع. حدث الأمر كله في

ساعة واحدة. كانا على الشاطئ في الساحل الشمالي في قرية اعتاد أهلهما الذهاب إليها. تقابلا هناك بالصدفة: بلال في فورمة الساحل، وشريف بكامل ملابسه على الشاطئ. الساعة الثالثة بعد الظهر، والشمس تضرب بما استطاعت من قوة مَن استطاعت من المخلوقات. هناك شيء ما على الشاطئ يثير الحواس ويطلقها من عقالها، ويقلل من أثر الضوابط التي يخضع لها الناس في حياتهم العادية.

كان شريف جالسًا تحت الشمسية يتأمل البحر بعين نصف مغمضة حين ظهر أمامه بلال. تحدثا، وبلال يسخر من ارتدائه كل هذه الملابس: «ألم تنزل البحر؟»، «ماذا تعني لا تنزل البحر؟ وماذا تفعل هنا إذن؟ لِمَ لا تشاهد البحر على يوتيوب؟». ثم ضحكٌ من بلال وارتباكٌ من شريف، وقبل أن يدرك شريف ما يحدث كان بلال قد حمله بملابسه ودخل به في الماء. قاوم وخبط وصرخ وضحك وفعل ما في وسعه، لكن الشاب أغرقه في المياه تمامًا ثم أخرجه وهو يضحك. بدا بلال مخلصًا في مزاحه الثقيل، في حين كان شريف يرغي ويزبد ويسب ويلعن. حين أدرك بلال صدق غضب جاره، اعتذر بشدة وأصر أن يأخذه إلى الشاليه الذي ينزلون فيه ليجفف ملابسه. أشار بلال إلى الشاليه، وبالفعل كان على مسافة عشرين أو ثلاثين مترًا من مكانهما.

سألتُ شريف: لِمَ ذهب معه؟ ألم يشاهد أي فيلم استخدمت فيه هذه الحجة من قبل، أم أنه كان، في قرارة نفسه، يود تجربة

الأمر حتى نهايته؟ شريف يقول إنه لا يعرف الإجابة، لكنه ذهب إلى الشاليه وحدث ما يحدث دومًا في هذه الحالات: بعض الارتباك، جو من التوتر يراه الاثنان ويتجاهلانه، انتظار من الطرفين لشيء ما يكسر الحاجز بينهما، ثم لمسة عفوية واضطراب أكبر، ثم الإدراك الذي لا يدع مجالًا للشك، ثم الانغماس وانخلاع القلب والجسد في تجربته الأولى. بعد السكرة، حين أدرك شريف أبعاد ما قد حدث للتو، قام وفر من الشاليه عائدًا إلى البحر، ثم جمع حاجياته وعاد إلى شاليه أهله.

أعقب المرَّة الأولى ما يعقب المرَّات الأولى: شعور جارف بالضياع، والذنب، والندم، واحتقار الذات، مصحوب بسعادة خفية لباب اللذة غير المسبوقة الذي انفتح. لكن هذه السعادة لا تجرؤ حتى على الإطلال برأسها وسط دوامات الندم والذنب. الشعور الذي غلب على شريف هو الانهيار، الانهيار الكامل لكل مخططاته ومقاومته. الترسانة التي بناها منذ حادثة التلفزيون وهو في الخامسة، والتي واصل بناءها طيلة سنوات، كل هذا انهار، في يوم صيف حار على الساحل الشمالي. خلال ساعة واحدة انتقل شريف من كونه شابًّا محترمًا، مجتهدًا، محبوبًا، فخر أبيه وأمه وأخته، إلى كونه «خول».

لكن تدريجيًّا، خرج شريف من حالة الانهيار التي وقع فيها، وبدأ يتماسك مرَّة أخرى ويعود إلى حياته العادية، قائلًا لنفسه إن ما حدث كان هفوة، أو سقطة، أو كابوسًا، ولا أحد كامل،

لا أحد لم يخطئ في حياته، وأيًّا كان ما حدث فهو أمر يمكنه تخطيه، تنحيته جانبًا، والعودة إلى الحياة المستقيمة التي عاشها طيلة هذه السنوات. المشكلة لا ريب في بلال، هذا الفتى الأثيم، الذي يأتي بالخطيئة إليه ويلقيه فيها. لا بد من تجنبه كما يتجنب المرء الشيطان نفسه، أو مواجهته حين يكون مستعدًّا لذلك.

لكن كيف يستعد لذلك؟ يسيطر على نفسه ونوازعها، ويقاومها، ويوجه رغبته في الطريق السليم. الرغبة الجنسية ليست حرامًا ولا ذنبًا، وهي قوية عارمة، وما لم يجد لها متنفسًا طبيعيًّا فلا بد أن تنفجر في المكان غير الطبيعي. القمع ليس الحل إذن. الحل هو التوجيه السليم. ومن هنا جاءت الفكرة المنطقية التالية: جيهان. ركز شريف جهده على تطوير علاقته بها. جيهان فوجئت بإقباله، هو الذي كان معرضًا عن لمس يدها، وفسرت ذلك بأن حبه قد غلبه أخيرًا، فبادلته إقبالًا بإقبال، من دون أن تتخطى الحدود المعروفة للبنت البنوتة: لمسات يد، حضن، قبلات، التصاق، ثم، وبعد تمهيد ومناورات عاطفية واجتماعية، الذهاب إلى الفراش والنوم مع صديقها من دون فقدان بكارتها. الكارثة الكبرى كانت داخل عقل شريف، الذي خاض كل هذه المراحل من دون أدنى شعور باللذة أو الرغبة، بل ومقاومًا نفورًا لا ريب فيه. ملمسها، نعومة جلدها، لدانة جسدها، نهداها، كل هذا كان ينفره، ويضطر لتحمل نفوره ثم التظاهر بالانبهار والاستمتاع. لكنْ للتظاهر حدود، خصوصًا في مثل

هذه المسائل، ومن ثَمَّ، في اللحظات الحاسمة، اضطر شريف للتفكير في بلال وتخيله معه كي ينتصب جزؤه الذي يسجن القضاة مَن يذكر اسمه. نجحت العملية، وخرجت جيهان من الفراش راضية، وخرج هو بصورته مصونة، وبمشروعه كله مدمرًا.

الأشهر الثلاثة التالية كانت من أصعب الأوقات التي مرت بشريف. فيها انهارت مقاومته لإغراء بلال وانغمس فيه بالكامل، وفيها ترك جيهان، وفيها اختلت علاقته بعائلته. اختلطت الرغبة باللذة بالحب بالذنب بالعار بالخطيئة بالكذب والتهرب، وصارت حياته خليطًا يأنف هو شخصيًّا منه ولا يستطيع له تبديلًا. كان شريف يتمزق في كل الاتجاهات، وفي نهاية هذه الأشهر الثلاثة انهار هكذا وهو في الفراش مع بلال، بعد أن انتهيا. لم يكن قد قال شيئًا عن معاناته لصديقه، الذي فوجئ بحجمها وببساطتها في الوقت نفسه، فسأله: «لماذا تعذب نفسك؟».

قال بلال إن الوضع لا يستحق كل هذه الدراما. المجتمع يرفض المثليين، ويراهم منحرفين ضالين وحثالة. وسأله: «هل يمكن تغيير نظرة الناس إلينا؟». ارتعش شريف عند سماعه لكلمة «إلينا»: هل أصبح «منهم»؟ خلاص؟ واصل بلال: «ربما، في المدى الطويل، وربما لا. فيما يتعلق بي أنا، الآن، لا حل أمامي سوى الحياة المزدوجة. مثل كل شيء آخر في مجتمعنا: تظاهر بالإيمان وأنت غير مؤمن، اذهب إلى الحج والعمرة

بفلوس مسروقة، تزوج وصاحب شخصًا آخر، افعل ما تريد ما دام في السر».

وعلى قدر بداهة هذا الكلام، على قدر ما وجده شريف ملهمًا. قال لي وهو يحكي قصته: «ربما ما كنت أبحث عنه هو التأييد، الاعتراف بأن هذه ليست مشكلتي وحدي، بأني لست أضعف مما ينبغي». لكن شريف كانت لديه أسئلة أخرى: عن الأخلاق والعيب والحرام. شريف مؤمن، لكن ليس تمامًا. مثل الجميع لديه أسئلة حول الدين والله والأخلاق وحكمة الوجود والحياة. وهو يسألها منذ صباه ويتلقى إجابات متعددة، من أمه، من أبيه، من أساتذته، من ناس يقابلهم صدفة، من كتب، من التلفزيون، من النت، ومعظم هذه الإجابات يربكه أكثر. ومن ثَمَّ نحاها جانبًا.

والآن، أعادت هذه المسألة كل الأسئلة إلى حاضر ذهنه. إن كان ميله الجنسي طبيعة بشرية مثلما يبدو له، ومثلما يقول أنصار حرية الاختيار، فكيف يعاقَب عليه؟ وحتى لو كان انحرافًا عن الطبيعة، شذوذًا كما يسميه الباقون، فماذا فعل هو كي يشذ؟ هل حادثة التلفزيون وهو في الخامسة جريمة؟ ماذا فعل غير ذلك؟ كان طفلًا مطيعًا، ذهب إلى المدرسة وذاكر وتفوق وسمع كلام والديه، لم يسرق ولم يعتدِ على أحد، لم يضمر ضغينة ولم يخاصم أحدًا أكثر من ثلاثة أيام، صلى وصام وبر والديه، ماذا فعل كي يصبح شاذًّا يستحق العقاب؟

وماذا لو كان مرضًا، عضويًّا أو نفسيًّا؟ لم يبقَ أمامه سوى

هذا الاحتمال، ومن ثَمَّ قرر شريف، في شجاعة فائقة، أن يختبر هذا الافتراض. بحث وقرأ كل ما وجده على النت وفي مكتبة الجامعة من كتب ولم يجد شيئًا مقنعًا، فقرر مع ذلك استشارة طبيب نفسي. لم يكن لديه مال، فاستدان من بلال وذهب إلى طبيب متخصص في هذه المسائل لاستشارته. قال الطبيب كلامًا كثيرًا، غير مفيد، تمامًا مثل الكلام الذي وجده على النت: البعض يرونه سلوكًا منشأه وراثي، والبعض يرون منشأه بيئيًّا، وفي العصور الماضية كان يُعتبر مرضًا لكن الطب تجاوز ذلك ـ بعد أن فشل في «علاجه»، ولكن البعض، والبعض الآخر، وهكذا. «طيب، حل؟ هل هناك شيء أفعله لتغيير ميولي الجنسية؟ حبوب مثلًا أو دواء شرب؟». هز الطبيب رأسه نافيًا في تردد، وخرج شريف وهو ناقم عليه وعلى مهنة الطب برمتها.

الأشهر التي تلت ذلك شهدت تصالحًا تدريجيًّا لشريف مع شريف. استقر في علاقته «الآثمة» مع بلال كما صار يسميها، واكتسب بالتدريج مهارات التخفي والإنكار. استعاد علاقته بجيهان بعد اعتذارات مطولة، ودموع، ووعود، وورود جديدة. برر سلوكه لها بفزعه الشديد مما جرى بينهما، وشعوره بالإثم والذنب، لنفسه ولها، وطلب منها استعادة علاقتهما لكن من دون أي تجاوزات جسدية. كان يخدعها، يستغلها كغطاء اجتماعي، عامدًا، ولام نفسه لهذا السلوك المنحط، لكنه فعله لاحتياجه إليه.

استقرت أمور شريف على هذا المنوال، ومثلما حدث للأسئلة الكبرى التي سبقت، وضع شريف سؤال الميول الجنسية بين قوسين، أو على الرف، ومضى في حياته يومًا بيوم، مركزًا أكثر على دراسته وعلى اكتشاف العالم من حوله. حتى علاقته ببلال لم يبحث لها عن تصنيف محدد. كان يحبه بلا شك، ويشعر بحب بلال له، لكنه يعلم أن بلال لعوب. فبلال مندمج في عالم المثليين السري: النوادي والبارات والحفلات والرحلات، وحاول إدماج شريف معه، لكن شريف جفل من هذا الجو وابتعد عنه سريعًا. استسلم بلال وقرر ترك شريف في مسار ابن الناس الذي يريده، وانطلق هو في مساره الخاص.

شريف يكره هذا الجانب في بلال، لكن مشاعر الكراهية هذه لا تدوم طويلًا. هدأت حياته الجنسية واستقرت، وبدأ يركز فيما سيفعله في عمله بعد التخرج، وفي حياته كلها، حين انفجرت الثورة وأطاحت به وباستقراره.

كان شريف مع بلال في الفراش حين رأى لأول مرَّة الدعوة للتظاهر يوم ٢٥ يناير. أعطى الكمبيوتر لبلال وهو متحمس جدًّا، لكن بلال أشاح بوجهه في امتعاض، وأعلن احتقاره للفكرة ومصدرها: هؤلاء مجموعة عيال تافهين يريدون أن يصبحوا أبطالًا. و«ماذا يريدون؟ أين يظنون أنفسهم؟». وحين بدأ شريف في الشرح قاطعه بلال بثقة لا مجال للحوار معها: «هذه بلاد متخلفة، وشعبها متخلف، ولا يصلح معها إلا نظام

حكم من هذا النوع. ثم ما الذي منعك نظام الحكم من فعله؟ نأكل ونشرب ونعط ونحشش ونتعلم ونكسب ونسافر: ماذا تريد أكثر من هذا، في بلد ضائع مثل هذا؟».

أنهى الحديث، وصمت شريف. لم يجد أن الموضوع يستحق الجدل: لو تجادلا حول كل تغريدة وتعليق لما انتهيا، ولم يقدر شريف ساعتها أن دعوة التظاهر هذه ستقود إلى ما قادت إليه. عزم على النزول إلى الميدان يومها لاستطلاع الموقف والمشاركة إن وجد الأمر يستحق، وهو ما كان يشك فيه بقوة.

ثم حدث ما حدث للجميع ممن شاركوا في هذا اليوم، ثم في الأيام التالية حتى نزول الجيش والاعتصام وما تبعه. لم يكن شريف ثوريًّا من قبل: قبِل أن الواقع هو الواقع، مثلما قبِل أن المجتمع يكره ميله الجنسي، وتعامل مع هذا الأمر مثلما تعامل مع ذاك. لكن الآن، لاح له بريق أمل، يكبر كل يوم ويتأكد. ليس وحده من يريد تغيير كل هذا العته، ليس وحده من قبِل على مضض هذه الحياة اعتقادًا بأنه وحده، وليس وحده من يريد بلدًا يكون الناس فيه أحرارًا، تُحترم فيه كرامتهم. كل صباح يستيقظ وهو يسائل نفسه إن كان هذا حلمًا أم علمًا، ثم يتأكد له أنه علم، ويسأل نفسه إن كان الميدان سينفض، إن كان الناس سيرحلون، وإن كان الراحلون سيعودون في الصباح، وكل يوم يطمئن قلبه أكثر.

وبعد الجِمال وما تبعها، تأكدت مشاعره: لم يعرف هذا البلد

حقيقة، لم يعرف الناس، كان منغلقًا على نفسه، خائفًا من أقرانه، لا ينظر إلى الناس في عيونهم ولا يحدثهم حين يلتقيهم في الشارع أو المترو. كل الناس كانوا أعداء محتملين أو خصومًا، وفجأة وجد نفسه وسط جماعة، كلها تخصه وهو جزء منها. أصبح يبتسم، وينظر إلى الناس في عيونهم، ويلاطف من لا يعرفه ويجاذبه أطراف الحديث، وكلما فعل ذلك تفتحت الدنيا أكثر، وامتلأ. هذا هو وصفه لشعوره: قال لي إنه شعر بالامتلاء، وبالثقة، وبالقوة، وإنه لم يكن يعرف أن هذا هو طعم الحرية حتى تذوقه.

أما بلال فظل معاديًا للميدان وأهله. هذه ليست ثورة. هؤلاء مضحوك عليهم، الإخوان. العملاء. إلى آخره. اصطحبه إلى الميدان بالضغط الشديد، لكن الزيارة كانت كارثية، وكاد بعض المتظاهرين يفتكون به لما بدأ يشرح لهم وجهة نظره في حتمية الاستبداد وعدم أهلية الشعب للحرية. أنقذه شريف مستعينًا بأصدقائه الجدد الذين اكتسبهم في أثناء إقامته بالميدان، لكنه شعر ناحية بلال باحتقار هائل قضى على مشاعره إزاءه في التو واللحظة.

فيروس الحرية الذي أصاب شريف لم يتوقف عند السياسة، بل امتد إلى الاختيارات الأخرى في الحياة: اختيار الأفكار التي يؤمن بها الشخص، الحياة التي يريدها، إلى آخر القائمة المعروفة.

وهناك، في إحدى الخيام مع أصدقائه الجدد، قرر شريف أنه

لا يريد العمل بالهندسة التقليدية وإنما يريد احتراف تصميم الرسوم، بغض النظر عما تقوله عائلته والناس والمهندسون. سيحترف تصميم الرسوم لأن هذا ما يحبه، بغض النظر عن فرص العمل المتاحة.

قائمة شريف الخاصة بحرية الاختيار لم تتوقف عند ذلك، بل شملت عنصرًا لم يكن هو نفسه على استعداد للبوح به، ليس بعد. فكر أكثر من مرَّة في الجهر به، في وسط الهتافات المطالبة بالحرية واحترام حقوق الناس. ألم يخرج كل هؤلاء مطالبين بالحرية، وبالتخلص من كل رواسب الماضي؟ ألا يشمل ذلك حياة الإنسان الخاصة؟ لكن شيئًا ما داخله أوقفه. ليس بعد. لم يكن مطمئنًّا بما يكفي. فحتى وسط أصدقائه ورفاقه المطالبين بالحرية كان هناك كثير من مظاهر القمع. رأى شبابًا يقمعون صديقاتهم: «ما هذه الملابس التي ترتدينها؟»، «أنا الرجل»، «لما أتكلم أنا تسكتين أنت». رأى شبابًا يدعون للاعتصام ثم يرفضون مبيت صديقاتهم هم في الميدان. ورأى فتيات يتحدثن طيلة الوقت عن المساواة، لكنهن ينتظرن أن يدفع الشباب ثمن المشاريب. رأى شبانًا وفتيات يصرخون طيلة النهار مطالبين بالعدالة الاجتماعية، بل يخاطرون بحياتهم طلبًا لها، ثم ينقلبون لطبقيين كاملين في جلسات المساء. كل هؤلاء خرجوا طلبًا للحرية، مثله، لكنهم يقمعون بعضهم بعضًا إذا اختلفوا في الرؤية والمطالب.

رأى كل ذلك، على الرغم من حبه للميدان وللثورة واندماجه

فيها. وجعله هذا يتردد ـ يسأل نفسه حين يسمع النداءات المطالبة بالحرية: هل هذه الحرية تشملني أم أني في نظر هؤلاء أيضًا شاذ؟ خول؟ يسأل نفسه ويؤجل لحظة العثور على الإجابة. لكن بذرة الرغبة في الإعلان تشققت وبدأت في النمو هناك، على أرض صينية ميدان التحرير، في وقت ما بين ٧ و٨ فبراير. هذا ما قاله لي شريف على أية حال.

قرر شريف أن يعترف للمقربين منه أولًا. لم يكن له حبيب منذ قطع صلته ببلال وهو يقوده خارج ميدان التحرير. لكنه قرر بهدوء وتروٍّ أن الوقت قد حان لإعلان ميله ومطالبة المقربين منه على الأقل بالتعامل مع هذا الأمر بشكل طبيعي. كان هذا في أواخر ٢٠١١، والقاهرة تضطرم بحمى الثورة والحرية والتغيير، ومع أن بدايات البؤس كانت ظاهرة، إلا أن شريف قرر مكافحة هذا البؤس. قال لي إنه تعلم ضرورة السعي وراء الحرية كي تأتي، فهي لا تأتي وحدها. هو شخصيًّا صدَّق، صدَّق أن محرمات الأمس تصبح مسموحات حين يطالب بها أصحابها بقوة وعدد كافيَين. لكنه لم يكن أحمق، ولا انتحاريًّا، ومن ثَمَّ قرر البدء بأعز الناس وأقربهم إليه. بدأ بأمه. قال لها الحقيقة، فأغمي عليها.

ـ هههههههه.

ـ معكِ حق. شريف نفسه كان يضحك عندما حكى لي الحكاية. يضحك وتدمع عيناه في الوقت نفسه. أغمي على الست من هول ما سمعت، وظلت واجمة عندما أفاقت، تنتفض كلما

هم بالكلام وتسكته، ثم أخذت تهز رأسها غير مصدقة عندما حاول شرح ما يقوله، ثم قامت وهرعت إلى غرفتها وأغلقت الباب عليها، وظلت تتفاداه أربعة أيام بعدها. ثم واجهته ببكاء غزير، ثم عادت إلى الصمت، ثم عادت تحدثه وتؤكد له أن هذه هلاوس ولا ريب، أو انطباعات خاطئة، وما أدراه هو بما يقول وهو في العشرين من عمره ولا خبرة له؟ فلما قال لها إنه خبر ما يتحدث فيه، صرخت ملتاعة طالبة منه السكوت وهرعت إلى غرفتها مرَّة أخرى. ثم عادت بالتهديد والوعيد في الدنيا والآخرة، فلما قال إن هذا التهديد لا يحركُ فيه ساكنًا انهارت مرَّة أخرى، وعادت بعدها بيوم شاحبة باكية حمراء العينين منتفخة الخدين، وأخذت تستعطفه وتخوفه وتغريه في آن واحد، وهكذا أيام وليالٍ متصلة من الهستيريا التي لا تنقطع وإن تغير شكلها.

ثم، ذات صباح، خرجت الأم من غرفتها مشرقة باسمة متماسكة، وتصرفت بشكل طبيعي جدًّا وكأن شيئًا من هذا لم يحدث. ظلت هكذا طيلة اليوم، وشريف صامت يرقبها وينتظر ليعرف مصدر الضربة القادمة، ولم تأتِ الضربة. في اليوم التالي، والذي يليه، ظلت تتصرف على هذا النحو، وعادت الأيام لما كانت عليه حتى ظن شريف أنه يحلم، أو أنه كان يحلم طيلة أيام الهستيريا. قاطعها ذات يوم سائلًا إن كانت قد تقبلت ما قاله لها، فسألته بعطف ومودة فائقَين عمَّ يتحدث، فأجاب بهدوء: «عن ميلي الجنسي»، فردت معاتبة أن هذا الكلام عيب الخوض فيه، فقد

كبر الآن وصار رجلًا ولا يجب عليه الخوض في تفاصيل تلك الأمور مع أمه.

سددت الأم ضربة قوية لمشروعه الطموح بالإعلان عن اختلافه، وفرضت عليه الالتزام مجددًا بالإنكار، حتى داخل حدود دائرته الأقرب. لكن عقله لم يكف عن التفكير، والتألم. إذا كانت الأم تنكر وتشعر بالعار من الفكرة إلى هذه الدرجة، فكيف سيكون رد فعل الباقين؟ وأي حب هذا الذي يقوم على الكذب والإنكار؟

سددت الأم إذن ضربة قوية لمشروعه بإشهار ميله الجنسي، لكنها سددت ضربة أقوى وأعنف لعلاقته بها، وبنفسه، وبالناس من حوله. فقدَ شريف إيمانه بحب أمه له. «هي لا تحبني أنا، هي تحب ابنها، دميتها الصغيرة التي أرضعتها ورعتها حتى كبرت، لكن ليس أنا. الأم تحب دميتها. وكي أستمر أنا في تلقي هذا الحب يجب عليَّ مواصلة تحريك الدمية بالطريقة التي تريدها هي. هذا هو الشرط الواضح والمعلن». فهم شريف دوره في معادلة الأمومة والطفولة المشروطة هذه، وفي اللحظة ذاتها فقد الصلة التي تربطه بالأم. أصبح ينظر إليها وإلى دميتها ـ المعروفة عائليًّا بـ«الباشمهندس شريف» ـ من الخارج.

ضربة الأم أصابته أيضًا في علاقته الوليدة بالناس وفتحت عينيه على ما كان يتغافل عنه: مثل أمه بالضبط، فإن حب أصدقائه الثوريين للحرية أيضًا مشروط بصورة محددة سلفًا، وهذه الصورة لا تشمل أمثاله. خلص شريف لنتيجة مفادها أن شمس

الحرية التي أشرقت في يناير ٢٠١١ أشرقت لفترة وجيزة، والناس وقوفًا يتطلعون إليها، فتركت أثرها على الجوانب التي كانت معرضة لها تلك الفترة، كل حسب الزاوية التي كان واقفًا بها. وحين غير الناس وقفتهم، أو التفتوا أو تقلبوا في مواضعهم، بدت الجوانب الأخرى التي لم تتعرض لهذه الشمس، قاتمة ورطبة وآسنة كما كانت.

قطع شريف علاقته بجيهان للمرَّة الأخيرة، معتذرًا لها بما استطاع اختلاقه من أعذار تحفظ كرامتها، ثم أمضى العام التالي في إتقان إخفاء ميله الجنسي عن المجتمع حتى صار ذلك طبيعة ثانية لديه. يتحرك ويتعامل مع الناس وكأن فوق رأسه هالة، غير أنه هو الذي يسكن هذه الهالة ومنها يرقب شريف الاجتماعي ويوجه تصرفاته. أتقن هذا الانفصال لأنه كان ضروريًّا للحياة والبقاء، وبدلًا من تكسير الدماغ في أسئلة لا طائل من ورائها ركز على عمله الذي بدأ ينجح فيه. صار هذا النجاح عزاءه وإنجازه الوحيد، والباقي أداء.

ثم التقى بهاء. قابله، لسخرية القدر، عن طريق أخته. كان يبحث عن مدخلي بيانات لمشروع تعاقد عليه، فقالت له أخته إنها تعرف بنت غلبانة تبحث عن عمل مشابه. هذه هي أخت بهاء. أخت بهاء ظهرت ومعها أخوها، يبحث أيضًا عن عمل مؤقت كمدخل بيانات. بهاء آسر حقيقي للقلوب.

ـ لقد ذكرت هذا من قبل.

ـ طيب. حين رآه شريف انجذب له فورًا، ليس كما كان ينجذب

[illegible]

[illegible]
[illegible]
[illegible]
[illegible]
[illegible]
[illegible]
[illegible]
[illegible]
[illegible]
[illegible]
[illegible]
[illegible]

[illegible]
[illegible]
[illegible]
[illegible]
[illegible]
[illegible]
[illegible]
[illegible]
[illegible]

بهاء لا خبرة له بالحب. اكتشف نفسه مثل كل الناس، في الصبا ومرحلة البلوغ. في البداية أخذ الأمر باعتباره لعبًا ثم فهم مع الوقت تفضيله لهذه اللعبة على اللعبة الأخرى. انغمس لبعض الوقت في العالم الجنسي السري: المتع السريعة، المسروقة، بمخاطرات. لكنه لم يدمن هذا العالم مثل بلال، ولم ينفر منه تمامًا مثل شريف. حين تفرض الرغبة نفسها عليه يلجأ إليه، وحين يكون له شريك مستقر يظل معه. المبدأ نفسه: عدم التعقيد واختيار السبيل الأسهل والأقل إزعاجًا.

فهم بهاء من اللحظة الأولى اهتمام شريف به. وهو أيضًا شعر بانجذاب له، ونظرته إلى شريف أفصحت فورًا عن هذا الاهتمام ـ على الرغم من مواراة شريف لعينيه في تحفظه المعهود. فهم بهاء هذا التحفظ أيضًا، ولم يقلق منه: أعراض ولاد الناس. لكنه قلق من تمحور شريف حول ذاته، ومن وضعهما الاجتماعي غير المتساوي. بهاء ليس لديه أدنى مشكلة مع فقره المالي، لكن لديه مشكلة كبرى مع عدم المساواة. وتجاربه العاطفية والجنسية ـ الكثيرة ـ جعلته يتردد في التورط مع من هو في وضع اجتماعي ومالي أفضل منه. ليس له في العقد، ولا يريد مجرد الاقتراب من عقد التعالي المصحوبة بمشاعر الذنب ومحاولات «التواضع». يضحك على المتعالين، فهو لا يرى فيهم سوى بلهاء صدقوا أن ظروفهم ملك لهم، أن فلوس بابا أو ماما جزء من مكانتهم كبشر. شيء مثير للشفقة. أما المثير للغثيان فهو من يخطو الخطوة التالية،

فيقرر «التنازل» ومصاحبة من هم «أقل» منه. التصنع والتعقيد اللذان يصاحبان ذلك يفقعان مرارة بهاء.

لكن الحب أعمى، كما يقولون. أو ربما ليس أعمى تمامًا، لكنه مقوٍّ للإرادة: يجعلكِ تظنين أن باستطاعتك قهر العقبات أيًّا كانت. وبهاء كان أيضًا يقع في حب شريف بنقائه ووحدته الطاغية وضياعه المستمر الذي يدعو للإنقاذ، وبعاطفته الجياشة والحنان الذي يتدفق منه. بعد أسابيع قليلة من العمل المشترك، والسخرية من جانب بهاء، والخجل والدفاع من جانب شريف، ورسائل الواتساب الليلية التي تمتد إلى الفجر، تفجر مخزون الحب والانتماء والشجن والأمل بينهما. فوجئ شريف نفسه بمدى تورطه في حب بهاء، بانغماسه الكامل في هذا الحب، وبانطلاقه الحر غير المشروط في تبعاته. صار هذا الحب فرصة أخرى، ربما وحيدة، لاستعادة الأمان العاطفي والشعور بالقوة. لكن تحقيق ذلك ـ في نظر شريف ـ تطلب أمرًا آخر، وهو نهاية عصر الإنكار. وهذا هو مصدر تململ شريف الدائم إزاء موقف بهاء المؤيد للإنكار.

مع الوقت، تحول التململ إلى رفض، ثم إلى تمرد، ثم إلى أزمة.

انفجرت الأزمة في ٢٢ مارس، اليوم التالي لعيد الأم، والذي احتفلت فيه العائلة ببلوغ الأم سن الستين، وأغدقت فيه الأم حنانها ومحبتها على ابنتها وابنها، وأخبرته أن لديها عروسة له، يمكن أن يخطبها ثم يتزوجان عند تخرجه. قال شريف لبهاء

إنه لا يستطيع مواصلة الحفلة التنكرية التي يعيشها، ويريد إعلان علاقتهما. نظر إليه بهاء مطولًا ـ كان يعرف أنه جاد فيما يقوله، ولم تكن تلك أول مرَّة يقول فيها هذا الكلام، لكنه شعر من نبرة صوته ومن نظرته بشيء مختلف هذه المرَّة. اعترض، وحاول إفهامه أن هذا انتحار، وأن الأمر لا يتعلق به هو وحده بل ببهاء أيضًا، وبعائلتين، وأصدقاء، ومجتمع كامل بثقافة وتاريخ القمامة المتراكمة عبر العصور. لكن شريف صمم. بهاء واصل الاعتراض: قال لشريف إنه ينظر إلى الموضوع من داخل ذاته هو، ولا يراه من منظور من يحب ـ بهاء. أمسك به من كتفيه وقال ضاحكًا إن عليه التوقف عن لعب دور الذكر، وأن يحاول رؤية الأمور من وجهة نظر غيره. لكن شريف لم يكن يسمع. دافع عن نفسه وعن وجهة نظره دفاعًا مستميتًا لا يترك مجالًا كبيرًا للتفاهم. فهم بهاء اختياراته: إما الاستسلام لرغبة شريف ودخول هذه المغامرة غير المأمونة، وإما الانسحاب بهدوء من الآن ـ سيكون ذلك مؤلمًا لكنه سيعيش، وسيتفهم شريف عدم قدرته على مواكبة عزيمته.

كان هناك خيار ثالث تحدثا فيه أكثر من مرَّة، وهو مغادرة مصر والاستقرار في مكان آخر، غالبًا نيويورك. استغرب بهاء الفكرة حين طرحها شريف أول مرَّة. كيف نسافر؟ ليس الأمر بهذه السهولة. كيف سنحصل على تأشيرة أصلًا؟ وعمل؟ والمال اللازم لهذا؟ ثم ماذا سنفعل في نيويورك ونحن لا نعرف فيها أحدًا؟ رد شريف وقتها ردودًا عائمة: لديه بعض الأصدقاء

الذين سيساعدونهما، لديه بعض المال، حياة جديدة حرة، وغير هذا. من وقت إلى آخر يعود إلى هذه السيرة ثم يصمت أمام تردد بهاء.

اختلفا، ظلا يتناقشان وجهًا لوجه، وفي رسائل على الواتساب لثمانية أيام. أدرك بهاء أن ذلك قد يكون نهاية حياتهما في مصر، لكنه أيضًا فهم أن رفضه سيكون نهاية حياته مع شريف.

وهو لا يريد ترك شريف. ربما لأنها علاقة الحب الوحيدة في حياته، ربما لأنها جلبت له استقرارًا كان يفتقده من دون أن يعلم، ربما لأن شريف، على الرغم من تمحوره حول ذاته، شريك مريح، وهذه الراحة خلقت لبهاء واحة من الاحتواء وسط حياة عسيرة. في نهاية اليوم الثامن أخبره بهاء أنه غير مقتنع، ولكنه لن يتخلى عنه. سيمضي معه في هذه المقامرة، بشرط أن يبدآ فورًا في الإعداد للهجرة حتى يكون لديهما مخرج للطوارئ في حالة انفجار الموقف في وجهيهما. وقد كان.

تداعت فصول الكارثة بسرعة، ولا أظنهما قدرا حجم التداعيات لما فعلاه ساعتها. قررا أن يخبرا دائرتهما المقربة في البداية. كتب شريف على صفحته في فيسبوك سطرين، قصر إمكانية رؤيتهما على أصدقائهما المقربين فقط، يعلن فيهما أن كل الحب مباح، وأنه وبهاء عاشقان، وأن حرية الاختيار حق لكل فرد، حتى لو اختلفت الغالبية مع هذا الاختيار. وجلس هو وبهاء ينتظران رد الفعل. لم يعلق أحد لعدة دقائق، ثم توالت رسائل

خاصة في بريدهما، تستفهم. فأعادا شرح ما قاله شريف، وهنا بدأ الانهيار.

سأل أحدهم لِمَ يعتقدان أن حياتهما الجنسية تهم أحدًا، أم أنهما يريدان اصطناع بطولة بإحراجهم؟ ولِمَ في هذا التوقيت بالذات؟ قال بعض الأصدقاء إن هذا إعلان سياسي، وغبي، فهما بهذا يخدمان الإخوان عن طريق تشويه الفكرة الليبرالية في ذهن غالبية الشعب بربطها بالشذوذ الجنسي. رد شريف بشيء ما عن الحرية وعدم تجزئتها، فقال أصدقاؤه إن للحرية حدودًا في كل مجتمع وهذه حدودها في مصر في الوقت الحالي. أرسل بعض معارفهم المثليين رسائل مذعورة: لِمَ هذا؟ لِمَ يفضحان الدنيا ويفتحان أبواب الجحيم على الجميع؟ أليست هذه أنانية؟ هل يريدان الشهرة؟ هل يريدان اللجوء لبلد أجنبي، وعلى حساب المضطرين للبقاء في هذا المستنقع؟

وهكذا، من وسط عشرات ممن ظنا أنهم أصدقاء مقربون لهما، لم يدافع عن حقهما في الاختيار سوى عدد صغير جدًّا. ثم تواروا تمامًا وقطعوا علاقتهم بهما، حتى على فيسبوك. في حين انقض الباقون عليهما باعتبارهما ساعين للشهرة والبطولة وتافهين بل ومصدرًا للخطر.

ابتأس بهاء في حين استشاط شريف غضبًا وبشكل تلقائي، ومن دون تشاور مع بهاء، أمسك بتلفونه وبضغطتين على الشاشة غيَّر جمهور الإعلان من «أصدقاء مقربين» إلى «العامة». وهنا بدأ الانهيار الكبير فعلًا.

استغرق صراخ بهاء المعترض، وغضبه النادر، حوالي دقيقة أو اثنتين، خلالهما ظلت صفحة شريف بلا تعليقات جديدة. ثم توالت التعليقات بلا توقف. «أصدقاء» يعلنون صدمتهم في بهاء وشريف، وآخرون يبدون الندم على الثقة التي أولوها لهما. بعضهم تساءل عما إذا كانا يغتصبان الأطفال أيضًا، أو عما إذا كانا قد تحرشا بهم هم من دون أن يلحظوا. أنصار التيار الإسلامي الحاكم ومحبوه ومحترموه انقضوا عليهما كما هي العادة، بالمئات، بالسباب والوعيد والتبشير بسوء المنقلب والمصير، وتبعهم مئات من الشباب الثوري الطاهر الذي أدانهما وأعلن التبرؤ منهما، متسائلًا عن هوية من دسهما على التيار الثوري وما إذا كانا «أجهزة». وهكذا تحول إعلانهما سريعًا إلى ساحة إضافية للصراع السياسي المعتمل في البلد. أما الجانب الشخصي فقد تم التعامل معه بهدوء ومن دون ضجة.

تلقى شريف رسالة من جيهان، من كلمة واحدة: «حقير». ثم اتصل تامر - ابن عمتي - بشريف وخيره بين إرسال استقالته هو وبهاء فورًا وبين الرفد. ثم قال له إن أمامه ٢٤ ساعة ليقرر، وطلب منه عدم المجيء إلى الشركة في أي حال لأنه جمع أوراقهما ومتعلقاتهما وسيرسلها إليهما. اتصل بي شريف على الفور وقال إنه كسب الرهان. فهمت، ولم أصدق. تامر! كيف؟ من أين أتاه هذا الاستبداد؟ حاولت أنا مناقشته لكن من دون جدوى. كان مغلقًا تمامًا، تمامًا.

بهاء غضب بشدة على شريف، فالاستئثار بمثل هذا القرار المصيري جريمة في حد ذاته، ويعكس إما تمحورًا جنونيًّا حول النفس وإما احتقارًا ضمنيًّا لبهاء واعتقادًا بأنه كتلة يحملها شريف لا قيمة حقيقية لرأيها. غضب بهاء غضبًا حقيقيًّا وقال إنه لولا هذه الظروف لترك شريف على الفور. شريف أيضًا غضب وقال إن موقف بهاء هذا يشي بعدم فهمه لأعمق مشكلات شريف في الحياة. لكن الوقت لم يسعفهما لمواصلة الشجار، ولن يسعفهما قبل وصولهما نيويورك. بدأ الانهيار الأكبر بعد ذلك بعدة ساعات: العائلتان.

أخت شريف أول من اتصل. بادية الاضطراب، قالت له إن صفحته على الفيسبوك تمت سرقتها، ومن سرقها كتب عليها كلامًا مشينًا يهدف للإساءة له. ابتسم شريف وقال لها إن الصفحة لم تُسرق. صمتت. وظل الصمت لحظات طويلة، ثم سألته بصوت متكسر: «ماذا يعني أن الصفحة لم تُسرق؟ هل رأيت المكتوب عليها؟». أجاب شريف بآلية أنها تقصد ولا شك ما كتبه عن علاقة الحب التي تربطه ببهاء. صمتت، طويلًا. ثم قالت: «نعم»، وعادت إلى الصمت. ثم قالت: «ولكن»، وعادت إلى الصمت. ثم سألته: «فعلًا؟»، فأجاب: «نعم». فسألته: «هل جُننت؟ ما هذا؟ ماذا تقول؟ أنت؟ أنت يا شريف؟». أجاب: «نعم»، فعاودت الاستفهام، والاستنكار، لم تكن تستطيع التصديق، لعله مخطئ، لعل هناك علاجًا، لعل... وهو يحاول الحفاظ على هدوئه والرد بوضوح ورِقة في الوقت نفسه، وهي

تتخبط، ثم قالت شيئًا عن العائلة: ألم يفكر في أمه، في أبيه، في أقاربهم، في منظرهم، فيها هي؟ «ما هذه الأنانية؟ هذا كابوس، أنت جُننت، جُننت، ماذا حدث لك؟ الله يخرب بيت الثورة وأيامها، هذا ما أخذناه منها، غير معقول!». وانهارت في البكاء وهي تغلق الخط.

رد فعل أخته نموذج حنون لردود الفعل التي تلقاها من عائلته. رد فعل أبيه حمل المضمون نفسه، لكن بقسوة وشدة وعنف، وصفعة على وجهه بدت خارجة عن السياق وغير ضرورية، كأن الأب شعر بواجب صفع ابنه في هذا الظرف الحاد، ثم أضاف في نبرة عماد حمدي في فيلم «الخطايا» أنه لا ابنه ولا يعرفه «ما لم يتراجع عن هذا الهراء ويعلن سرقة صفحته على «الفيسزفت»، بل ويغلق هذه الصفحة اللعينة برمتها، ويبحث عن علاج لهذا الشذوذ أو حتى يكف عنه لأنه لا يعتقد أنه يحتاج علاجًا أو أنه شاذ بالفعل، لكنه تأثر بالجو الموبوء الذي طفح في البلد ويريد أن يكون مختلفًا عن الآخرين». أقارب شريف اختفوا، لا أحد اتصل به ولا قال له شيئًا بأي طريقة، لكنهم اختفوا جميعًا من صفحته على الفيسبوك.

أهم رد فعل جاء من أمه، التي صمتت تمامًا. بدا وكأنها كبرت في السن، ولازمها تجهم وتيبس لملامح وجهها لم يفارقه بعد ذلك. لم تتصل به، هو الذي ذهب ليراها، وخرجت من غرفتها بعد حوالي نصف ساعة من وصوله، بلا تعبير على وجهها وبنظرة زجاجية لا تراه. سألته عن العمل وعما إذا كان

يأكل جيدًا، وعن شقته وتنظيفها، ثم لا شيء. حين قال لها إنه يريد محادثتها في موضوع حساس قامت من مقعدها وقالت إنها متعبة، ولا طاقة لها بالموضوعات الحساسة، وربتت على كتفه في شبه حنان ومضت عائدة إلى غرفتها.

رد فعل أهل بهاء كان أبسط بكثير: استدعوه إلى المنزل، وحين ذهب وجدهم جميعًا في انتظاره. سأله أحد إخوته إن كان ما نشره «صاحبه» على الفيسبوك صحيحًا، فأومأ بهاء في خجل، وهنا اندفع إخوته الثلاثة نحوه وأوسعوه ضربًا حتى أمرهم الأب بالكف فتوقفوا، تاركين بهاء مكومًا على الأرض وبه كدمات على وجهه وذراعيه وساقه اليمنى. قام الأب فبصق على بهاء ومضى، ثم أخبره الأخ الأكبر بأنه مطرود من البيت ومحرم عليه العودة أو الاتصال أو حتى دخول شبرا الخيمة برمتها، وإلا سلموه بأنفسهم للشرطة بأي تهمة وتخلصوا منه ومن نجاسته إلى الأبد. ثم ألقى في وجهه بكيس يحتوي على ملابسه، طالبًا منه الرحيل فورًا. وطيلة هذا الوقت، كانت الأم تخفي وجهها في طرحتها، وربما كانت تبكي.

وطبعًا كانت هناك حملة التأييد لشريف وبهاء. أناس لا يعرفانهم ولم يلتقيا بهم من قبل، أخذوا على عاتقهم الدفاع عن حق شريف وبهاء في الاختيار. في البداية انبهر شريف وبهاء: #حق_الاختيار، و#متضامن_مع_بهاء_وشريف وغير ذلك. مدونون مشاهير وقيادات شبابية ثورية وكتاب

وإعلاميون انضموا إلى الحملة، وطلب كثيرون مقابلتهما للتضامن معهما. في البداية وافقا، وجاء بعض هؤلاء المشاهير والتقطوا صورًا معهما وضعوها فورًا على انستجرام وبقية الشبكات الاجتماعية، ثم اختفوا، إلا من تعليقات من حين إلى آخر تؤكد المعنى نفسه.

شريف وبهاء توقعا معظم ردود الفعل هذه ـ وإن لم يتوقعا حملة المتضامنين الانتهازيين. لكن التوقع شيء والتجربة نفسها شيء آخر تمامًا. سهل أن تقول: «سيقاطعني أهلي» أو «سيشعرون بالعار ويتبرأون مني»، لكن أن يحدث لك ذلك فعلًا! أن تشعر بهذا الصمت، بهذه البرودة، بهذه الجفوة بينك وبين أمك! حدة الشعور فاجأتهما، كما فاجأتهما شدة الألم الذي شعرا به.

لم يتوقعا هذا. لم يتوقعا أن يؤثر رد الفعل فيهما إلى هذه الدرجة. والأكثر من ذلك، لم يشعرا بأي راحة نتيجة إعلانهما لميلهما. حتى شريف الذي كان الإنكار أزمته، لم يشعر براحة، بل على العكس، زاد شعوره بالضيق وبالحصار والعزلة والتجريم. هذه هي المشاعر التي كانت تعتمل داخله في أثناء سنوات الإنكار والتنكر، وكان يظن أن الإعلان سيقضي عليها، لكن في الحقيقة لم يؤدِّ الإعلان إلا إلى إخراجها من داخله ونثرها حوله، بحيث أصبح يشعر بها تحيط به من كل جانب: في الشارع، في العمل، وحتى على صفحات الفيسبوك.

حل صمت عميق على حياتهما، ولفهما، وعزلهما عن العالم

كأنهما يتحركان في حوض سمك. توقفت حياتهما المهنية بعد طردهما من الشركة. قال شريف لبهاء ألا يغتم، فيمكنهما إنشاء شركة خاصة بهما، ويمكنهما تركيز عملهما على العملاء من خارج مصر. صمت بهاء ولم يرد. فغضبه على شريف يمنعه عن الحديث بصدق في هذا الأمر، لكن صدمته مما يحدث لكليهما أكبر، وتمنعه عن إثارة المشكلة النائمة بينهما.

وفي كل الأحوال انهارت حياتهما الاجتماعية: لا أصدقاء، لا معارف، لا عائلة طبعًا، لا أحد. لم يكن شريف في يوم من الأيام جزءًا من «الجماعة المثلية»، ولا حتى بهاء، والآن لم يعودا جزءًا من أي جماعة أخرى. ذهبا إلى «لفت بانك» في وسط عاصفة الصمت هذه، وحين دخلا من الباب صمت المكان فعلًا. معظم الموجودين يعرفونهما، وصمتوا تمامًا حين رأوهما يدخلان، وصمت من لا يعرفهما دهشة من موجة الصمت المفاجئ هذه. أحمد عيد، صديقنا المشترك، كان لطيفًا معهما كعادته، أخذ طلباتهما وأحضرها ومعها طبق فاكهة هدية منه. لكن التوتر في المكان طغى على كل شيء آخر، وبعد خمس دقائق قال بهاء إنه لا يستطيع البقاء أكثر، فدفع شريف الحساب وقاما راحلَين، تاركَين اعتراضات أحمد عيد المهذبة من دون رد.

ثقل الصمت عليهما، وعندما انفجرت الكارثة الأكبر افتقدا هذا الصمت كما لم يفتقدا شيئًا في حياتهما.

حلت الكارثة النهائية في دقائق معدودة. كانا جالسين في شقتهما

ذات مساء، وفي تمام العاشرة دق الباب بعنف، فقام بهاء ليرى مَن هذا الذي سيحطم الباب، وعندما فتح دفعه رجلان ثم اقتحم عديدون الشقة ـ منهم بعض الجيران. قُبض عليهما واقتيدا إلى القسم ليُعرضا على النيابة في الصباح التالي. وطبعًا حدث لهما ما يُتوقع حدوثه في قسم الشرطة. لم يغتصبهما أحد، لحسن الحظ، لكنهما ضُربا وأهينا كما لم يُهانا من قبل أو من بعد. وانتشرت صورهما على الإنترنت وهما في طريقهما للقسم، ثم صور أخرى لهما شبه عاريين، غالبًا بعد ضربهما وخلع ملابسهما في القسم. ثم تم ترحيلهما للنيابة في الصباح حيث وجِّهت لهم تهم متعددة، منها ممارسة الرذيلة والشذوذ والفجور والحض عليها.

وكيل النيابة كان متعاطفًا معهما. قال إن الذي بدأ هذه القصة هم الجيران، وفي مقدمتهم صاحب البيت. الشرطة لم تكن متحمسة، لكن صاحب البيت وبقية الجيران هددوا باقتحام الشقة بأنفسهم والتعامل مع شريف وبهاء بطريقتهم. الضابط أبلغ وكيل النيابة، ورأى الاثنان أن القبض على بهاء وشريف أخف ضررًا من عواقب اقتحام شقتهما بمعرفة الجيران. ومن ثَمَّ صدر أمر التفتيش والقبض.

امتلأت الصحف بأخبار القضية، وصورهما، وكانا محطمَين من صدمة القبض المفاجئ عليهما، ومما لحق بهما في الحجز، ومن «تحقيق» النيابة، والطبيب الشرعي الذي كشف عليهما، ومن القصص والصور المنتشرة في وسائل الإعلام كلها، ومن

جيرانهما الذين كانت علاقتهما بهم ممتازة حتى أسبوع مضى، ومن حياتهما برمتها.

من حسن حظهما أن بعض المنظمات الحقوقية التقطت قصتهما في ليلة القبض عليهما، وأرسلت محامين لمساعدتهما أمام النيابة. قرر وكيل النيابة الإفراج عنهما بكفالة حتى المحاكمة، وأوعز لمحاميهما أن يتصرف بمعرفته خلال هذه الفترة. أعطاهما المحامي مفاتيح شقته ليمكثا بها، وذهب إلى شقتهما ليجمع ملابسهما ومتعلقاتهما الشخصية التي لم تحرزها الشرطة أو تدمرها، وأهمها جوازا سفرهما. في اليوم التالي اشتريا تذكرتي سفر إلى نيويورك على خطي طيران مختلفين، وفي اليوم الذي يليه غادرا مصر إلى نيويورك، بلا رجعة.

ـ من حسن حظهما أن تمكنا من السفر!

ـ بهاء لم يكن يريد السفر، حتى آخر لحظة. وأظن أنه تعيس هناك، على الرغم من محاولات شريف الإيحاء بأن سعادته مشتركة. لكن المحامي أخبرهما أنهما إن أرادا الفرار فهذا هو الوقت، قبل أن تكبر القضية ويضطر وكيل النيابة المتفهم حتى الآن لإصدار أمر بمنعهما من السفر أو حبسهما احتياطيًّا.

ـ برافو على المحامي، وعلى وكيل النيابة!

ـ فهمتِ؟ عرفتِ ألا أمل؟ عرفتِ أن المشكلة ليست فقط في استبداد الدولة ولكن في تخلف المجتمع نفسه وقسوته؟

ـ أنا مرهقة. ما هذا الظلام؟ كم الساعة؟

ـ السادسة: متى تذهبين إلى المطار؟

٧

دينا وأيمن يحافظان على الإطار المنضبط

السبت، السابعة والنصف مساء.

ـ صاحي؟

ـ نعم.

ـ فيمَ تفكر؟

ـ لا شيء.

ـ كيف تفكر في لا شيء؟ هذه الخاصية غير موجودة. لا بد أن يكون للتفكير موضوع.

التفت ناحيتها:

ـ ماذا تريدين؟

ـ لا شيء.

ـ وهل توجد هذه الخاصية؟

ـ محاولة جيدة، لكن الحقيقة أن هذه الخاصية موجودة: لا أريد شيئًا.

ـ لا أصدقك.

ـ ماذا تظن أني أريد؟

ـ أظن أنك تريدين البقاء.

ـ هههههه. نعم، أحببتك وأريد البقاء معك إلى الأبد.

ـ لم أقل ذلك.

ـ ...

ـ ...

ـ هل أنت قلق على أبيك؟

ـ أبي؟ نعم.

ـ أتظن حقًّا أنه لن يعود؟

ـ نعم.

ـ لِمَ؟

ـ أظنه قادرًا على العودة إن أراد، لكني أعتقد أنه لا يريد العودة. يريد إنهاء المسألة التي بدأها، هناك في الصحراء حيث بدأها.

ـ وماذا ستفعل؟ هل هناك وسيلة للاطمئنان عليه؟

ـ كان عندنا وسيلة وراحت.

ـ فعلًا؟ مَن؟

ـ مدام دينا، زوجة العقيد أيمن.

ـ تعرفها؟

ـ عمتي ليلى كانت تعرفها منذ أيام عمل أبي على التاكسي. وقتها تعرفت دينا على العائلة كلها، وتقاربت وليلى كما تتقارب النساء. سألتها دينا عن علاقتها بفخر الدين، التي تبدو للجميع

وأنها أكثر من مجرد قرابة، وصارحتها ليلى بما نعرفه كلنا، وهو أنها تحب فخر الدين لكن «الرجال عميان لا يرون»، كما تردد ليلى دائمًا. وصارحتها دينا ببعض همومها، واستمرت الاثنتان على ود، لكن حدثت في الأمور أمور أدت إلى قطع الاتصالات تمامًا.

ـ ما الأمور؟

ـ قصة طويلة حزينة.

ـ وهل لديك غير القصص الحزينة؟

ـ الحقيقة لا.

ـ طيب لحظة أبدأ التسجيل على التلفون. هل لديك «يو إس بي»؟

ـ ليس لديَّ.

ـ أظن أن معي واحدة في الحقيبة. لحظة.

قامت ثم عادت بالتلفون والفلاشة وأشارت له بأن يبدأ:

ـ قل لي ماذا حدث؟ شجار بين المرأتين؟

ـ لا، بين دينا والعقيد أيمن.

ـ بسبب ليلى؟

ـ بسبب ليلى وفخر الدين وأنا وكل هذا.

ـ بسبب سجن أبيك؟

ـ لا أبدًا، بسبب الحب.

ـ الحب! لا.. لا.. لحظة واحدة، احكِ من الأول، كلي آذان صاغية يا مولاي.

ـ بصي يا ستي. دينا سيدة لطيفة ومهذبة، دمثة الخلق ورقيقة،

ولكنها أيضًا عملية. في الخامسة والثلاثين من عمرها ولم تنجب سوى طفلة واحدة. تعبت كثيرًا في ولادتها، وبعد الولادة حذرها الطبيب من خطورة محاولة الإنجاب مرَّة أخرى. أيمن كان يريد ولدًا، لكن الطبيب حذره من أن محاولة إنجاب ولد قد تقوده إلى تربية إنجي بدون أمها، فتخلى عن الفكرة. دينا ابنة الأستاذ أحمد مصطفى، وكيل وزارة الزراعة الأسبق، وأمها حاصلة على بكالوريوس الآداب لكنها اختارت العناية بالمنزل والأطفال منذ زواجها بالأستاذ أحمد. لها أخ وأخت، تفرقا في الخليج حيث يعيشان منذ عقود، ويظهران في الصيف أحيانًا مع أولادهما، في شاليه بالساحل الشمالي يستأجره لهم أيمن عن طريق عمله. تحرص دينا على إقامة عشاء أو غداء يجمعها بأمها وأبيها وأخيها وأختها مرَّة كل إجازة صيف، إما في الساحل وإما في القاهرة خلال شهر رمضان، حيث تتحول العزومة إلى إفطار، بطبيعة الحال. غالبًا ما يتغيب أيمن عن هذه العزومة؛ يظهر في أولها أو في آخرها لكنه يتحجج بعمله كي يتجنب معظمها، وذلك في اتفاق ضمني بترك هذا الوقت لها وحدها مع عائلتها.

دينا، مثل أمها، إختارت العناية بالبيت والطفلة والزوج بدلًا من العمل والجري في الشوارع. لم يكن هذا اختيارها في الحقيقة. هي أرادت العمل، وبدأت في ذلك بالفعل عقب تخرجها، لكن أيمن أقنعها بالتخلي عن الفكرة في أثناء فترة الخطوبة: «لن تحتاجي إلى العمل ماديًّا»، «تبنين لنا عشًّا هادئًا وبيتًا سعيدًا»، و«يمكنك فعل ما تريدين من عمل، لكن من دون

قيود الوظيفة وتنافس الزملاء»، وغير هذا من الهراء الذي يقوله الرجال لإثناء النساء عن العمل. دينا فتاة ملتزمة، تحلم بالحياة العائلية وتحب الأطفال وتنتظر اليوم الذي تصبح فيه زوجة، امرأة كاملة ومستقلة، لها رجل تعتني به كأنه طفلها، وطفل تعتني به كأنه رجلها، وبيت يصبح مملكتها. لا تستنتجي من ذلك أنها منغلقة أو متجهمة. على الإطلاق. دينا فتاة مرحة، متطلعة إلى الحياة والانطلاق والبهجة، ولكن في إطار منضبط.

هذا الإطار شكل نقطة التلاقي بينها وبين أيمن، ضابط الشرطة الشاب، الوسيم، المبتسم، المهذب والقوي. رحب بانطلاقها، وقال لها كلامًا كثيرًا عن تربيته الصارمة ورغبته في أن تفتح له شريكة حياته آفاق الانطلاق الرحبة، أن تساعده على فك قيوده والاستمتاع بحياته، «لكن في إطار منضبط»، كما أضاف، وهي تكاد تردد الجملة نفسها معه. ضحكا، وصارت هذه الجملة إحدى دعاباتهما المشتركة. دخلت دينا بوعود البهجة والانطلاق وأيمن بوعود الاستقرار والطمأنينة، والاثنان متفقان على «الإطار المنضبط» لكل هذا، وأنجبا بنتًا جميلة سمَّياها «إنجي»، غالبًا بسبب مشاهدتهما المبكرة والمتكررة لفيلم «رد قلبي».

إلا أن الخلافات بينهما لم تنقطع منذ أول يوم زواج. هما متشابهان في الظاهر، في تمسكهما بالإطار المنضبط للحياة، لكنهما يريان كل شيء تقريبًا بشكل مختلف. هي متدينة مثله، لكنه يرى أنها أكثر تحررًا مما يطيق - في طريقة تفكيرها ورغباتها

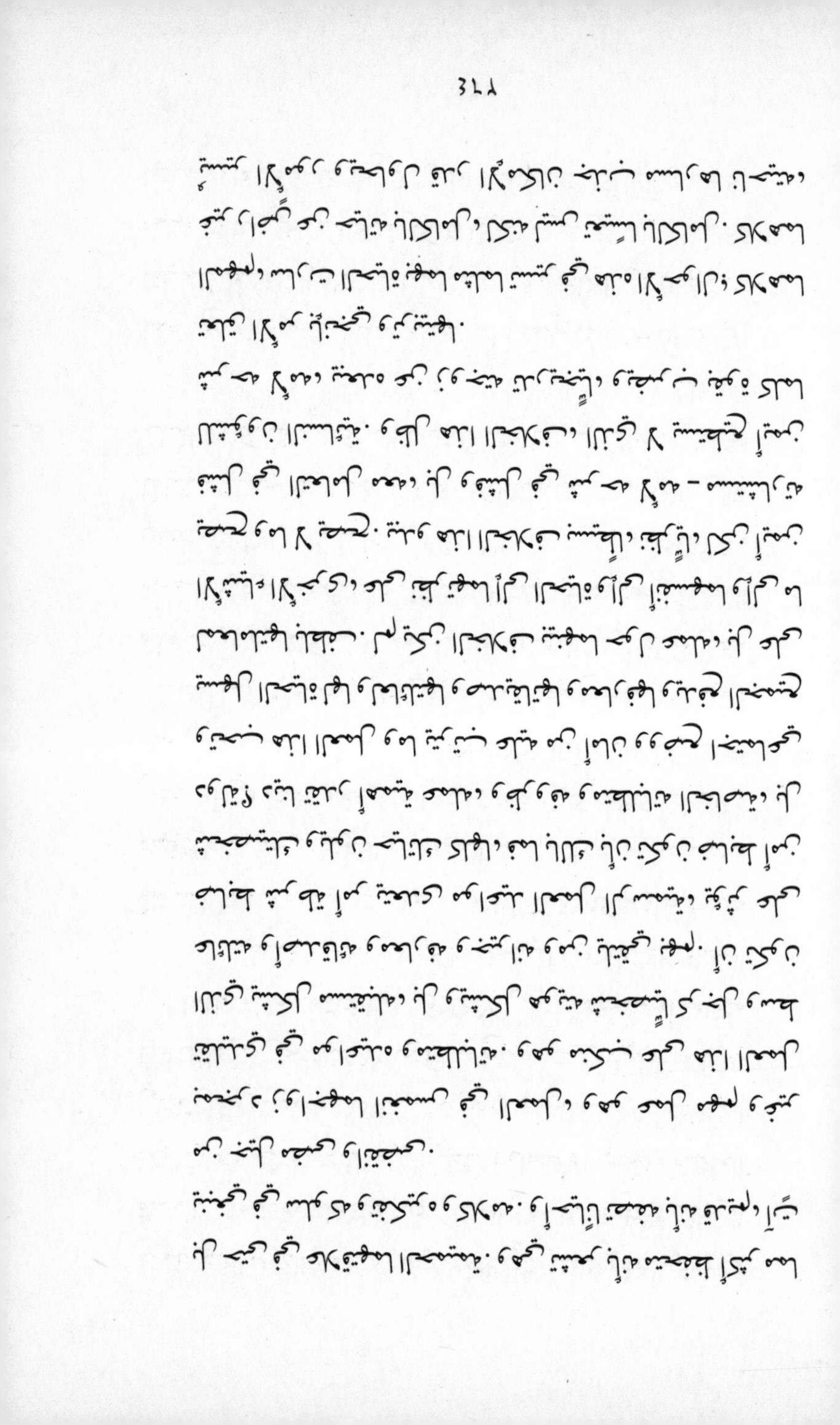

[illegible]

وتفادي المشاكل والخناقات، بمزيج من التغاضي عما يمكنه اعتباره هامشيًّا، والتحلي بالصبر وتكبير الدماغ في الأمور الجوهرية. ثم يصطدمان، حول أمر يخص إنجي في غالب الأحوال، يقرنه أحدهما بملاحظة حول الآخر وسلوكه بشكل عام، فيتطور الموقف إلى خلاف بينهما، حول شخصيتيهما أو اختياراتهما، فيدافع كلٌّ عن نفسه ويشرح موقفه، وينتهي الأمر دومًا بجرح الآخر، والشعور بالظلم وبأن زوجه لا يفهمه، وليلة كرباء تراوده فيها أفكار سوداء حول حياته التي ضاعت مع الشخص الخطأ، والتفكير في الطلاق وعواقبه على البنت وعلى وضع كل منهما في عائلته ووسط ناسه، مع أفكار إضافية حول بؤس البشر العام وتعقد العلاقات، ثم يغلبهما التعب فيناما، غالبًا هو الأول ثم هي، وفي الصباح يرحل إلى عمله مبكرًا من دون أن يلقاها ومن دون حديث إن التقيا، ثم يتصالحان بشكل أو بآخر خلال اليوم ـ رسالة على التلفون حول أمر عملي، ثم آخر، ثم كلمة أو بادرة أو مزحة لطيفة، ثم تعود المياه إلى مجاريها، وربما ـ لو عاد مبكرًا وكان فيه طاقة ـ يمارسان الفعل الذي يسجن القضاة مَن يذكر اسمه، ويطويان خلاف اليوم الفائت في مكان ما داخلهما.

يومًا بعد يوم، شهرًا بعد شهر، عامًا بعد عام، يستقر كل منهما في منطقته، ويعرف حدودها التي تفصله عن منطقة الآخر؛ يقبل بتوزيع الحياة بين المنطقتين ويتخلى عن أحلام التشارك في كل شيء. يتناوشان من حين إلى آخر على الحدود، ويتحسران

سرًّا على ما كان يمكن أن يكون لو كانا قد اختارا شخصًا آخر ليشاركاه حياتهما، ويواصلان، بمزيج من الأمل غير المبرر في تغيير ما قد يأتي يومًا ما، والقبول بالواقع على مضض. حتى جاءت عمتي ليلى.

ـ يا ساتر، كنت على وشك الاستمتاع بالحكاية!

ـ ليت الأمر بيدي. حدث ذلك بعد الثورة بعدة أشهر، في أكتوبر ٢٠١١. كان فخر الدين قد حُكم عليه في يناير بالسجن. أيمن أودعه السجن ونسيه، إذ قامت الثورة وأصبح لديه ألف موضوع آخر يشغله، أبسطها الدفاع عن نفسه في قضية حرق مستندات أمن الدولة حين اقتُحمت مقراتها في مارس من العام نفسه. ليلى كانت متأثرة بالثورة بشكل آخر: صدقت أن الحرية انتصرت، وأن النظام القديم برموزه وظلمه قد سقط وأشرقت شمس العدالة. ومن ثَمَّ، سعت بسرعة إلى لفت نظر النظام الجديد إلى الظلم التاريخي الواقع على فخر الدين. أرسلت التماسات وخطابات وعرائض للمجلس العسكري والحكومة الجديدة، شرحت فيها قصة فخر الدين والظلم الذي تعرض له، وناشدتهم سرعة الإفراج عنه في إطار مطالبات الثورة، كما التقت بممثلين لائتلافات شباب الثورة، والأحزاب، والصحفيين والإعلاميين، وشرحت لهم القصة، ولقيت كثيرًا من التعاطف والوعود، وظهرت على شاشة التلفزيون وهي تقص القصة، ودمعت عيناها والكاميرا تملأ الشاشة بوجهها الأبيض الممتلئ وعينيها المحمرتين، وكتبت عشرات البوستات على فيسبوك، لاقت

إعجاب الآلاف وتمت مشاركتها من قبل المئات، وظهر هاشتاج #الحرية_لفخر_الدين واحتل صدارة الموضوعات على تويتر لمدة يومين، وصرح المتحدث باسم وزارة الداخلية أن الوزارة تدرس ملفه بإمعان، فاحتج كثير من الثوريين بأن الداخلية لا يجب أن يكون لها علاقة بالأمر، حيث إن فخر الدين محكوم عليه بالفعل ولذلك يجب أن يكون الموضوع في يد القضاء. ومن ثَمَّ غمغم النائب العام بشيء ما عن القضية والنظر فيها، ثم تلاشى الحديث عن الموضوع تدريجيًّا حتى خمد تمامًا تحت وطأة مئات الموضوعات الأخرى التي هبت وخمدت خلال تلك الفترة.

وحين فهمت ليلى أن هذا الطريق لن يؤدي إلى الإفراج عن فخر الدين، قررت طرق باب أيمن، لعل وعسى. لكن فخر الدين نهاها عن لقاء أيمن. قال إنه يمر بظروف عصيبة ولن يتعاون معها، ولن تصمد أمامه وسينتهي به الأمر أن ينتزع منها معلومات جديدة تضره أكثر. بدلًا من ذلك، اقترح عليها فخر الدين أن تسلم دينا ملفين: الأول يضم نسخة من تقرير كتبه وكيل نيابة اسمه «عمر فارس» عن اختفاء فخر الدين عام ١٩٨٧، ثم مات بعدها في حادث غامض. والثاني ملف يضم مذكرات فخر الدين نفسه، التي كتبها عن الفترة التي تلت هروبه من مصر حتى عودته بي من السودان. قال فخر الدين لليلى إن هذين الملفين يضمان قصته بالكامل، بكل التفاصيل التي كان أيمن يبحث عنها. بهذه الطريقة سيعرف أيمن الحكاية

كلها، لكن من دون دليل مادي يُدين فخر الدين. إذا تعاطف أيمن مع عدالة قضيته، إذا أدرك أن فخر الدين كان بريئًا على الرغم من خرقه المتواصل للقانون، فسيساعده. أما إذا كان لا يزال أسير العقلية القديمة، فلن تغير معرفته بالتفاصيل شيئًا، فهو في كل حال يعتبره قاتلًا وإرهابيًّا، ولن يكون لديه دليل مادي يمَكنه من إيذائه أكثر مما فعل.

في هذا الوقت كان أيمن يمر بأصعب مراحل حياته. لم يخطر على باله إطلاقًا حين نُقل إلى مباحث أمن الدولة أن ينتهي به الأمر موقوفًا عن العمل ومحالًا للمحاكمة. لكن هذا ما حدث. كان في مكتبه مثل كل يوم حين هاجم متظاهرون مقرات الجهاز في مصر كلها. لم يفاجأ بالهجوم، فقد وردت إليه معلومات بالتحضير له قبلها بعدة أيام، ومن ثَمَّ نقل الأشياء الأكثر حساسية إلى أماكن آمنة، وبدأ في التخلص من الأشياء الأقل أهمية بالحرق أو الفرم أو غير ذلك من الوسائل، كما تقضي القواعد. شاء حظه أن يكون في مكتبه منهمكًا في فرم بعض الأوراق القديمة حين بدأت عملية الاقتحام بالفعل. ومن ثَمَّ، بعد يوم طويل من الهجوم والدفاع والاشتباكات وتدخل الجيش، انتهى الحصار بإخلاء المقر، بعد اقتحامه بالفعل، ثم تسليمه للجيش.

مثل كثيرين غيره، لزم أيمن منزله وعمل من هناك، كما أصبح يتردد على مبنى الوزارة أو بعض مكاتبها غير المعروفة للعامة. لكن هذا الوضع أثر في نفسيته كثيرًا: كيف وصل الأمر به،

وبزملائه، إلى هذا؟ كيف يصل الأمر بهم إلى العمل متخفين، هم الذين يدافعون عن أمن الدولة وسلامتها؟ لكن الدنيا كانت تسير بالمقلوب وقتها، وبشكل ما فإن شيوع الأوضاع المختلة يجعل تقبلها أسهل. واصل أيمن العمل إذن في هذه الظروف غير المقبولة، حتى كان اليوم الذي فوجئ فيه بإحالته للمحاكمة بتهمة إتلاف مستندات أمن الدولة.

تخيلي هذا الوضع: تقومين بعملك الاعتيادي الذي دُربت على أدائه، تجلسين في مكتبك ذات يوم، يتعرض المكتب لاقتحام عناصر معادية، فتقومين بالإجراءات اللازمة لصيانة المكتب وفقًا للقواعد، ثم تجدين نفسك أمام المحكمة بتهمة تطبيق القواعد، أنت التي اعتدت طيلة حياتك على إرسال الناس إلى المحكمة. احتج طبعًا، وسأل رؤساءه عن معنى هذا، وعن سر اختياره هو لمحاكمته، فقالوا له إنه تم التعرف عليه من عدد كبير من المهاجمين، وبالتالي لا يمكنهم إخفاؤه. سأل كيف أصبح للمهاجمين الحق في محاكمة الشرطة، فهزوا رؤوسهم في أسى وأجمعوا على أن الدنيا أصبحت تسير بالمقلوب. قال له زملاؤه ألا يحزن، وأن يساير الأمر، ويكسب وقتًا، حتى يفرجها الله من عنده. ولم يكن أمامه خيار آخر: الجهاز، الذي يسلمه اليوم إلى المحكمة، هو سنده وأمله الوحيد.

ومن ثَمَّ، حين ظهرت دينا على باب الغرفة التي صارت مكتبه بالبيت وهي تحمل ملفين تقول له إنهما يحتويان على القصة الكاملة لفخر الدين عيسى، وإن ليلى ابنة عمه هي التي أعطتها

إياهما، لم يكن غضبه بسيطًا، ولم يكن سيل الشتائم المقذعة الذي خرج من فمه موجهًا إلى دينا فقط، أو إلى ليلى، أو إلى فخر الدين حتى، على الرغم من تداخل أسمائهم الثلاثة مع هذه الشتائم. إنما كان غضبه موجهًا إلى كل ما حدث ويحدث له.

منذ زواجها به لم ترَ منه هذا الوجه، أو تسمع هذه الشتائم. راعها غضبه أكثر من الشتائم نفسها. كأنه تحول إلى شخص آخر يشبه زوجها، كأنه «الرجل الأخضر»، لكن لونه أحمر. وراعها إحساس الخوف والغربة الذي تملكها وهي واقفة أمامه لا تعرف إلى أين سيحمله الغضب. أول مرَّة تشعر بهذا الخوف. لكنها فجأة أدركت أنه يمكنه إتيان أي شيء: يمكنه ضربها، أو ربما ما هو أكثر من ذلك. وفجأة سألت نفسها الأسئلة التي كانت تتحاشاها طيلة سنوات زواجهما: هل زوجها هذا، الوسيم المهذب المجامل الحنون، قادر على الأذى، الأذى الحقيقي الذي تسمع وتقرأ عنه وترى أمثلة له في الأفلام؟ الرجل الأحمر الماثل أمامها الآن، ذلك الذي لا يتوقف عن الغضب ويدق الأشياء بقبضتيه، ويمكنه بسهولة حملها وإلقاؤها من النافذة، ماذا يفعل هذا الرجل بالضبط في عمله الحساس؟ ماذا يفعل مع الأشرار الحقيقيين، الأعداء الحقيقيين، لا زوجته التي واضح أنها أخطأت خطأً كبيرًا، بل الأعداء الذين يقتلون ويفجرون ويذبحون؛ ماذا يفعل معهم زوجها حين يقعون في قبضته؟ كان رد فعل دينا مفاجئًا له، وبالرغم من غضبه العارم فقد

[illegible]

وقلبها على كل وجه، وإن رد فعله هذا مبالغ فيه، وغير متوقع، ومخيف. وضعت الملفين على المكتب وخرجت.

ظلت دينا مرتاعة أيامًا، وأيمن يصالح فيها بلا جدوى. هي لا تقاطعه؛ تبادله الحديث وتقوم بما تقوم به في حياتهما من دون تقصير، لكن كلما نظر إليها تحاشت نظرته، وفي الفراش تنام قبله أو بعده كي لا تعطيه فرصة لملاطفة جسدها، وحين يفعل هذا في منتصف الليل تتجمد في مكانها، ثم تنسحب قليلًا بحيث تتجنب لمسته. طال الجفاء أكثر من المعتاد، وأدرك أيمن ما كان يتحاشى الإقرار به، وهو أن شيئًا ما انكسر في لحظة «الرجل الأحمر» التي انتابته، شيئًا في إحساسها بالأمان تجاهه، ومن ثَمَّ كان عليه القيام بشيء غير معتاد كي يعيد لحم ما انشرخ.

احتضنها فجأة في المساء، من دون مقدمات، وقال لها إن حياته لا تساوي من دون رضاها، وإنه آسف إن كان قد جرحها وطبعًا لم يقصد، وإن غضبه لم يكن موجهًا إليها وإنما إلى هذا الإرهابي الذي وصل إلى بيته. قالت إن الإرهابي لم يصل إلى بيته، وإن ما وصل هما ملفان، من امرأة مكلومة لامرأة أخرى. فابتسم أيمن وقال إن ملفات الإرهابيين كلهم لا تستحق غضبها عليه، وإنه مستعد لقراءة الملفين وتسميعهما إن كان هذا سيرضيها. ابتسمت دينا لأول مرَّة منذ أسبوع، وقالت له إنها لا تريد التدخل في عمله، فأجاب بأن هذا ليس عملًا بل تسلية، ولو أرادت يمكنهما قراءة الملفين معًا، كل ليلة

جزء، كأنما يشاهدان مسلسلًا، وأنه مستعد لتصوير نسخة لها بحيث يقرآن في الوقت نفسه. فوجئت دينا؛ كانت تعرف حيله في المصالحة، استعطافه واستهباله واستمواته أحيانًا، لكن قراءة مذكرات سجين معها أمر لم يحدث من قبل! ومن أين أتته تلك الفكرة؟ افتر ثغرها عن ابتسامة كبيرة رغمًا عنها، انتهزها أيمن كي يقبلها قبلة طويلة، متداخلة ولعوبة، وانتهى الأمر كما ينبغي بهما في الفراش، متصالحَين وهانئَين، وأيمن حريص أكثر من المعتاد على رضاها، الذي ناله في النهاية. صلح متكامل.

لم يكن أيمن يمزح، صور لها بالفعل نسخة من المذكرات التي أتت بها ليلى. كان ذلك يوم الأربعاء، وفي اليوم التالي لم يكن لديه عمل كثير، وبعدها الجمعة، فقررا بداية القراءة مساء الأربعاء. أعدت دينا عشاء خفيفًا، شطائر من هذا وذاك، وبرادًا من الشاي، وبعض الفاكهة، واستقرا في الصالة يقرآن. مشهد جديد عليها تمامًا؛ وقالت لنفسها: يبدو أن الثورة وصلت البيت.

الملفان يكملان بعضهما، هذا ما قالته لها ليلى، فبدآ بتقرير عمر فارس، وكيل النيابة الذي أخذ إجازة بدون مرتب لمدة خمس سنوات وتتبع فيها قصة فخر الدين من بدايتها حتى ما يصفه بأنه «مقتله». بدأ أيمن في تصفح التقرير؛ وجده مزيجًا من التحقيقات والمقابلات التي أجراها عمر فارس وحكايات جمعها من مصادر مختلفة، بعضها واقعي وبعضها يبدو أسطوريًّا: شيخ

يظهر ويختفي، وفخر الدين يموت عدة مرَّات، وأشياء من هذا القبيل. هناك أيضًا قصاصات بخط يد فخر الدين في مراحل مختلفة من حياته، وأشياء كتبها أصدقاؤه. يستخف أيمن بالتقرير الذي يراه أقرب إلى الخيال مما هو إلى تقارير النيابة، لكنه وعد دينا بقراءته وسينفذ الاتفاق. اتفقا على التوقف بعد كل فصل ليتحدثا عنه قليلًا، ثم انطلقا. انتهيا من المقدمة سريعًا، وقال أيمن شيئًا ساخرًا عن وكيل النيابة الذي يترك عمله من أجل قضية تافهة كاختفاء شاب: «لم يكن ليبقى لدَينا وكلاء نيابة». نظرت إليه دينا لائمة، واستأنفا القراءة. مع مرور الوقت تقل تعليقات أيمن الساخرة ويزداد وجومه، كما تصمت دينا تمامًا وتغرق في صفحات التقرير.

لم يلتزم أيهما بالاتفاق. حين انتهت دينا من الفصل الأول كانت عيناها مغرورقتين بالدموع، ووجدت أيمن منهمكًا في القراءة فأكملت. أيمن فوجئ بما وجده: صحيح أنه يكره فخر الدين، وكاتب التقرير، وكل مَن له علاقة بهذه الفوضى، لكنه وجد فيه كمية من المعلومات الخاصة بفخر الدين والتي - إن صحت - تفسر له الكثير من تصرفات هذا الإرهابي. من وقت إلى آخر يهز رأسه، تعجبًا أو امتعاضًا أو غضبًا، وأحيانًا تفلت منه مسبة لإحدى شخصيات التقرير، عادة فخر الدين، وبعد قرابة الساعة قام إلى مكتبه وعاد بحاسوبه الشخصي وفتح أحد الملفات وتركه بجواره، يتصفح فيه من وقت إلى آخر وهو ممسك بالتقرير. دينا غرقت في القراءة في صمت، ومن وقت

إلى آخر تقوم إلى الحمام وتعود ووجهها مغسول، ثم أحضرت علبة المناديل ووضعتها بجوارها.

بعد الواحدة صباحًا بقليل طوت دينا التقرير ووضعته بجانبها وظلت ساهمة. بعدها بقليل أنهى أيمن التقرير هو الآخر، ونظر إلى زوجته وهو ممسك بالملف وقال لها بصوت خفيض إن هذه مهزلة كبرى، لا تُصدق: التقرير يكاد يحتوي على قضية فخر الدين برمتها، بأسماء أصحابها، بأسماء القتلى. «كل هؤلاء قتلوا: كل مَن ورد ذكره هنا مات مقتولًا، من الحاج سليم إلى اللواء سمير». غير معقول، هو الذي قضى شهورًا يبحث في ملف فخر الدين بالجهاز، كانت المعلومات متاحة وفي تقرير لوكيل نيابة! من هو عمر فارس هذا؟ ولِمَ كتب هذا التقرير العجيب؟ ولِمَ تخلو سجلات النيابة منه؟ ومن أين أتى به فخر الدين؟

دينا غارقة في التعاطف مع فخر الدين، وأيمن يكاد ينفجر غيظًا من كل هذه الفوضى: من وكيل النيابة الذي ترك عمله وأجرى تحقيقًا غير رسمي ـ «مَن يفعل هذا؟ ومَن سمح بهذا؟» ـ إلى وصول محتويات التقرير لفخر الدين لا إلى مكانه الطبيعي في النيابة أو الجهاز، إلى إفلات فخر الدين من العقاب في مراحل حياته السابقة ـ «هذا التسامح هو الذي أدى إلى ما حدث». دينا تحاول تغيير مجرى الحديث بعيدًا عن المسألة الأمنية. تشير إلى مأساة ليلى وهي صغيرة فيحتد أيمن ويصفها بأنها ساقطة: «لو كان أهلها قد ربوها لما نامت

مع ابن الجيران وحملت منه». دينا تدافع عنها فيتوتر أكثر، وفي حدة النقاش يقارنها بها، سائلًا لماذا لم تُفَرط هي مثلًا في شرفها مع ابن الجيران وهي مراهقة تفور أنوثة. «ماذا كان اسمه بسلامته؟ محمد أو محمود أو شيئًا كهذا؟». تهم دينا بالإجابة ثم تتذكر ما قالته ليلى لها ـ «الرجال عميان لا يرون» ـ فتسكت: لا داعي. يعود أيمن للتعجب من الفوضى والإهمال الذي عومل بهما فخر الدين قبل تحوله إلى إرهابي: «بذرة التمرد كانت واضحة، فلِمَ لم يتولَّ أحد التعامل معه؟ كيف لم يحاكم عسكريًّا حين اعترض على قرار التحرك نحو حفر الباطن؟ كيف انتظر قائده حتى وقع البلاء وهم في أرض المعركة؟». ودينا تحاججه: «هل الضبط والربط يعنيان القسوة؟ ألا يوجد تفهم للمنطق الفردي لشاب يرفض ما يراه، شاب لا تقنعه حجج الكبار وحساباتهم؟». وأيمن يصر في عصبية أن تأجيل القرار الصعب ـ والمسؤول عنه صف الضباط «الحنيِّنين» ـ هو الذي أدى إلى مواقف وقرارات أصعب فيما بعد. ثم كيف لم يتم تنفيذ الحكم الصادر ضده في ميدان المعركة، أو على الأقل نقله إلى القاهرة لمحاكمة أخرى؟ كيف تجاهلوا الموضوع وكأن شيئًا لم يكن؟ المسؤول هذه المرَّة هو قائد الوحدة. ثم يتوقف أيمن مرَّة أخرى: «ما اسمه؟ اسمه ليس في التقرير». يبحث قليلًا في حاسوبه فيجده، ويضع رأسه بين يديه. تسأله دينا في قلق عما به. يتمتم بصوت يكاد يكون غير مسموع: «قائد

الوحدة هو العقيد طارق الهادي». «وما معنى ذلك؟». «طارق الهادي قُتل أيضًا، عام ٢٠٠٨».

دينا تغير دفة الحديث مرَّة أخرى، فتشير إلى الصدمات العاطفية التي تعرض لها، وهجر حبيبته ـ شيرين ـ له. هي تأخذ صف فخر الدين وتلوم شيرين وهو يفعل العكس. هي موقنة من تعاسة شيرين في زواجها، وأنه زواج بارد بلا مشاعر، وحياة بلا ألوان، وأن شيرين لا بد ندمت على اختيارها. يحتد النقاش ويسألها في تحدٍّ عما ستفعله إن كانت في وضع مشابه لوضع شيرين، تكاد ترد قائلة: «ومن قال لك إني لست مثلها؟»، لكنها تتدارك نفسها وتصمت. تقول: «تأخر الوقت». شحن التقرير شجونها بأكثر مما تحتمل، وأيمن غاضب بأكثر مما يسمح بالنقاش معه. تتثاءب دينا وتقول إنها متعبة وستأوي إلى الفراش. أيمن لا يزال ينفث غضبًا، ويسعده التخلص منها ومن عاطفيتها الزائدة في هذه اللحظة. يشجعها على النوم، قائلًا إنه لن يستطيع النوم قبل إنهاء الملف الآخر.

لم تمس قصة فخر الدين الخلاف المستديم بين دينا وأيمن فحسب، بل خبطت أيضًا، وبقوة، طرفي الصراع المحتدم داخل دينا نفسها. هي اختارت الأمان الذي وفره لها زواجها من أيمن، لكن مشاعرها إزاء هذا الاختيار ظلت مختلطة. الحب العارم المتدفق الذي يختطف من المرأة مشاعرها وسيطرتها على نفسها، تخلت عنه دينا منذ سنوات باعتباره مراهَقة ستزول. قالت لنفسها، وقالت لها صديقاتها، ذلك. بل قاله لها محمود

نفسه، حين فهم أخيرًا أنها لن تستطيع الحياة وفقًا لما تمليه عليها مشاعرها.

فهم محمود أنها لو اختارت قلبها، لو اختارته هو، فستظل طيلة عمرها تشعر بالمرارة إزاء ما ستفتقده حتمًا في حياتها معه. قصة قديمة، وشاهدناها على شاشات السينما عشرات المرَّات: هي تقول إن الحب سيخرج من الشباك حين يكون الفقر والاضطراب وعدم الاستقرار مقيمين بالباب. هو لا يعتقد بصدق ذلك. قال لها: «المسألة كلها في رأسك، لو اعتقدت في صحتها فستحدث». لكن الكلام لا يفيد في مثل هذه الأمور. وحين اتضحت له صلابة اعتقادها، فهم أن الحب سيخرج من الشباك لا محالة، فاختار تركها ترحل وهي تحبه، فخير له أن تستمر في حبه وتفتقده وهي تعيسة مع غيره في المستقبل على أن تكرهه وهي تعيسة معه.

اختارت دينا الأمان، لأنه الأهم لها، حتى لو كان الحب أحلى. الأمان لا يعني المال فقط، بل يعني الطمأنينة. مع أيمن لن تقلق على احتياجاتها المادية هي وذريتها، لن تفتقد الحماية يومًا، لن تقلق على وضعها ومنظرها أمام أهلها وصديقاتها ومعارفها الحاليين والمستقبليين، باختصار ستعيش محترمة في إطار محترم، بلا تهديد مادي أو معنوي. من يستطيع رفض هذا العرض؟

اختارت الأمان، وحصلت عليه، والآن تفتقد حلاوة الحب. قصة قديمة أيضًا. وحين قرأت تقرير «مقتل فخر الدين» نكأت

القصة جرحها ووضعتها أمام نفسها وأسئلتها المخفية: هل باعت نفسها؟ هل باعت قلبها؟ هل خانت نفسها وأهدرت حياتها؟ هذه هي الأسئلة التي تتحاشاها، حتى فيما بينها وبين نفسها، والآن خرجت الأسئلة وهي لا تملك لها جوابًا. تجلس أمام زوجها وبين يديها التقرير القاتل، تحبس دموعها لأنها لن تستطيع تفسيرها، وتدخل في مناقشات، هي مع نفسها بقدر ما هي مع أيمن، لكن تعنته يدفعها إلى تبني وجهة النظر الأخرى بقوة تفوق اقتناعها هي، وهي تشعر بكل ذلك ولا تستطيع البوح به، فتمتلئ شجنًا واضطرابًا أكثر، ثم لا تستطيع تحمل كل ذلك فتنسحب فجأة، تاركة أيمن غير فاهم وغاضبًا.

العقيد أيمن لا يتعاطف البتة مع ما كشفه له التقرير من حياة فخر الدين ومآسيه. أيمن ليس شريرًا، وإنما ضابط ملتزم وواقعي. يدرك جيدًا سوء الأحوال العامة، لكنه ليس السبب فيها ولا المسؤول عنها. ليس هو من وصل بمصر إلى وضعها الحالي، ومشاكلها المتراكمة عبر عقود ليست مسؤوليته. لديه مسؤولية محددة يتولاها، ولا يسمح لأحد بأن يستغفله أو يمنعه عن أداء مهمته. وقصة فخر الدين تستفزه من كل هذه النواحي. تستفزه مثاليته المزعومة. تستفزه الفوضى الأمنية التي سمحت لفخر الدين بالنجاة بتمرده الدائم من دون عقاب طيلة حياته. ويستفزه أكثر ارتباطه بكل هذه الجرائم التي كان يسعى خلفها ولا يجد لها تفسيرًا، في حين أن التفسير كان طيلة الوقت قابعًا تحت أنفه. كل القتلى كانوا على علاقة بفخر الدين، وفخر الدين

كان تحت يده وسمعه وبصره، ونجح في تضليله. بل ووثق به أيمن إلى درجة جعلته أقرب لسائق العائلة الخاص: يوصل زوجته وابنته بل وأمه. هذا المثالي الحالم الذي فشل في كل شيء نجح في استغفاله هو. لو اكتشف رؤساؤه ما حدث لصار أضحوكة الجهاز كله.

وفوق كل ذلك، وضعت قصة فخر الدين إصبعه على الخلاف المكتوم والمبهم والدائم الذي يفصل بينه وبين دينا منذ زواجه بها. منذ التقاها وهو يشعر بهذا الفارق بينهما؛ شيء يقلقه فيها، لا يمكنه الإمساك به، كلما حاول أفلت منه. كأنه نقص في التزامها، ميل دائم للمواقف الأضعف، الأقل حزمًا ووضوحًا، تعاطف مستمر مع أشياء تستحق الإدانة، تفهُّم لأناس وتصرفات غير مقبولة. شيء لا يستطيع ترجمته بشكل ملموس، لكنه قابع في مكان ما في نفسها، كأنه حنين لشخصية أخرى أو ظل واقع عليها من شخصية أخرى. شيء مستفز، مثل أهلاوي يرمق مدرجات مشجعي الزمالك في تعاطف، مثل محجبة ترمق مرتدية البيكيني وتطيل نظرتها ثم تقول شيئًا متفهمًا لسلوكها. وكلما حاول مواجهتها أو الإمساك بها متلبسة فرت، وغطت على الموضوع وأنكرت. وفي النهاية استسلم وألقى بمسؤولية هذا الفارق الغامض على كونها امرأة، حالمة ربما، أو «حنيِّنة» بزيادة، أو مشوشة التفكير.

لكن قصة فخر الدين، وتعاطفها معه، وضعت إصبعه على هذا الفارق، أخيرًا أمسك به. هذا ما يفصله عن دينا: هذه المثالية

الفارغة، العاطفية الفاقعة، الاندفاع الأحمق خلف مشاعر ومُثل لا علاقة لها بالواقع، ولوم هؤلاء الذين يتحملون عبء التعامل مع الواقع. كل هذا شكل من أشكال الضعف والمزايدة الرخيصة: فخر الدين وأمثاله، ودينا أيضًا، يتمسكون بمُثل عليا ويصرخون بأعلى صوت دفاعًا عنها، في حين يتحمل هو وزملاؤه عبء معضلات الواقع الصعب واختياراته، بما في ذلك عبء حمايتهم هم أنفسهم من أنفسهم وأشباههم. هو وزملاؤه من يضطرون لتلويث أيديهم كي يحموا هؤلاء الذين يزايدون عليهم. هذا أكثر ما يكرهه أيمن، ربما يكرهه أكثر من كراهيته للشريرين أنفسهم. وهؤلاء الناس هم من ينفق أيمن حياته محاولًا السيطرة عليهم وحماية البلد من خطر بلاهتهم. وهو الآن يدرك أن دينا تنتمي إليهم. لا فرق بينها وبين متظاهري التحرير.

الآن وضع يده على المشكلة؛ تركيب دينا النفسي، شخصيتها، تنتمي إلى هذا النوع وهو لا يدري. وربما هي أيضًا لا تدري. هذا هو سر فتورها إزاء عمله طيلة هذه السنوات. عمرها ما تحدثت عن عمله بشكل سلبي، لكنها لم تظهر أي حماسة أو انبهار لما يقوم به. لم يسمعها مرَّة تدعو له وهو خارج أن ينصره الله على أعدائه وأعداء البلد. لم يرَها تستشيط غضبًا حين ترى الناشطين أو تسمع كلامهم في التلفزيون. لم يلمس منها أي حماس لما يفعله، مثلما لمس من زوجات زملائه حين جمعتهم الظروف. كانت دينا الأقرب للصمت،

للإيماء، للدعاء الغامض بسلامة المآل. فاترة الحماس إزاء عمله وما يقوم به، وملتمسة أعذارًا لهؤلاء المأفونين. كأنها خلية نائمة. الفارق الوحيد بينها وبين الطابور الخامس أنها لا تعلم أنها كذلك. ربما لو كانت تعلم لشاركت هي الأخرى في المظاهرات. ربما لو لم تكن متزوجة به لانضمت إلى إحدى هذه المبادرات والائتلافات والخرافات، وسهرت الليالي في شققها المشبوهة في وسط البلد، ونامت مع الثوار في خيام الميدان، أو صادقت محاميًا شابًّا أو ناشطًا، وصارت كلبة شارع مثل هؤلاء الفتيات السارحات في الشوارع طول الليل. أخذ أيمن نفسًا عميقًا وقرر إنهاء اليوم ـ والأفكار السوداء ـ عند هذا الحد.

في الصباح يستكمل الزوجان القراءة، هذه المرَّة مذكرات فخر الدين نفسه، وهي عمليًّا الجزء الثاني لتقرير عمر فارس. هنا يعترف فخر الدين بقصته كاملة، ويشرح كيفية تحوله من مثالي حالم وفاشل إلى قاتل محترف على يد أصدقائه من تنظيم الجهاد، في معسكراتهم بالسودان أولًا، ثم في جبال أفغانستان، ثم عودته إلى مصر وانتقامه من كل من آذوه وقضوا على حلمه. أيمن يكاد ينفجر من الغيظ: من زوجته التي تنحنح في نهاية الصالة، متصورة أنه لا يلحظ دمعها المكتوم، ومن فخر الدين وإجرامه الممعن ومحاولته تبرير هذا الإرهاب.

لكن الأمر تعدى الآن خلافه مع زوجته؛ المهم أن بين يديه سجلًّا كاملًا بالجرائم التي ارتكبها فخر الدين منذ عودته إلى

مصر وحتى هروبه إلى السودان لينقذ ابنه من براثن زملائه الإرهابيين الذين أوشكوا على إعدامه. والأهم أن بين يديه قصة رفيق فخر الدين في الإرهاب ـ الشيخ حمزة ـ الذي عاد إلى مصر بعد نكسة يناير وعاث في البلد طولًا وعرضًا. هذه هي القصة الكاملة: هذه هي إجابات الأسئلة التي حاول الحصول عليها من فخر الدين ومن الملفات ومن الأجهزة الأخرى وفشل. وفخر الدين والحمد لله قابع في السجن لا يزال. اليوم يومك يا أيمن: حان وقت إنهاء هذه الفوضى وتسوية الأمر برمته.

قام أيمن من مقعده وقال لدينا باقتضاب إنه ذاهب إلى مكتبه، ورمقها بنظرة صارمة حين بدأت تشير إلى خطط الجمعة وابنتهما. ارتدى ملابسه وخرج وهو يسأل نفسه: لِمَ يرسل فخر الدين قصته بالكامل إليه؟ هل تصور فعلًا أن أيمن يمكنه التعاطف معه ومساعدته؟ أم أن هناك هدفًا آخر؟ في أي اتجاه يريد فخر الدين دفعه؟ أمر مقلق، وسيظل أيمن يفكر فيه، لكنه لن ينتظر الحصول على إجابة، بل سيذهب إلى السجن ويقابل فخر الدين ليفهم الوضع أفضل، وليُفهمه أنه لن يخرج من السجن ما دام حيًّا.

لكن حين عاد أيمن في المساء، كانت دينا قد رحلت.

على منضدة الطعام تركَت له رسالة، تقول فيها إنها لا تستطيع مواصلة هذه الحياة الباردة، وإنها حاولت العيش بدون عواطف ولا تستطيع المواصلة. «الحياة الباردة»؟ «الطلاق»؟ أول مرَّة

تذهب دينا إلى هذا الحد في الشجار. ماذا حدث لها؟ لا بد أنها تلك القصة اللعينة التي قرأتها. ربما هي متضايقة من شيء آخر؟ هل كان يهملها مؤخرًا؟ هل تجاهلها؟ هل تريد شيئًا ما يرفضه هو؟ هل هذه حيلة، أم هي متعبة أو أي شيء من تلك الأشياء التي تعتري النساء؟ وهل هذا وقته؟

سيقضي أيمن الأيام التالية يفعل ما يفعله أي زوج عاقل: يحاول تهدئة دينا، وترضيتها، ومصالحتها. ثم يبدأ في الضغط عليها: «ابنتنا الوحيدة»، «أهلك وأهلي والناس»، «المستقبل». ثم يبدأ في استجوابها: هل هناك شخص آخر، رجل ما في حياتها، أو حتى في خيالها؟ هل كانت على علاقة بغيره قبل زواجهما؟ هل تحب غيره؟ هل خانته؟ لكنها لا تستجيب لأي من هذه التكتيكات: لا ترضى ولا تلين، ولا يبدو أن الضغط يؤثر عليها، ولا ترد على استفزازاته واتهاماته إلا بالاستهزاء الهادئ الواثق. يطلب منها التعقل، ويقسم ألا يطلقها مهما حدث، ثم يهددها بأنها سترى منه وجهًا لم تكن تدري بوجوده، وأبوها الأستاذ مصطفى واقف بجواره يومئ برأسه موافقًا. ثم يغادر منزل أهلها بعد أن يطلب منهم تعقيلها.

دينا لا تعرف ما تفعله بالضبط، ولو حكوا لها قبلها بيوم واحد أنها ستترك زوجها وبيتها لما صدقت.

ماذا دهاها بالضبط؟ هل هي فعلًا تلك القصة اللعينة: شيرين ومصيرها الأسود؟ شيرين لم تستطع في النهاية ترك زوجها من أجل فخر الدين حبيبها. فهل تستطيع هي الرحيل فعلًا، ووحدها

من دون رجل يساندها؟ الرجل الوحيد الذي أحبته، محمود، لم تستطع الزواج به، لأنه لم يكن جاهزًا، لأنه لم يكن لائقًا اجتماعيًّا، لأنه لن يستطيع توفير حياة مستقرة لها، لكنه الوحيد الذي حرك مشاعرها ولا يزال.

كانا عاشقَين، لكنها فهمت أن حبهما لا يمكن أن يتحول إلى حياة مستقرة. فهمت هي ذلك قبله، ثم أفهمته. قبِل، ليس لأنه لا يريد المحاولة، لكن لأنه لا يريد جرحها وقد فهم احتياجها للاستقرار الذي لا يظن أنه قادر عليه، على الأقل ليس قبل سنوات طويلة سيكونان قد دمرا بعضهما وحبهما خلالها. تركها ترحل من دون ضغينة، وهي قدرت هذا، وظل الحب، وظلت ذكراه، أو اسمه، أو ظهوره، تحركها وتقلب مشاعرها مثلما لا يفعل أحد غيره. لكن ماذا يعني كل ذلك الآن؟ هل ستترك أيمن وتبحث عن محمود وتتزوج به؟ حتى لو كان متاحًا، حتى لو قبِل أيمن تطليقها، فكيف يمكن لهذا أن ينجح؟ ما الذي تغير سوى أن الموقف صار أصعب؟

اعتادت الحياة الرغدة الآمنة، وأصبح لديها طفلة ستحطم قلبها لو فصلتها عن أبيها وأدخلت رجلًا بديلًا في حياتها، ولن يتركها العقيد أيمن تتزوج برجل غيره، هذا إن طلقها أصلًا. ومَن قال إن محمود سيرغب بها، أو إن حياتهما معًا ستكون أفضل؟ كل هذه الأفكار ضلالات عاطفية، خارجة من الأفلام والروايات. كل ما تحتاجه هو غمس رأسها في ماء بارد، دلو من الثلج على رأسها، ثم الهدوء ولم نفسها والعودة إلى بيتها. لكن فكرة العودة

إلى البيت تقبض قلبها، فتصمت، وتقرر البقاء لدى أهلها، على الأقل حتى يصفو تفكيرها وتدرك ما تفعله.

لكن تفكيرها لا يصفو. كلما ظلت وحدها، كبرت الفكرة في رأسها، لكن مع ذلك لم يقوَ جسمها على احتمال الفكرة، فتظل جالسة في بيت أهلها، كأنها مشلولة. وكلما أتى أيمن لرؤيتها، نفرت منه، حتى أصبحت ترفض الخروج من غرفتها لرؤيته. وحين صمم على الدخول إليها جمدت في الفراش وكأنها ممسوسة. غضب أيمن المبدئي تحول إلى غيظ شديد، ثم إلى قلق حقيقي وتساؤل عما إن كانت قد جُنت أو أصابها شيء. نصحته أمها بالابتعاد قليلًا وإعطائها الوقت لتهدأ، ولم يكن لديه حل أفضل فاتبع نصيحة حماته. صحيح أن أيمن يكره الحياة وحيدًا، ويكره البيت بدون زوجته وابنته، لكن لديه أشياء أخرى تحتاج وقته وتركيزه. ومن ثَمَّ كف عن ملاحقة دينا، وترك البيت فعليًّا وصار مقيمًا في مكتبه لا يغادره، كأنه سجين هو الآخر.

دينا تهدأ حين لا يكون أيمن في محيطها، لكن رأسها يدفعها للبحث عن شيء آخر، للخروج من هذا الزواج، للفرار، وهي فعلًا لا تستطيع. صديقات الطفولة والمراهقة أتين، معظمهن باستدعاء من الأم، ولم يستطعن الوصول مع دينا إلى حل، إلا واحدة، نصحت دينا بالاتصال بمحمود ومعرفة أحواله. ساعدتها، ومع بعض الواتساب وفايبر وفيسبوك، عثرت عليه وحادثته، كتابة أولًا ثم صوتًا وصورة.

وجدته كما تركته يحبها، ومطلقًا ولديه طفل. أصبح مصورًا سينمائيًّا. «متى تعلمتَ التصوير؟». «هذا ما جرى». لديه دخل لا بأس به، لكنه لا يزال فقيرًا، «صعلوكًا» قد يكون وصفًا أدق، حياته بين بيته القديم ـ في حيهم القديم ـ ومقاهي وسط البلد وبارات آخر الليل مع رفاقه الفنانين. يقول إنه يعمل مصورًا لكسب رزقه لكنه يُخرج أفلامًا تسجيلية ويضعها على النت. أفلام عن الحياة في شوارع القاهرة، عن الجرافيتي، عن المقاهي، عن الشباب. يتحدث مثل شباب هذه الأيام، ويشبههم في شعره وملابسه. يبدو أصغر ـ كأن الزمن لم يمر به مثلما مر بها. شجعتها صديقتها على لقائه: «جربي، لن تخسري شيئًا، أفضل من الامتناع والتساؤل لبقية حياتك عما كان ليحدث لو كنتما معًا».

لن تكون دينا المرأة الوحيدة التي خاضت تجربة عاطفية سرية، ليست أولى العاشقات ولا آخرهن. شجعتها صديقتها، وهي كانت راغبة لكن غير قادرة. ثم التقيا، مرَّة ثم مرَّتين، ثم اضطرا للقاء في بيته لأن اللقاء في الأماكن العامة كان خطرًا. وتبادلا القبل، ثم ناما معًا، ثم انتظمت حياتهما على هذا المنوال. هي عند أهلها، تتسلل مرَّتين أسبوعيًّا بحجة لقاء صديقتها المتواطئة، وتقضي اليوم مع محمود. أشرقت حياتها، وعادت الألوان إليها، وأصبحت تسمع الأصوات التي كانت قد تحولت إلى طنين، وصارت أمًّا أفضل وأكثر صبرًا ومحبة واهتمامًا بابنتها، وبنتًا أفضل لأمها وأبيها. أمها

[illegible]
[illegible]
[illegible]
[illegible]
[illegible]
[illegible]
[illegible]
[illegible]
[illegible]

[illegible]
[illegible]
[illegible]
[illegible]
[illegible]
[illegible]
[illegible]
[illegible]

[illegible]
[illegible]
[illegible]
[illegible]
[illegible]

وتحتال عليه وتنام مع رجلين في آن واحد فهذا أمر لا تقدر عليه ولا تريده. هذا ما قالته لنفسها على أية حال. المرحلة الثالثة، ودامت شهرًا آخر، غرقت فيها علاقتها بمحمود في الواقع ومشكلاته، وراحت الزهوة الأولى للحب وبدأ الاعتياد في التسلل، وبدأت النواقص التي يعاني منها كل إنسان في الظهور للآخر. بدأت بعض عاداته تضايقها، وبدأت بعض صفاتها تضايقه، وبدأ ضيقهما يظهر لكل منهما.

ودينا تتساءل إن كانت ستضحي بحياتها، واستقرارها، واستقرار ابنتها العاطفي، من أجل أن تجد نفسها في زواج في النهاية يعادل الزواج الذي تعيشه بالفعل. ما الفائدة؟ ربما يكون كل زواج هكذا: مجموعة من المشاكل ومن المباهج، وإجمالي السعادة المترتب على كل زواج يعادل بعضه بعضًا. ستكون أسعد مع محمود في جوانب، وأتعس في جوانب أخرى. لكن مجموع السعادة والتعاسة معًا ـ سعادتها وتعاستها هي وابنتها وأهلها ـ قد لا يختلف كثيرًا عن مجموع سعادتها وتعاستها إن ظلت متزوجة من أيمن. هذه الأفكار، والحسابات، ألقت بظلال الأبيض والأسود مرَّة أخرى على حياتها، وسارعت من عملية افتراقها عن محمود وعودتها إلى ثكناتها، أولًا في بيت أمها، ثم إلى بيت زوجها وأبي ابنتها.

فتح أيمن باب بيته وقلبه لزوجته المارقة، على الرغم من غضبه الشديد عليها، وشعوره بالغبن، وشكوكه القوية حول دوافعها في الرحيل وفي العودة. قرر أن يطوي صفحة الماضي بكل

ما فيها، لأنه تعب من البيت الفارغ، ومن الإقامة في مكتبه، ومن نظرات زملائه ورؤسائه المستفسرة أو المتعاطفة أو الشامتة. اشتاق إلى الحياة الطبيعية، أو ما يشبهها. وإن كانت دينا قد أخطأت فهو شخصيًّا لم يكن سلوكه نموذجيًّا. والبنت تكبر كل يوم وهو لا يريد أن تكبر بعيدًا عنه. فتح الباب لزوجته وأدخلها، بشجنها وصمتها، وباجتهادها لتبقى مبتسمة. فتح الباب لها واجتهد هو الآخر أن يكون لطيفًا. ظل هناك شيء عالق في الهواء، كأنه يجمدهما في أدوارهما المنفصلة، لكنهما تجاهلا هذا الشيء غير الملموس، وركزا أكثر على البنت، وعلى تفاصيل الحياة العملية، وعلى تفادي الخلاف. وكي لا تشعر دينا بالملل وتقع فريسة للأفكار السوداء، وجد لها أيمن عملًا بمكتب أحد الوزراء.

- تصدق إنك ابن وسخة؟
- برافو! أخيرًا شتمتِ!
- وكئيب. حتى قصة الحب التي ألفتها جعلتها كئيبة مثلك!
- ألفتها؟ مَن قال إني ألفتها؟
- أكيد دينا مصطفى لم تحكِ لك مشاعرها وخيانتها لزوجها الضابط الذي حبس أباك.
- صحيح أنها لم تحكِ لي، لكنها حكت كثيرًا من هذه التفاصيل لليلى. ثم إنه معلوم للكافة أنها تركت أيمن ثم عادت إليه. وحتى لو كانت بعض التفاصيل من خيالي، فهل ترين فيها شيئًا غير منطقي أو معقول؟

- المسألة ليست في المنطقية. قصصك كلها منطقية - برغم أن خيالك واضح في بعضها. المشكلة أنك سوداوي وتعكس ذلك على القصص!

- طيب يا إيجابية. كفاية علينا حضرتك تنشري الإيجابيات. ناقص تقولي: «اليأس خيانة».

- طيب يا كئيب، الساعة الآن التاسعة مساء. دعني أغفو نصف ساعة.

٨

أمل وعمر يصلان إلى حافة الفراش

السبت، العاشرة مساء.

ـ صاحي؟
ـ نعم. وأنتِ؟
ـ صاحية. كم الساعة؟
ـ العاشرة.
ـ ما زال أمامنا ساعتان.
ـ إذن ننام ساعة أخرى.
ـ أتريد النوم لآخر لحظة؟
ـ أريد النوم حتى تنتهي الأيام الخرا.
ـ الأيام الخرا لن تنتهي طول ما أنت نائم.
ـ عدنا إلى الكلام السهل، المتعالي، النظري.
ـ وما هو الكلام العملي؟

ـ أني سأوصلك إلى المطار بعد ساعتين. سأقف أنا على الباب وتمرين أنت من موظف الأمن الذي يفحص أوراق المسافرين. تسجلين نفسك في مكتب شركة الطيران ويعطونك بطاقة صعود إلى الطائرة. سيرمقك ضابط الجوازات بنظرة تمزج الكراهية بالحسد، وهو يختم جواز سفرك الأزرق، ثم تعبرين الخط الفاصل بين العبث والحياة، وتدخلين في طائرة كل مَن عليها يخدمك ـ هل تسافرين، بالمناسبة، في الدرجة السياحية أو الأعمال؟ بعد إحدى عشرة ساعة ستهبطين في مطار نيويورك وتعيشين حياتك. ماذا تريدين مني أنا فعله، أنا النائم هنا، في هذا الخراء؟

ـ أريد حكاية أخيرة.

ـ زهقت! زهقت حكايات!

ـ لا، باقٍ حكاية.

ـ أي واحدة؟

ـ حكايتنا نحن.

ـ نحن؟ هل أصبحنا حكاية؟

ـ لا أعرف. قل لي. أنت الحكاء. أنت شهرزاد.

ـ لو كان لنا حكاية فهي قصيرة جدًّا.

ـ كلنا نعرف أن الحكاية ليست بالطول وإنما بالمفعول.

ـ يعجبني روقانك الدائم.

ـ يعجبني بؤسك الدائم.

ـ ألا تتعبين؟

ـ ألا تتعب أنت؟

ـ أنتِ مضحكة.

ـ لا أراك تضحك.

ـ أضحك من داخلي.

ـ طيب، كفَّ عن هذا واحكِ لي حكايتنا.

ـ لا أدري أي حكاية. لِمَ لا تحكين أنتِ؟ يبدو أن لديك فكرة واضحة. احكي.

ـ حسنًا، ليحكي كل منا الحكاية كما يراها. سأبدأ أنا بما أنك تماطل. لكن تعالَ أولًا إلى الفراش. استلقِ بجواري هنا.

لا، لا أريد أن نفعل شيئًا، أنا منهكة. أريد فقط الشعور بك بجواري.

ـ ما هذا؟ حب؟

ـ لا. تعالَ واصمت. سأحكي لك حكايتنا.

ـ تفضلي.

ـ اسمع يا سيدي. أولًا، سأرسل لك طلب إضافة الآن على فيسبوك. كيف تكتب اسمك؟

ـ Omar Fakhredine. لكن حسابي خاص، ولا أقبل إضافات.

ـ كفَّ عن هذا الهراء. سأرسل لك طلبًا وستقبلني.

ـ كيف تكتبين اسمك؟ لم أجده حين بحثت.

ـ Amal Mofeed. إذا كنت تتلصص، أفليس من الأفضل لك أن تكفَّ عن هذا التخفي الخائب وتقبل أصدقاء وتعبر عن نفسك مثل بقية خلق الله؟

ـ احكي الحكاية.

ـ حسنًا. سأسافر الليلة، ونظل على اتصال، ثم أرسل لك كي تلحق بي. ستأتِي بعد شهر من الآن، وتستقر معي في شقة من غرفتين نستأجرها معًا في واشنطن. «مصر هي أمي» ستختفي من حياتنا في هذه الفترة وسنصبح مجرد فتى وفتاة يحاولان الحياة. في البداية ترتبك، أنت وأمورك، وتضيع وتسأل نفسك لِمَ أتيت. سنعيش كشركاء السكن، بلا عواطف ولا علاقات خاصة. سأرى رجالًا آخرين، وستحاول التظاهر بأنك تمام، لكنك ستنهار من داخلك، وستلاحقك كل الأسئلة التي لم تكن تعلم بوجودها أصلًا، وتغار غيرة جنونية، وستكره نفسك لذلك، لكنك لن تستطيع الإقرار بهذه الغيرة. ثم لا تستطيع الاحتمال، وستجد أي وظيفة لمجرد الحصول على دخل ومغادرة الشقة المشتركة. ساقٍ في بار. يليق عليك هذا. لكن راتبك لن يسمح لك بالسكن منفردًا فتظل معي مرغمًا. ثم تبدأ في محاولة الانتقام. فتعود إلى المنزل بفتيات كثيرات، كل أسبوع فتاة جديدة، وسأشعر بالقرف منك، بالتقزز، ثم أكتشف أني أخفي بهذا التقزز مشاعر متنامية إزاءك. غيرتي ستأكلني، وسأشعر بالتضاؤل. ثم، بعد فترة من الضيق والشعور بالإهانة، سأنتقم، فأبدأ في جذب انتباهك وإغرائك من دون إعطائك ولو بارقة أمل واحدة. عملية تعذيب متعمدة. سأريك إلى أي حد أنا جميلة وجذابة وحنونة وذكية وقادرة، وإلى أي مدى أنت محروم من هذه المزايا ولا سبيل لك لتنالها. وستعاودك ذكريات هذين اليومين في الفراش وتتضخم في خيالك حتى ينفجر، وسأجعل فتياتك يبدون لك

كالمناديل الورقية، وكلما التأمت مع واحدة منهن، زاد الفراغ داخلك. حتى تنهار تمامًا.

ـ وعندها تتلقفينني.

ـ ليس بالضرورة. أغلب الظن أني سأفقد الرغبة فيك ساعتها، وأطلب منك مغادرة الشقة، وأظل أكرر عليك كلما التقيتك بعدها أني اعتبرتك صديقًا وأخًا، وأنك غششت في قواعد اللعبة أو لم تفهمها أصلًا، وسأقتنع أنا نفسي بذلك. وعندها ستغادر الشقة وتشترك مع شاب مكسيكي في إيجار شقة صغيرة، وتمضي في حياتك وأمضي في حياتي ونحن نحب بعضنا من دون أن نعرف كيف نكون معًا.

ـ ممتاز. لقد نقلت إليكِ عدوى القصص المفرحة.

ـ لا تتعجل. سنظل هكذا عامًا أو عامين، يرتبط فيه كل منا بصدق مع شخص آخر، ونظن أننا وقعنا في حبه وحبها، ثم نتركهما، واحدًا تلو الآخر، وساعتها نعود إلى بعضنا بعضًا بصدق وعلى أرضية جديدة ـ نعود ونحن على قدم المساواة، نعرف أنفسنا أفضل ونرى بعضنا بعضًا بحق، لا مجرد انعكاس لنفسنا التي نريد رؤيتها.

ـ ونتجوز ونعيش في تبات ونبات؟

ـ لا، لن نتزوج، لكن سنعيش في تبات ونبات. سيصبح كل منا إنسانًا أفضل. سأعمل في المحاماة وأصبح محامية جيدة، ربما أتخصص في قضايا أحبها، منفعة عامة أو قضايا تعويضات من الشركات الكبيرة. ربما أشترك مع محامين من بلدان

مختلفة وننشئ منظمة دولية للدفاع القانوني، بهدوء وكفاءة ومن دون ضجة، نحرز انتصارات محدودة ولكن جيدة، انتصارات فارقة. وأنت ستعود للدراسة، أو بالأدق ستبدأ الدراسة، وستكتشف كم أنت ذكي. سيجدك أساتذتك موهوبًا ويساعدونك. ستدرس شيئًا متعلقًا بالكمبيوتر: الرسوم أو التصميم، ستفعل هذا لعدة أشهر ثم ستتذمر من أن السوق أكثر تقدمًا من الجامعة وتترك الدراسة، لكن لأن لديك منحة فستدرس مواد أخرى، الكتابة وتاريخ العالم وعلم النفس، على أمل أن تفك عقدك المتراكمة. وسأشجعك على ذلك. وبينما تستمر في العمل في مجال التصميمات الهندسية ـ ربما مع أصدقائك المثليين شريف وبهاء ـ تركز أكثر فأكثر في دراسة علم النفس حتى تتخرج وتتدرب وتصبح معالجًا نفسيًّا. ثم ستكتب كتابًا بالعربية عن علم نفس الأطفال: كتاب غير أكاديمي، سينتشر في العالم العربي كالنار في الهشيم وتصبح نجمًا بين يوم وليلة. لكن لأنك شخص جيد، وقدماك ثابتتان في الأرض، فلن تفقد عقلك. ستقوم بجولة في العالم العربي، وطبعًا مصر، ثم تعود إلى واشنطن. تترك التصميمات الهندسية وتركز في العلاج النفسي، ثم تنشر كتابًا ثانيًا يفشل فشلًا ذريعًا: لن يقرأه أحد. سيقال إنه تكرار لكتابك الأول، أو محاولة للاستفادة من نجاحه، أو أنك فقدت بريقك، أو أي شيء محبط. لكن لأنك شخص جيد، وقدماك ثابتتان في الأرض، فلن تنهار، وستواصل.

- ونحن؟

- سنظل معًا سنوات طويلة، سبعًا على الأقل.

- من دون زواج؟

- طبعًا.

- ومن دون أطفال؟

- طبعًا. أنا لا أريد أطفالًا. لا أريد أن أكون أمًّا، ولا أنت تريد أن تكون أبًا. سنتفق على ذلك. لكني سأحمل مرَّة، بالخطأ، وستكون تلك هي أكبر أزمة نواجهها. سأتردد في التصرف إزاء الحمل، وحين أقرر إيقافه ستتردد أنت، وفي المرَّتين سنتشاجر ونتخاصم. سنوقف الحمل، معًا، لكننا سنظل حزينين، لفترة، ومن حين إلى آخر سيقول أحدنا شيئًا ما، عن طفل كان سيكون في عمر طفلنا لو لم نوقف الحمل، ويؤلمنا الكلام، لكننا لن نحاول الإنجاب.

- وسنعيش في أمريكا إلى الأبد؟

- أنتَ ستبقى في أمريكا، أما أنا فسأعود إلى مصر. في البداية سآتي في زيارة قصيرة بعدما أكسب القضية مباشرة، فقط كي أضايق السلطات. وستأتي أنت لاحقًا، في زيارة أيضًا، بعد حصولك على جواز السفر الأمريكي. ثم سأقرر العودة إلى مصر والإقامة فيها لفترة، بعد سبع سنوات من الآن.

- فعلًا؟ ستعودين؟

- طبعًا. سأعود لأنشئ معهدًا لتدريب المحامين.

- بتمويل أجنبي؟

ـ بالضبط، لكن هذه المرَّة ستكون مصر قد أفاقت من الجنون، وبدأت رحلتها لتقف على قدميها وتقوم من جديد.

ـ آه، إن شاء الله.

ـ بالضبط. سنختلف على هذا. ستقول إن تفاؤلي لا يوازيه سوى سذاجتي أو غبائي، وسترفض المجيء وتظل هناك في فرجينيا ـ حيث اشترينا منزلًا صغيرًا معًا ـ وأعود أنا إلى مصر.

ـ ثم؟

ـ ثم نفترق. بهدوء. سنتباعد، ليس فقط بسبب البعد المادي، لكن لأن اهتماماتنا ستأخذنا في اتجاهات متباينة. سأنغرس أنا أكثر في الحياة هنا، والمشاركة في بناء الدولة الجديدة التي ستكون ساعتها في طور التكوين، وما يستدعيه هذا من الانغماس في السياسة، في حين ستذهب أنت أكثر وأكثر في طريق تراه أكثر رحابة، علم النفس والكتابة، وستكتب بالإنجليزية بعد كتابك الثالث بالعربية (الذي سيكون ناجحًا جدًّا)، وتصبح دارسًا جادًّا وربما أستاذًا. ستظل مرتبطًا عاطفيًّا بمصر والعالم العربي، لكن من هناك ـ نموذج إدوارد سعيد.

ـ إدوارد سعيد مرَّة واحدة؟ ألا يتعين عليَّ دخول الجامعة أولًا؟

ـ ستدخل، وتتفوق. ولعلمك، إدوارد سعيد لم يكن طالبًا متفوقًا، ولم تظهر لديه اهتمامات أكاديمية إلا متأخرًا.

ـ طيب. وكيف سنفترق؟

ـ كما قلت لك، بهدوء. تباعدنا لن يحمل ضغينة، مجرد شجن، كذلك الذي نشعر به حين نراقب طفلًا يكبر ويخرج من طور

الطفولة ليصبح مراهقًا، إنسانًا آخر يشبه الطفل لكن يختلف عنه جذريًّا. لن ننفصل رسميًّا حتى أطلب منك ذلك. سأكتب لك رسالة طويلة أشرح لك فيها قراري، وأخبرك أني التقيت شابًّا في مصر وأحببته، وأطلب منك الانفصال.

ـ ولِمَ نحتاج للانفصال رسميًّا إن كنا غير متزوجَين أصلًا؟

ـ لا تكن غبيًّا. ما يربطنا أكبر من الزواج، ولا يمكنني تجاوزه من دون اتفاق وإعلان بيننا. ستوافق بلطف وشجن، وننفصل، وسأرتبط بهذا الشاب، ثم أتزوجه وأنجب منه طفلًا.

ـ ومَن هو سعيد الحظ؟

ـ شاب مصري سألتقيه هنا حين أعود، ربما في حفلة مثل تلك التي كنت فيها أول أمس، ربما اسمه عمر، ربما هو أنت الذي رفض السفر معي وظل هنا!

ـ حلوة. ملعوبة. أعتقد أننا بحاجة لفاصل. تشربين شيئًا؟

ـ ماء من فضلك.

يقوم عمر كي يذهب إلى المطبخ، فتجذبه ناحيتها وهو ما زال بالفراش. لا يعرف ما تنويه بالضبط فيرتبك. تدرك هي أنه يبحث عن نيتها كي يحدد كيف يتصرف، فتلاعبه قليلًا. تجذبه ناحية وجهها فيهم بتقبيلها فتسحب هي رأسها إلى الخلف قليلًا وتضع رأسه على رقبتها وتحتضنه. يطوقها فتفك ذراعه. ينظر إليها غير فاهم فتبتسم. يزداد عدم فهمه وتبدو ملامح الضيق على وجهه. تمرر أصابعها على توترات وجهه وهي تبتسم:

ـ قم، هات الماء.

خارج هذا الباب. صحيح لم أقضِ مثلهما في حياتي، لكن الفراش غير الحياة.

ـ مَن قال لك هذا الهراء؟

ـ اصمتي. لكل هذه الأسباب سأستبعد الفكرة، وسأرد على دعوتك الكريمة بالشرح. لن يعجبك كلامي، وستحاولين إقناعي، ولكني سأرفض بحسم. النتيجة الوحيدة لهذه المراسلات هي أن أمن الدولة سيستدعيني، لأنهم يراقبون كل مَن تتصلين به. التحقيق سيكون مهينًا، أو قاسيًا، أو الاثنين، وسيخرج فيَّ أسوأ ما لديَّ. سأصطدم بالعقيد أيمن، أو بمن حل محله إن صح ظني ومات في الصحراء مع أبي، وسينتهي الأمر بي في السجن على ذمة قضية ما: حيازة مخدرات، اعتداء على عسكري في بنزينة «وطنية»، سرقة مدرعة، التحرش بغواصة، شيء من هذا القبيل، وإما تظل قضيتي سنوات أمام المحكمة ـ وأنا في الحبس «الاحتياطي» ـ وإما يحاكمونني عسكريًّا ويحكموا عليَّ بخمس ست سنوات.

ـ كنت متأكدة من إشراق حكايتك.

ـ ستدافعين عني من هناك، ستوكلين محامين وما إلى هذا، وستطلقين حملة #الحرية_لعمر أو #لا_للمحاكمات_العسكرية، وتجعلين مسؤولًا أمريكيًّا ما يطالب بالإفراج عني، لكن لأني نكرة، ولي ماضٍ يمكن استخدامه ضدي، فلن يعبأ أحد هنا بكل هذا، وسأظل في السجن، أمتلئ مللًا ومرارة يومًا بعد يوم. وحين أخرج، لن أكون صالحًا لفعل أي شيء. ستكونين

أنت قد «عدت» كما تقولين، وستلتقين بي، لكننا لن نحب بعضنا، بل لن ننام مع بعضنا ـ لن يكون لديَّ الرغبة. ستكون رغبتي الجنسية قد خمدت مع خمود ما بقي فيَّ. وبعد اللهفة الأولى التي تمليها عليك الذكريات التي تضخمت مع الوقت، ستكتشفين أننا شخصان آخران، ليس لدينا ما نقوله لبعضنا، وسنفترق عندها بلا لقاء آخر. سيسألك شخص مَن أكون، وستغمغمين: «شخص قابلته في أثناء إقامتي الأولى»، وتمضين في حياتك. وأعود أنا للطفو في مرارتي ومللي.

ـ أنت نموذج حقيقي للبهجة. يا إلهي. عن إذنك، سألقي بنفسي من النافذة وأعود.

تقوم وتتوجه إلى النافذة. تفتحها. الجو بارد قليلًا. تقف في النافذة قليلًا، تتنفس، ثم تلتفت إليه وتلحظ نظرته الممعنة فيها، وتبتسم بدلال:

ـ الوقت يمر، وموعد الطائرة يقترب!

* * *

تقلبت أمل في الفراش فأصبح وجهها في وجه عمر. قربته أكثر ونظرت إليه في عينيه اللتين تملآن نظرتها، وهمست:

ـ قل لي، كيف تكون حلوًا هكذا وسوداويًّا إلى هذه الدرجة؟

ـ انظري أين أنا، أين أعيش، واحسبيها بالعقل. أي نوع من البشر يمكنني كونه في ظل هذه المعطيات؟

ـ أنت أنضج بكثير من أي فتى في الثانية والعشرين قابلته في حياتي. فلِمَ يتوقف نضجك وعقلك عند تحليل أبعاد المصيبة؟

لِمَ لا تستطيع تجاوزها بالإرادة؟ هل أنت إنسان آلي؟ ألا يمكنك مقاومة هذه الظروف ولو بالتحايل عليها؟ هل أنت أحمق أم ترى جمالًا ما في الاستسلام للبؤس؟

- وماذا يمكنني فعله؟

- تعلم أي شيء مفيد لك وللإنسانية. اجعل من نفسك خبيرًا في أمر ما، أي أمر، في نقل الخضَر والفاكهة، في تعليم الأطفال، في السباكة. اختر أي قطاع يستهويك، أي نشاط، وتعلم أصوله وتفاصيله بحيث تفهمه أكثر من غيرك. كل شيء في هذا البلد منهار، ومن ثَمَّ أي خبرة في أي مجال سيكون لها فائدتها. ويومًا ما، في لحظة ما، سيكون هناك حاجة لشخص يفهم في هذا الأمر، وساعتها ستكون أنت موجودًا.

- يا سيدتي، مَن أنشأ موقعًا على النت قُبض عليه، مَن سجل أغنية قُبض عليه، مَن ساعد أطفال الشوارع قُبض عليه، مَن كتب تويتة قُبض عليه، مَن ارتدى تيشيرتًا قُبض عليه. كلنا مقبوض علينا، داخل الحجز وخارجه!

- اعمل شيئًا لا يُقبض عليك فيه. اكتسب خبرة في شيء ما.

- هي ناقصة خبراء! كل هؤلاء العواجيز من حملة الدكتوراه وسنوات الخبرة الطويلة، خبراء في كل شيء ما شاء الله عليهم، من الفيزياء النووية إلى الآداب، وغير قادرين على أي شيء. أول ما يمسك أحدهم منصبًا يتحول إلى المتخلف نفسه الذي سبقه. فيمَ كان نفع الخبراء؟ ألم تفهمي بعد أن المشكلة ليست غياب الخبرة، أن المشكلة أكبر بكثير من هذا؟ سنة السجن هذه لم تفهمك بما يكفي؟

- طبعًا هناك مشكلة أكبر، لكن هناك أيضًا مشكلة عدم فهم وانعدام خبرة. قليل جدًّا من يعرف كيفية حل مشاكل هذا البلد. اخرج من قوقعتك، اخرج من تذمرك واكتئابك واكتشف المكان الذي تعيش فيه وكيف تعدل حاله المائل الذي يدفعك للاكتئاب. أنت تعايرني بأني خواجاية، لكن الخواجة الحقيقي هو أنت. أنت تعيش هنا، في مصر أم الدنيا، لكن ماذا تعرف فعلًا عن حياة الناس هنا - خارج إطار عائلتك وأصدقائك وما تسمعه؟ هل تعرف الناس فعلًا؟ اسأل نفسك.

- طبعًا.

- ولا تعرفهم ولا عندك فكرة عنهم. ألم تقل إن أحمد عيد صديقك؟ اسأله.

- أسأله عن ماذا؟

- اسأله عن معاناته ومعاناة الناس الذين يعيش وسطهم واحكم بنفسك إن كنت فعلًا تعرف الناس. نصف سكان مصر تحت خط الفقر. كم واحدًا تعرفه من هذا النصف؟ اذهب واكتشف البلد الذي تعيش فيه. سافر مع أحمد عيد إلى بلدهم وانظر كيف يعيش الناس وسط العذاب وحاول أن تتعلم طريقة لإصلاح جزء من هذا الخراب. الكل يحلم، الكل لديه مطالب، لكن لا أحد لديه فكرة عن كيفية تحقيق ذلك. حين تجد طريقة لمعالجة جزء من مشاكل أحمد عيد والناس الذين يعيش وسطهم، ستجد طريقة للخروج من هذا الاكتئاب.

- صحيح، وأنضم إلى البرنامج الرئاسي للشباب.

- عدنا إلى السخرية الفارغة.

- كفي عن الهري يا أمل! كفي عن تخيل أن الإرادة قادرة على هزيمة الواقع إلى هذه الدرجة. ألا تفهمين ألا فائدة من فعل شيء في وسط سفينة تغرق؟ نحن في «تايتانك»، وارتطمنا بجبل الجليد بالفعل، وربع السفينة في الماء، وأنت تريدين مني تنظيف جزء من سطح السفينة!

- أتعتقد فعلًا، وبصدق، ألا أمل هناك على الإطلاق؟ ألا يساورك ولو بصيص منه؟ ألست باقيًا هنا لهذا السبب، أم أنك باقٍ حبًّا في التين الشوكي والحرنكش ومنظر شجرة الجميز على الترعة؟

- لا. الحقيقة أن الأمل ساورني، لفترة وجيزة، عدة أشهر ربما. بعد الثورة مباشرة صدقت. أنا الذي لا أصدق شيئًا، صدقت بيني وبين نفسي. لم أقل لأحد، ولم أفعل شيئًا، لكن الحقيقة أن الأمل تسلل إليَّ. هذه هي المشكلة: أني صدقت، رغمًا عني صدقت. ثم توالت الأحداث، وتحول أملي إلى خيبة أكبر. الأمل وهم مؤلم. هناك دومًا أناس مثلك، يحدثون أمثالي عن بارقة أمل تحت ركام الواقع. لكن الحقيقة الموضوعية هي أن الركام أقوى، وأكبر، وأثقل، وأهم من أي بارقة أمل. الركام داخل الناس أنفسهم، ركام يكفي لنسف أي أمل فيهم. هذا ليس انفعالًا بل قراءة باردة للواقع. هناك أمم كثيرة انهارت واندثرت أو أصبحت هامشية أو تابعة أو مشلولة أو متفسخة. هذه الأمم المنهارة كانت أيضًا تريد العيش والتقدم والنمو. لكن الرغبة شيء والقدرة شيء آخر

تمامًا. كما يقول المثل الأمريكي: «لا يمكنك هزيمة شيء باستخدام لا شيء». هنا، لا يوجد شيء نهزم به التخلف: كل شيء مصاب أو منهار، بما في ذلك نحن، الناس أنفسهم مصابون أو منهارون، غير قادرين.

ـ أنا مختلفة معك تمامًا.

ـ أعرف، وهذا جيد لك، بما أن هذا عملك. أما أنا فلا. أضيفي إلى ذلك أني فقدت الرغبة. لِمَ يقاتل أحد من أجل إصلاح دولة أو بلد إن كان القائمون عليها والمتنفذون فيها لا يرغبون في إصلاحها؟ ما داموا راضين عن أنفسهم وأدائهم لِمَ أزعجهم أنا؟ لست ولي أمرهم. وفكرة الاستشهاد هذه مضحكة وعبثية. شهداء الثورة. سنموت كي تعيشوا أنتم بشكل أفضل. لا أحد يعيش بشكل أفضل إلا إذا أخذ بوسائل تحسين الأمور، وهذه تتطلب تعاونًا من الجميع. الجميع. هل تفهمين؟ كي ينهض هذا البلد من الحفرة التي هوى فيها لا بد للجميع أن يتعاون، وهذا مستحيل. ولا بد من أن نفعل أشياء لا قبل لنا بها، لأننا لو كنا نقدر عليها لما كان هذا حالنا.

ـ إن كان هذا ما تعتقده فلِمَ لا ترحل؟ لِمَ لا تأتِي معي؟

ـ لا أستطيع الرحيل. كما قلت لكِ، ليس لديَّ جواز سفر وأمن الدولة قال لأبي إنهم لن يسمحوا لي بمغادرة مصر. وحتى لو تركوني أرحل، فماذا أفعل بخالتي وبقية العائلة التي تركها أبي في عنقينا أنا وتامر؟

ـ وماذا تفعل لهم الآن؟ تنام جنبهم؟

- أهتم بخالتي. حالتها الصحية لا تسمح لها بالعيش بمفردها.
- هل تعيش معها؟
- لا، هي تعيش مع عمتي ليلى.
- إذن؟
- إذن أنا الذي أساعدهما. لا يمكنني تركهما وحيدتين.
- وتامر؟ ألا يكفي تامر؟
- تامر خارج من السجن لتوه وغاضب ومدمَّر.
- وأنتَ أيضًا.
- أنتِ لا تفهمين.
- فعلًا لا أفهم. أنت تقول كلامًا فارغًا. هل هناك فتاة في الموضوع؟
- أي فتاة؟
- لا أعرف، ذكرتَ فتاة كنت تحبها.
- أي فتاة؟
- كفَّ عن ترديد أسئلتي. قلتَ إنك جئت لورشة العمل لأن فتاة كنت تحبها جرجرتك إلى هناك.
- آه، تلك. لا أعلم أين هي. انقطعت علاقتنا منذ سنوات ولم أسمع عنها بعدها. اختفت.
- بهذه البساطة؟ ألم تكن تحبها؟
- لا أدري، ربما. تصاحبنا لفترة ثم افترقنا. قالت إني كئيب وخشيت على نفسها من العدوى. لم يكن هناك أشياء كثيرة مشتركة بيننا. جرجرتني لورش عمل بعض الوقت، ولاجتماعات وأشياء من هذا القبيل، وكنت دومًا أقول إن هذه أشياء مضيعة للوقت،

ونتناقش، ثم كففنا عن النقاش وصارت هي تفعل ما تحب من دوني، وهكذا لم نعد نلتقي كثيرًا، ثم توقفنا.

ـ وأنت؟ هل كنت تفعل ما تحب من دونها؟

ـ نعم.

ـ وما هي تلك الأشياء التي كنت تحب فعلها؟

ـ ليست كثيرة. قضاء الوقت مع أصدقائي، أو من بقي منهم حيًّا وحرًّا وقادرًا على الكلام، أو مراقبة الآخرين.

ـ تعني الفرجة؟

ـ تقريبًا.

ـ الفرجة على الحياة؟

ـ الفرجة على كل شيء.

ـ لكن لِمَ لا تنخرط أنت في الحياة؟ هذا ما لا أفهمه. ألا ترغب في فعل أي شيء؟

ـ كما قلت لكِ، «الأيام الخرا فايدتها النوم». وهذه أيام خرا، ومن ثَمَّ لا شيء يُفعل غير النوم. سأنام، في انتظار حدوث شيء ما.

ـ وإذا لم يحدث؟

ـ يكون الوقت قد مر.

ـ ألا تخشى من التعفن من كثرة النوم؟

ـ أخشى من التعفن؟ كل ما ترينه حولكِ هو جزء من هذا التعفن. هذا بالضبط ما أحاول قوله لك منذ الأمس، إننا تعفنا، كلنا، بثورتنا وثورتنا المضادة، باختلافاتنا واتفاقاتنا، تعفنا ببطء، ونواصل مسيرة التعفن بنجاح ساحق.

- ولا يبدو لك موقفك هذا انهزامًا واستسلامًا؟

- في الظاهر فقط. لكن في الحقيقة فإن مجرد تمرير الوقت انتصار كبير.

- لِمَ؟

- لأن العالم أكثر قسوة وإيلامًا مما يمكنني تحمله، ولولا الخوف لأنهيت علاقتي به بيدي.

- إذن نشكر الخوف.

- لا تعتمدي عليه كثيرًا، فمن سمات الخوف أنه يضعف أحيانًا.

- لا تفعل ذلك. من فضلك لا تفعل ذلك.

- سأحاول.

- ...

- ...

- الشقة أظلمت. تحب نفتح النور؟

- لا فرق.

* * *

عادت أمل إلى الفراش ومعها كوب يتصاعد منه بخار خفيف. جلست وأسندت ظهرها وأخذت ترشف منه ببطء. عمر يقظ لكنه مستلقٍ على جانبه وظهره لها. من دون أن يلف رأسه، سألها:

- وأنتِ؟ ماذا ستفعلين؟

- الحقيقة أني لا أعرف. أنا متفقة معك أن هذه أيام خرا. لكني لا أستطيع النوم. أنا في التاسعة والعشرين ولا أريد النوم الآن، ربما في الستين. لكني لا أدري ماذا أفعل بنفسي ولا أين أذهب

حتى تنقضي الأيام الخرا هذه. سأعود إلى أمريكا، هذا مؤكد، وسأظل هناك أو في أوروبا والبلاد المتقدمة. لن أذهب إلى بلد من بلدان العالم الثالث في المستقبل المنظور، ولا إلى أي بلد مستبد أو متخلف. سأظل في النصف الأرقى لبعض الوقت. أحتاج لشحن إنسانيتي: تعلُّم أشياء أخرى، تقليل جهلي، تحسين روحي، إتقان شيء ما، أريد أن أكون متميزة في أمر ما، ولا أعرف كنهه بعد. وأحيانًا أفكر أن رحلتي إلى البلدان النامية هذه كلها كانت محاولة للبحث عن هذا الشيء الذي أتميز فيه. لكنه كان بحثًا خاطئًا، وفي المكان والظروف الخطأ.

هذا هو اعترافي. يسهل جدًّا الشعور بالتميز لمن هو في مثل وضعي ويذهب للعمل في المجالات التي عملت فيها. أنا أساعد أمة على النهوض: أنا، أمل مفيد، في العشرينيات، محامية حديثة التخرج، من عائلة متواضعة الأصول والمركز، ولا شيء يجعلني متميزة غير أني مؤتمنة من دافعي التبرعات على إدارة أموالهم في مشروعات خيرية. طبعًا يشعرك هذا بالتميز: أنت الجالس على صنبور المال، أنت الذي تقرر إحياء هذه الفكرة وتحويلها إلى واقع أو استبعادها وتركها على الورق مجرد فكرة. الجميع يأتونك سعيًا، لأن بيدك المنع والمنح. طبعًا تشعر بالتميز، وسهل تحويل هذا الوضع إلى وضع دائم. تحترف هذه المهنة، وتنتقل من مؤسسة إلى مؤسسة أكبر، أو من وظيفة إلى وظيفة أكبر، أو من بلد إلى بلد أهم، أو كل هذا، وتصبح أهم وأكثر تميزًا مع الوقت.

السجن أعطاني الفرصة لتأمل كل هذا. أعطاني الفرصة لإدراك حجمي الحقيقي، من دون مبالغات ناتجة عن وظيفتي أو جنسيتي. المعاملة في السجن كانت طيبة، وأكيد أن ذلك له علاقة بجنسيتي. لكن الوقت. الساعات الطويلة من اللاشيء. الجلوس وحدك، يقظًا، ليالي بطولها. لا أظن أني شعرت بالوقت في حياتي كلها مثلما شعرت به في السجن. لم تكن هذه سنة، بل أكثر بكثير. تخيل لو أُخذت منك كل المهام والأنشطة التي تأخذ منك وقتًا، وتُرك لك فقط تناول الطعام ودخول الحمام والنوم. كم ساعة لديك في اليوم، مع نفسك، كم دقيقة، كم ثانية، وكم فكرة يمكنها أن تعبر ذهنك أو توخزك أو تخيفك أو تقض مضجعك؟

السجن سمح لي، أو فجر فيَّ، كل الأسئلة. «فعلتِ ما فعلتِه يا فتاة: جئتِ من آخر بلاد الدنيا إلى هذه الأرض كي تساعدي مصر، أنت، ابنة العشرينيات، وأصبحت مهمة، وفعالة، وتحديت دولة بأكملها، ودخلت السجن برجليك تحديًا كي تعلميهم الأدب وتعرفيهم غلطتهم. برافو عليك. ثم ماذا؟ من تكونين أنت، في الحقيقة؟ بعيدًا عن السؤال الساذج حول ما إن كنتِ أمريكية أم مصرية ـ هذا سؤال قديم أجبتِ عنه منذ سنوات ـ لكن من أنت كإنسانة؟ وماذا تفعلين، ليس فقط هنا، في هذا السجن البائس، وليس فقط في هذا البلد البائس، بل في الحياة؟ ماذا تفعلين؟ ما هو دورك، إن كان لك دور، وما هي حدودك؟».

رأيت من خلال كل هذا نفسي عارية. ليس لديَّ شيء سوى ادعاءات، وقدر من الانتهازية يحسن الإقرار به قبل فوات الأوان. أنا إنسانة، ودوري مساعدة غيري ممن هم أقل حظًّا، دوري تنظيف المكان إن كان وسخًا، ومد يد العون للغريق كي يطفو، هكذا أكون إنسانة. هذا هو ردي التقليدي. لكن الحقيقة أعقد من هذا. بدون جنسيتي ووظيفتي أنا مجرد محامية متوسطة ـ لم تشتغل حتى في محكمة في يوم من الأيام. كل ما في الأمر أني أجلس على صنبور مال. لا شيء يميزني. لا شيء أتقنه. لا شيء يجعلني متفردة. رأيت هذا ولم أحبه. وكرهت البريق الزائف الذي خدعني طيلة هذا الوقت. لا أريد هذا لنفسي، لم أعد أريد هذا. هذه فقاعة، لا تملأني، ولا تكفيني. أريد شيئًا آخر، ولا أعرف بعد ما هو.

ـ وكيف ستعرفين؟

ـ لست متأكدة. لكني أحتاج إلى بعض الراحة أولًا، كي تهدأ الدنيا من حولي وربما داخلي. إجازة. وهناك اعتراف آخر.

ـ ماذا؟

ـ لقد فكرت كثيرًا اليوم فيما قلتَه لي بالأمس، وخصوصًا بعد حكاية هند وباسم، من أن كلامي نظري ومتعال ومنفصل عن الواقع، وأن لديَّ رفاهية هذا التفكير بسبب إحساسي بالحماية الدائمة، كوني أمريكية الجنسية، غنية نسبيًّا، متعلمة، إلى آخره.

ـ نعم.

ـ فكرت في هذا الكلام وأنت تحكي قصصك البائسة. وأظن أن معك بعض الحق، لكن ليس تمامًا.

ـ كيف؟

ـ شعوري بالحماية، بالقوة المستمدة من هذه الحماية، يسمح لي بتجاوز الواقع المؤلم والنظر إليه من الخارج. حتى وأنا في السجن كنت هادئة. على الرغم من الظروف البائسة. شعرت بوطأة انتزاع الحرية، بمهانة العيش في قذارة وانحطاط السجن، بانتظار موافقة السجانة على أي شيء تريده، من الذهاب إلى الحمام إلى طلب دواء، بانتظار الظلام والضوء والهدوء، بكل ما عانت منه زميلاتي السجينات. لكني كنت دومًا أهدأ منهن جميعًا. وبعد قليل توقفن عن الحديث إليَّ لأني فقعت مرارتهن بترفعي هذا. هذا الهدوء وهذا الترفع لم يكونا ممكنين من دون شعوري بالحماية، بأني خارجة لا ريب، بأني أقوى. هذا الشعور غمرني طيلة الأسبوع منذ الإفراج عني. ولأني مسافرة، ولأن معي جواز سفري الأمريكي وتذكرتي واتفاقًا يضمن سفري، فجأة شعرت بأن القاهرة أخف وأحلى من أي وقت مضى. مع أني أعلم أنها في أسوأ أحوالها الآن. لكن أفق السفر هذا يغير الأشياء.

ـ أحمدك يا رب. هلكتِنا!

ـ انتظر.

ـ ...

ـ لكن هذا لا يجعل مضمون كلامي خاطئًا، ولا يغير من تفاهة

حديثك عن جهلي بالظروف في مصر وتفاصيلها. مرَّة أخرى، أنا لست سائحة، ولم أكن سائحة. أنا أعرف هذا البلد مثلك وربما أكثر، وأشعر به ويمسني. أنا لست متفرجة يا أحمق. لكني أستطيع التوقف عن الشعور والنظر كأني متفرجة. وهذا ما تحتاجه أنت كي تستطيع التعامل بنجاح مع الحياة هنا.

ـ وكيف يمكنني ذلك من دون الحماية التي تتمتعين بها؟ كيف يمكنني ذلك وأنا أعلم أن أيمن يمكنه إعادتي إلى السجن في أي لحظة، أنا وكل أسرتي؟

ـ يمكنك، لو وجدت نقطة تركن إليها نظرك خارج كل هذا. لو وجدت «أمريكا» الخاصة بك.

ـ وما هي تلك يا ترى؟

ـ أتريد مني الإجابة كي تسخر من إجابتي وتواصل هوايتك المفضلة؟ لا، يجب أن تجدها أنت.

ـ لا أرجوكِ. لا قدرة لي على التفكير. أعدكِ ألا أرد.

ـ حسنًا، لا ترد، فكر فقط.

ـ أعدكِ.

ـ حمايتك الحقيقية، نقطة الارتكاز التي تقع خارج سيطرة هذا الجنون، «أمريكا» التي تحميك وتنتظرك، هي ببساطة فهمك، إدراكك، اقتناعك بأن كل الذي يجري من حولنا الآن مؤقت، بأن مصير هؤلاء المجانين الفاشلين هو الفناء، مثل كل الفاشلين المجانين الذين سبقوهم، بأن هؤلاء العَجَزة لا يمكنهم أن يقمعوا بلدًا كاملًا من الشباب القادر، بأن كل هذا إلى زوال حتمي،

حتمي، لا ريب فيه، وأن كل ما عليك فعله هو النجاة من مطارقهم ومخالبهم، وأن تُعد نفسك لما يأتي بعد هذا، لمرحلة ما بعد خروجك من قبضتهم المكتوب عليها الزوال.

ـ سألتزم بوعدي ولن أرد.

ـ بداية حسنة. فكر، لا في تفاهة ما أقول وسفهه، بل ابحث فيه عن جزء ولو يسير من الصواب، ربما. أما إن خلصت إلى أن كلامي خطأ بالكامل، وألا أمل يُرتجى من الحياة في هذا البلد، فغادره على الفور. أرسل لي وسأجد وسيلة لإخراجك، حتى لو اضطررت للزواج بك.

ـ لن أرد، كما وعدتك.

ـ برافو.

ـ وماذا ستفعلين أنتِ في قضية التعويضات على الحكومة المصرية؟

ـ سأوكل مكتب محاماة بذلك، وآخذ إجازة. أحتاج لإفراغ نفسي مما فيها، من كل التلوث الذي لحق بها في هذه السنوات الست، من الثورة، من الشهداء والقتلى، من ضحايا التعذيب ومن نظرات أهلهم، من الكذب والخداع والغباء والوضاعة والقسوة. أحتاج وقتًا كي أخرج كل هذه السموم التي تسللت إلى روحي هنا. وأحتاج لأشياء أخرى طيبة أغذي بها نفسي، تحل محل هذه السموم وتأخذني إلى مكان أفضل. ربما أتعلم شيئًا جديدًا، لست متأكدة. لن أعرف الآن، هنا. سأعرف مع الوقت. خطوة بخطوة.

ـ و«كريس»؟

ـ برافو أنك تتذكر اسمه. نعم، «كريس». هذه هي القضية الأولى التي سأتعامل معها. الموضوع أعقد قليلًا مما يبدو. زواجنا مات منذ فترة، ليس لأن الحب مات، بل لأن الظروف تغيرت. الحقيقة التي أهرب منها، حتى بيني وبين نفسي، أنه لم يكن هناك حب أصلًا بيني وبينه. كان هناك شيء آخر، نسميه «صحبة ومودة» حين نريد الحديث بتهذيب عن أنفسنا. نقول صحبة ومودة وتبددت مع الوقت، ونلوم مؤسسة الزواج أو الظروف والحياة في مصر أو سفره الدائم أو أي شيء. لكن الحقيقة أسوأ من ذلك قليلًا. الحقيقة أن زواجنا كان خطأً من البداية، من كلينا. لم تكن تلك مودة وصحبة بل مصلحة. تزوجنا لأن زواجنا كان مصلحة عملية لكلينا. كنت أعلم أني أتنازل، أني أخطئ في حق نفسي. الكارثة أني لم أكن حتى مضطرة لذلك. لم يكن لديَّ عائلة تطاردني كي أتزوج، ولا صديقات تزوجن ويحاصرنني بالأطفال والضغط كي أصبح مثلهن، ولا مجتمع يدفعني لذلك. ما فعلته كان بمحض إرادتي.

ـ أي تنازل؟ لا أفهم.

ـ تنازل عن حقي في الحب، وفي الارتباط برجل حين أشعر بأن ذلك ضروريٌّ لصيانة شيء أكبر وأعز وأهم. حين يكون ذلك تكملة لمشاعر وحياة نبنيها معًا. في رأيي هذا هو المبرر الوحيد للزواج. وكان هذا رأيي من البداية. لكني فجأة تنازلت، ضعفت. «كريس» كان ترتيبًا سهلًا ومناسبًا. شاب لطيف،

عاقل وهادئ في واحة الجنون هذه، لا يضغط عليَّ بأي شكل. الزواج وفر لي غطاء اجتماعيًا جيدًا، سهل عليَّ التعامل مع الناس، من أعرفهم جيدًا ومن لا أكاد أعرفهم. كلهم وضعوني في خانة مريحة كنت أحتاجها بشدة بعد شهور التحرش والضغط الدائم. وأيضًا سهل عليَّ الحياة بشكل عملي: شريك في البيت وإدارة الحياة بشكل عام. وكان ترتيبًا مناسبًا لكلينا، ساعده هو الآخر ـ وفر له إقامة قانونية ومنزلًا مريحًا وارتباطًا بمصرية ـ أو نصف مصرية ـ يفتح له أبوابًا كثيرة ويسهل عليه عمله الصحفي. أختي سألتني إن كان هذا هو الرجل الذي أريد فعلًا الارتباط به، وإن كان الزواج بهذه السرعة وفي هذه الظروف ضروريًّا، أم يحسن الانتظار. قلت لنفسي إني أتزوج بهذا الشكل «من أجل ماسر»، كي أستطيع التركيز في الأشياء التي أهتم بها أكثر. كان هذا غرورًا محضًا، تصورًا خاطئًا بأن ما أقوم به هنا أكثر أهمية من أموري الشخصية. الحقيقة ألا شيء أهم من أمور الإنسان الشخصية. هذه هي الحياة الحقيقية، والباقي كلام.

وأعتقد أني كنت أعرف هذا، في أعماقي. كنت أحيانًا أسأل نفسي عن الفارق بين هذا الترتيب ومَن تتزوج شخصًا ـ أو تنام معه ـ مقابل ماله. كنت أسأل نفسي هذا السؤال حين يضع يده عليَّ، وأعلم أني لا أستطيع رده مرَّة أخرى، وينتهي بي الأمر أمارس جنسًا من باب الواجب، كجزء من الترتيب الذي قبلته. كانت نفسي تسائلني وأتهرب من السؤال، أطرده كهاجس غير

مناسب. حتى انتهى بنا الأمر إلى التوقف عن النوم معًا. وظللنا هكذا، وطبعًا بدأ هو يدخل في علاقات مع أخريات. لم يقل شيئًا لكني عرفت. وأنا أيضًا، دخلت في مغامرات صغيرة على الهامش. وأصبح زواجنا مجرد ترتيب. بيت مشترك وميزانية والتزامات متبادلة وشكل اجتماعي. لهذا انفعلت عليك لما نعتني بالشرموطة، لأني أظن أني تصرفت كشرموطة فعلًا، ليس بالنوم معك أنت، بل بالنوم معه هو.

ـ أنا آسف! لم أقصد مضايقتك!

ـ هذه أول مرَّة تعتذر. أتعرف؟ لقد فهمت، في السجن، إلى أي مدى تدفع الحياة هنا الناس لأشياء غريبة. تصيبك بدرجة من الجنون، أحيانًا يكون مؤقتًا وأحيانًا يستمر. لكنها كعربات الملاهي أو السيرك، تدفعك لتصرفات غير عادية، تصرفات لم تكن لتقدم عليها لو كنت تعيش في مكان آخر. المهم، لم يبقَ بيني وبين «كريس» شيء، وكلانا يعلم ذلك، منذ فترة. لا مشاعر عدائية إطلاقًا بيننا، بل بقايا صداقة، ورغبة في المضي إلى مكان آخر بدون بعضنا بعضًا. ولو لم يحدث لي ما حدث لكنا انفصلنا رسميًّا من زمن، لكن القضية والسجن جعلا ذلك صعبًا. أعتقد أني سأقوم بإجراءات الطلاق بعد وصولي مباشرة.

ابتسم عمر ولم يرد. قام من الفراش ذاهبًا إلى الحمام. نظر إلى ساعة الحائط في الطريق. عقارب الساعة تشير إلى الحادية عشرة. اقترب موعد الذهاب إلى المطار. قال لنفسه: «خسارة». هل هذه

بداية حب؟ لا، قطعًا لا، ثم إنه لا يعرف ما هو الحب. لكنها فتاة غير عادية، لم يقابل في حياته امرأة كهذه. كأنها شريكة. تفهم، وتسأل وتسمع بجد. منفتحة إلى أقصى درجة: كأنه يمكنه الدخول إلى قلبها والخروج من دون مشكلة. وجعلت أسلحته المعتادة غير ضرورية: لا هي خاضعة ولا تحاول السيطرة، لا ألعاب من أي نوع. مخلصة. هذه هي الكلمة التي جالت بخاطره. وقوية، وضعيفة، من دون خجل من ضعفها وترددها. لا تمثيل ولا ادعاء من أي نوع. منبهر بها. وجميلة، ودافئة، ومتصالحة مع كونها أنثى وكونه رجلًا وكونهما في الفراش، من دون مشكلة. لم يلتقِ بامرأة مثلها، وأكيد لو ظلت بالقاهرة لأدام علاقته بها. قال لنفسه: «لكن هذا ليس حبًّا». «ما هذا إذن؟»، سأل نفسه وهو يجلس على مقعد الحمام. صداقة؟ لا، ليس فقط. يريد إدامة هذه العلاقة الحميمة أيضًا. يريد أنثى كهذه في حياته، تشبعه وتملأه وتصفي جسده وروحه وتفكيره وكأنما تشحنه بطاقة للحياة. إذن ما هي هذه العلاقة؟ لا يجد اسمًا، ويسأل نفسه إن كان الاسم ضرورة، ويخلص لعدم ضرورته. لا داعي للأسماء. ثم يضحك بينه وبين نفسه: لا داعي لكل هذه الأسئلة، فهي راحلة الآن. خسارة، مع ذلك. ثم يسأل نفسه خلسة، وكأنه يتلفت حوله خشية أن يسمع نفسه: وإن كان الأمر كذلك، فلِمَ لا يرحل معها؟ «لا، لا، ما هذه الأفكار؟ أين ترحل يا رجل وإلى أي حياة؟ لا رحيل، مكتوب عليك البقاء هنا. لكن لِمَ لا؟ لِمَ لا! أتسأل فعلًا هذا السؤال؟ ألم تسمع نفسك وأنت تقص عليها الإجابة؟». «لكن أليس هناك ولو احتمال ضئيل أن ينجح الأمر،

لو سافرت معها، لو لحقت بها؟». «لا، ليس هناك ولا شعاع أمل. ليس هناك أكثر من الفرصة التي تنالها قطعة جليد في الجحيم كما يقول المثل الأمريكي. لا، لا تستسلم للأوهام ثانية، فعلتها أول مرَّة مع أبيك في صحراء الجلف الكبير، ثم في ثورة يناير. مرَّتان تكفيان. لا تستسلم للهراء لثالث مرَّة. يكفي هراء. ومن سيتركك تسافر في أية حال؟ وماذا تفعل فيما تركه لك أبوك من واجبات؟ عد إلى الفراش، باق نصف ساعة. ربما يمكنك مضاجعتها مرَّة أخيرة، لو كان بك صحة باقية».

* * *

أمل هي التي أفاقت أولًا. نظرت إلى عمر فوجدته نائمًا. أتيا معًا، سريعًا، ثم غفوا معًا. تعب الصبي ولا شك. لا أظن أنه حظي بهذا الجنس خلال العام الماضي كله. لا بد أنه منهك. هذا الأحمق. مالت عليه بعطف وربتت على شعره. جفل وفتح عينيه وهو ينتفض. ابتسمت:

ـ هون عليك.

ـ هل حان الوقت؟

ـ نعم.

ـ كم الساعة؟

ـ الثانية عشرة.

ـ نعم، يجب أن نتحرك الآن. سأنزل الحقائب.

قام عمر وارتدى ملابسه سريعًا. ذهبت أمل إلى الحمام وعادت مرتدية بنطلون جينز وسترة رمادية. وضعت معطفًا فوق هذا ووشاحًا

على كتفها. بدأ عمر يحمل الحقائب إلى الباب. مرت أمل على حجرات البيت لتتأكد من عدم نسيانها شيئًا. وضعت بعض الأشياء الصغيرة في حقيبة يدها الكبيرة ووقفت عند الباب. عاد عمر ودخل من الباب فوجدها واقفة وراءه بالضبط.

ـ هل أخذتِ كل شيء؟

ـ نعم. هناك بقية السجائر. هل تريدها؟

ـ لا بأس، تذكار.

أغلقت معطفها ولفت المنديل حول رقبتها. نظرت إليه وابتسمت فابتسم، ثم تعانقا عناقًا مرتبكًا. ظلت أمل محتضنة إياه حتى انسحب هو وفك ذراعيها وابتسم ابتسامة ودودة مفتعلة.

ـ ستتأخرين.

ـ لقد نقلت الملف الصوتي على الفلاشة. متأكد أني أعطيتك إياها؟

ـ نعم.

ـ هل ستعطيها لفشير أو تضعها على النت؟

ـ سأفكر.

ـ كما تريد. على العموم معي نسخة، لو لم تفعل سأرسلها أنا لفشير هذا.

ـ ماشي.

ـ وهل ستطمئنني على مصير أبيك؟

ـ ربنا يستر. هيا بنا.

ـ قل لي أولًا ماذا ستفعل: هل ستفكر فيما قلته لك؟

ـ سأفكر.

ـ وهل ستفعل شيئًا مفيدًا بحياتك؟

ـ لا أظن.

ـ هل ستلحق بي إذن؟

ـ لا.

ـ ماذا ستفعل إذن؟

ـ في الأغلب سأنام.